Trois semaines
pour un adieu

C. J. Box

Trois semaines pour un adieu

ROMAN

TRADUIT DE L'ANGLAIS (ÉTATS-UNIS)
PAR ALINE WEILL

ÉDITIONS DU SEUIL
25, bd Romain-Rolland, Paris XIVe

COLLECTION DIRIGÉE
PAR EMMANUELLE VIAL

Titre original : *Three Weeks to Say Goodbye*
Éditeur original : St. Martin's Press, New York

ISBN original : 978-0-312-36572-1

ISBN 978-2-02-099305-0

www.seuil.com

Pour Marc et Jenny
…et pour Laurie, toujours

L'homme sanguinaire hait l'homme intègre
Et cherche à le tuer.
L'injuste est une abomination pour le juste,
Et le probe une abomination pour le méchant.

La Bible, Proverbes 29,10 et 27

DENVER

1

On était un samedi matin, le 3 novembre, et la première chose que je remarquai en entrant dans mon bureau, c'était que le voyant de mon répondeur clignotait. Comme j'avais quitté l'immeuble tard la veille au soir, cela voulait dire que quelqu'un avait appelé mon poste dans la nuit. Bizarre…

Je m'appelle Jack McGuane. J'avais trente-quatre ans à l'époque. Et ma femme Melissa aussi. Je suppose que vous avez entendu mon nom ou vu ma photo aux infos, mais, avec tout ce qui se passe dans le monde, je peux comprendre que vous soyez passé à côté. Notre histoire n'est qu'une goutte d'eau dans le grand ordre de l'univers.

J'étais spécialiste de la promotion des voyages au Bureau des congrès, le service municipal chargé de répondre aux appels d'offres, d'accueillir les salons et d'encourager le tourisme à Denver. Chaque ville en a un. Je travaillais dur, je restais souvent tard, je venais le samedi au besoin. C'est important pour moi de travailler dur, même dans un cadre bureaucratique où ça n'est pas forcément valorisé. À vrai dire, je ne suis pas le type le plus malin du monde, ni le plus cultivé. Ma formation ne m'a pas préparé à ce poste. Mais mon atout majeur, c'est que je travaille plus dur que n'importe qui autour de moi, même quand il ne faut pas. Je suis le fléau d'un service de bureaucrates, et j'en suis fier.

Mais là, avant de faire quoi que ce soit, je pressai le bouton pour écouter ma messagerie.

« Jack, c'est Julie Perala. De l'agence d'adoption… »

Je regardai fixement le haut-parleur. Sa voix était tendue, prudente, pas celle de l'employée sûre d'elle et compatissante avec qui Melissa et moi avions passé des heures quand nous avions fait le parcours du combattant pour adopter Angelina, notre bébé de neuf mois. Ma première pensée fut que, pour une raison ou pour une autre, nous lui devions un supplément.

« Jack, ça m'ennuie de vous appeler au bureau un vendredi. J'espère que vous trouverez ce message et que vous pourrez me rappeler tout de suite. Il faut que je vous parle très vite – avant dimanche, si possible. »

Elle avait laissé le numéro de l'agence, plus celui de son portable, et je les notai.

Puis :

« Jack, je suis vraiment désolée… »

Après quelques instants de silence, comme si elle voulait en dire plus mais ne devait ou ne pouvait pas, elle avait raccroché.

Je me carrai dans ma chaise, réécoutai le message et lus l'heure de l'appel. Il avait été passé la veille à vingt heures quarante-cinq.

J'essayai d'abord le numéro de l'agence et, sans surprise, je tombai sur le répondeur. Puis j'appelai son portable.

– Oui ?

– Julie, c'est Jack McGuane.

– Oh…

– Vous m'avez dit de vous rappeler tout de suite. Votre message m'a effrayé. Qu'est-ce qui se passe ?

– Vous ne savez pas ?

– Comment voulez-vous que je sache ? Qu'y a-t-il à savoir ?

– Martin Dearborn ne vous a pas appelé ? Il est votre avocat, n'est-ce pas ? Les nôtres devaient le contacter. Oh, mon Dieu…

Elle avait une voix paniquée et irritée.

Mon cœur se mit à battre la chamade et ma main devint moite sur le combiné.

– Julie, je ne sais *rien*. Dearborn ne s'est pas manifesté. S'il vous plaît, de quoi s'agit-il ?

– Seigneur ! Dire que c'est moi qui dois vous l'annoncer…

– M'annoncer quoi ?

Un temps.

– Le père biologique veut reprendre Angelina.

Je lui demandai de répéter, de peur d'avoir mal entendu. Ce qu'elle fit.

– Et alors ?! m'écriai-je. Nous l'avons adoptée. Maintenant, c'est notre fille. Ce qu'il veut, on s'en fiche !

– Vous ne comprenez pas… c'est compliqué…

Je m'imaginai Angelina et Melissa faisant tranquillement la grasse matinée.

– On va sûrement trouver une solution, dis-je. Ça doit être un vaste malentendu. Tout va finir par s'arranger.

J'avais beau essayer de me rassurer, j'avais un goût de métal dans la bouche.

– Le géniteur n'a pas signé la renonciation à la garde, dit Julie. La mère l'a fait, mais pas le père. C'est une situation terrible. Votre avocat aurait dû vous l'expliquer. Je ne vous parlerai pas des clauses légales moi-même, je ne suis pas qualifiée. Je vous l'ai dit, c'est compliqué…

– Mais ce n'est pas possible…

– Je suis vraiment navrée.

– Enfin, ça n'a pas de sens ! Angelina est chez nous depuis neuf mois. La génitrice nous a *choisis*.

– Je le sais. J'étais là.

– Dites-moi comment on peut régler cette histoire, dis-je en me redressant sur ma chaise. On peut acheter ce gosse, vous croyez ?

Elle ne dit rien pendant un long moment.

– Julie ? Vous êtes là ?

– Oui…

– Je vous retrouve à l'agence.

– Je ne peux pas.

– Vous ne pouvez pas ou vous ne voulez pas ?

– C'est impossible. Je ne devrais même pas vous parler… Je n'aurais jamais dû vous appeler. Mes supérieurs et les avocats m'ont dit de ne pas vous contacter directement. Mais j'ai pensé qu'il le fallait.

– Pourquoi ne pas avoir téléphoné chez nous ?

– J'ai hésité, répondit-elle. Vous n'imaginez pas combien j'aurais aimé pouvoir effacer mon message d'hier soir.

– Je vous remercie, mais vous ne pouvez pas reculer. Il faut que vous m'aidiez à dissuader le père. Vous nous devez bien ça.

J'entendis des petits bruits staccato et je crus que la ligne était brouillée. Puis je me rendis compte qu'elle pleurait.

Finalement, elle dit :

– Il y a un restaurant près d'ici, le Sunrise Sunset, sur South Wadsworth. Je peux vous y retrouver dans une heure.

– J'aurai peut-être un peu de retard. Je dois repasser à la maison pour prendre Melissa… elle voudra m'accompagner. Et comme on n'était pas prévenus, elle viendra sans doute avec Angelina.

– J'espérais que…

Elle s'arrêta dans un soupir.

– Vous espériez quoi ? Que je ne les amènerais pas ?

– Oui. Ça sera plus dur pour moi… Je pensais que, peut-être, on pourrait se voir tout seuls.

Je raccrochai violemment. Puis je notai, assommé, l'adresse du restaurant.

Je sentis l'arrivée de Linda Van Gear avant même qu'elle entre dans mon bureau. Elle avait une présence qui la précédait. Ou, plus exactement, un parfum très fort qui semblait s'élancer devant elle, comme un trio de petits chiens en laisse. Linda était ma patronne.

C'était une femme imposante, qui ne se laissait pas marcher sur les pieds, une force de la nature. Melissa l'avait un jour qualifiée de « nana caricaturale ». Elle était insolente, très maquillée, avec une coiffure en casque qui balayait ses cheveux en arrière comme une cuirasse. On aurait dit qu'elle portait des tailleurs à épaulettes, mais c'étaient juste ses épaules qui saillaient. Ses lèvres étaient rouges, rouges, rouges, et une ligne de rouge à lèvres filait en travers de ses dents, qu'elle humectait souvent de coups de langue pointue.

Linda, comme beaucoup de femmes travaillant dans le tourisme international, avait jadis rêvé d'être une actrice ou au moins une sorte de célébrité indéfinissable, celle qui juge les candidats dans une émission de téléréalité musicale. Elle n'était pas très aimée des femmes de notre bureau ni de beaucoup d'employées dans le monde du tourisme, mais je m'entendais bien avec elle. En fait, je l'adorais, parce que tout en elle était franc et direct.

– Bonjour, chéri, dit-elle en passant la tête dans l'entrebâillement de la porte, je vois que tu as trouvé les munitions.

Je ne les avais même pas remarquées, mais elles étaient juste sous mon nez : une enveloppe bourrée de cartes de visite qui sentaient son parfum, la fumée de cigarettes et le vin.

– Elles sont là.

– Il y en a deux ou trois qui sont de vrais lance-flammes, dit-elle en feignant l'enthousiasme. Elles te grilleront les doigts si tu y touches. Réunion là-dessus dans une demi-heure.

Elle plissa les yeux, me considéra et dit :

– Ça va ?

– Non.

Je n'avais pas vraiment envie d'entrer dans les détails, mais je pensais devoir lui expliquer la situation pour pouvoir reporter la réunion.

Elle m'écouta, les yeux brillants. Je me rendis compte que ce genre de choses l'emballait. Elle adorait le drame, et je lui en donnais.

– Il y a un type qui veut la garde de ton bébé ? s'étonna-t-elle.

– Oui. Mais je ne vais pas me laisser faire.

– Apparemment, sa nana, elle, n'était pas obsédée par la maternité. Je n'ai jamais bien compris cette manie de se reproduire…

Elle n'avait pas d'enfants et avait souvent dit qu'elle n'en voudrait jamais.

Je hochai la tête comme si je comprenais. On était en terrain dangereux…

– Écoute, reprit-elle, tu sais que je pars à Taïwan avec le gouverneur lundi. Il faut qu'on se parle avant. Merde, je me suis tirée du lit juste pour te voir ce matin ! Trouve-toi un moment.

– Compte sur moi, dis-je. Laisse-moi juste le temps de rencontrer Julie Perala, c'est tout ce que je te demande.

– C'est beaucoup, dit-elle, clairement irritée.

– Je t'appellerai, promis-je. Je viendrai même chez toi, si tu veux.

– C'est ça, dit-elle en tournant les talons.

Et elle les fit claquer dans le corridor vide, où ils résonnèrent comme des baguettes survoltées sur le bord d'un tambour.

Melissa était assise par terre avec Angelina quand je rentrai chez moi. Avant même que j'aie pu parler, elle me demanda :

– Qu'est-ce qui ne va pas ?

– Julie Perala a appelé. Elle dit qu'il y a un problème avec l'adoption.

Ma femme pâlit, baissa les yeux sur Angelina, puis me considéra.

– Elle dit que le père veut la reprendre.

– La reprendre ? dit Melissa en élevant la voix. La *reprendre* ? ! Mais il ne l'a jamais vue !

J'avais rencontré Melissa treize ans auparavant alors que nous étions tous les deux étudiants à l'université d'État. C'était une fine brunette aux yeux de jade – séduisante, intelligente, pragmatique et sûre d'elle –, avec de hautes pommettes et des lèvres pleines, expressives, qui semblaient révéler toutes ses pensées. Elle pétillait. J'avais été terriblement, presque chimiquement, attiré par elle dès le premier regard. Je devinais sa présence dans une salle bondée avant même de la voir. Mais elle était prise à l'époque, engagée dans une relation à long terme avec l'apollon de la fac. Ils formaient un couple étonnamment beau et je méprisais le type, juste parce qu'elle était à lui. Pourtant, je me languissais d'elle. Cette pensée me tenait éveillé la nuit. Quand j'avais appris leur rupture, j'avais déclaré à mon ami Cody : « Je vais l'épouser. » « Tu rêves », m'avait-il dit, et j'avais répliqué : « Oui. » « Tu es vraiment mordu », avait-il admis. Mais il m'avait exhorté à l'oublier, à boire et à tirer un coup. Au lieu de ça, j'avais invité Melissa à sortir avec moi et réussi à la consoler de son chagrin d'amour. Elle m'avait trouvé solide et amusant. Quant à moi, j'avais découvert, à ma plus grande joie, que je pouvais la faire rire. Tout ce que je voulais – et qui reste mon seul désir après toutes ces années –, c'était la rendre heureuse. Au bout de trois ans de mariage, elle m'avait dit qu'elle voulait des enfants. C'était l'étape suivante, logique et facile. Du moins, nous le croyions…

Voilà pourquoi, après tout ce que nous avions fait pour en avoir, l'air qu'elle avait ce jour-là m'accabla, me mit en rage et me donna envie de frapper.

Je m'approchai d'elle et pris Angelina dans mes bras. Elle poussa un cri perçant. Jusqu'à ce que cette petite fille entre dans notre vie, j'ignorais combien on pouvait s'attacher à un être. Elle était belle – brune et angélique, avec de grands yeux, toujours écarquillés, comme si elle était sans cesse étonnée et ravie. Elle avait des cheveux qui rebiquaient quand elle se réveillait de sa sieste. Et quatre dents nacrées, deux en haut, deux en bas. Plus un rire merveilleux qui naissait au fond de son ventre et s'emparait de tout son corps. Il était contagieux, nous poussant à rire aussi, ce qui la faisait rire encore plus fort, jusqu'à épuisement. Elle riait tellement que nous avions demandé au pédiatre s'il y avait un problème, mais il avait secoué la tête avec indulgence. Récemment, elle avait appris à dire « Pa » et « Ma ». La manière dont elle me regardait, comme si j'étais l'être le plus fort et le plus génial de la terre, me donnait envie de la sauver et de la protéger contre tout et n'importe quoi. C'était ma petite fille et, tout comme Melissa, elle avait changé ma vision de ma place dans le monde. À ses yeux, j'étais un dieu qui – jusqu'ici – ne pouvait mal agir. J'étais un géant – son géant. J'aurais voulu ne jamais la décevoir. Mais en portant cette mauvaise nouvelle, je sentais que je l'avais fait.

Quand nous entrâmes dans le restaurant, je crus m'être trompé d'endroit, car je ne pus trouver Julie Perala dans la salle ni dans aucun des box. Je sortais mon portable pour lui téléphoner quand je la vis nous faire signe au fond depuis une pièce privée, qui servait à des réunions et à des soirées. Je rangeai l'appareil.

Julie avait un visage et des hanches larges, des yeux doux et un sourire professionnel rassurant. S'ajoutait à cela un air pragmatique et compatissant, qui nous avait plu dès l'abord, quand nous l'avions rencontrée, plus d'un an auparavant, pour une prise de contact. Elle avait semblé particulièrement sensible à notre situation, mais sans sentimentalisme, et elle s'y connaissait bien plus en placement d'enfants que tous les gens que nous avions vus jusque-là dans d'autres agences. Rien ne la rendait plus heureuse dans la vie, nous avait-elle dit, qu'un placement qui convenait parfaitement à toutes les parties : à la génitrice, aux parents adoptifs et à l'enfant. On pouvait s'en remettre à elle, et c'est ce que nous avions fait. J'avais aussi remarqué, les jours où elle baissait la garde, une pointe de grivoiserie dans son sens de l'humour. Je sentais qu'elle serait impayable avec un coup dans le nez.

– Vous voulez du café ? s'enquit-elle. J'ai déjà pris mon petit déjeuner.

– Non merci, dis-je d'un ton hésitant.

Melissa serrait Angelina dans ses bras et lançait à Julie des regards furibards que j'espérais ne jamais essuyer.

– Je connais le patron, dit Julie, répondant à une question que j'allais lui poser, et je savais que je pourrais avoir cette pièce. Fermez la porte, s'il vous plaît.

J'obéis et m'assis pendant qu'elle se versait du café.

– Je prends un vrai risque en vous rencontrant, commença-t-elle sans me regarder en face, concentrée sur ses gestes. L'agence me tuerait si elle le savait. Elle m'a ordonné de ne plus communiquer avec vous que par l'intermédiaire des avocats.

– Mais… dis-je, l'incitant à poursuivre.

– Mais je vous aime beaucoup, Melissa et vous. Vous êtes des gens bien, et normaux. Je sais que vous adorez Angelina. Je pensais vous devoir une discussion franche.

– J'apprécie.

Melissa la fusillait toujours du regard.

– Ce sera un sale coup si ça me retombe dessus. Mais je voulais vous parler hors de la présence des avocats, du moins pour cette fois.

– Continuez, dis-je.

Il lui fallut un moment pour trouver ses mots.

– Je ne saurais dire à quel point je me sens coupable, reprit-elle enfin. Ça ne devrait jamais arriver à des gens comme vous.

– Je suis bien d'accord.

– On n'aurait pas dû vous cacher que le juge John Moreland nous a contactés il y a trois mois, expliqua-t-elle. Mais on a essayé de régler cette affaire en interne. On espérait que vous ne seriez jamais inquiétés par ça, que vous ne l'apprendriez même pas.

– Qui est le juge Moreland ? demandai-je. Le père biologique ?

– Non non. Le père biologique, c'est son fils, Garrett. Un jeune de dix-huit ans. Il est en dernière année au lycée de Cherry Creek.

– C'est incroyable… dis-je.

Elle haussa les épaules et leva les mains en signe d'impuissance.

– Vous avez raison. Mais si on avait pu régler ça discrètement, on n'en serait pas là. Il n'y aurait aucun problème.

– « Ils le font presque tous… » répliquai-je. Vous vous rappelez m'avoir répondu ça quand je vous ai demandé si le géniteur avait signé sa renonciation aux droits parentaux ?

Son visage s'assombrit.

– Oui. Et c'est vrai. Tout à fait. J'ai pris part à près de mille placements dans ma vie, et c'est la première fois que ça arrive. Je n'aurais jamais pensé que c'était possible.

– Vous ne nous aviez pas dit que vous aviez déniché le géniteur ? demanda amèrement Melissa. Qu'il avait accepté de signer les papiers ?

Julie fit oui de la tête.

– Qu'est-ce qui s'est passé ?

– On l'a retrouvé aux Pays-Bas, en vacances avec sa mère. Je crois qu'il séjournait dans sa famille à elle. Moi-même, je ne lui ai pas parlé, c'est une de mes collègues qui l'a fait. Elle lui a expliqué la situation et il lui a semblé réellement étonné. Il a accepté de renoncer à la garde et il lui a donné un numéro de fax où on pouvait le joindre. Nous avons envoyé les papiers…

– Mais il ne les a pas signés, achevai-je.

– Et puis on a laissé tomber, admit-elle. La femme qui l'avait contacté a quitté l'agence. Si on avait pu imaginer qu'il refuserait de signer, on vous aurait mis au courant. Mais, à notre connaissance, il ne voulait pas élever le bébé. On ne peut pas le forcer, vous savez, ni exercer des pressions sur lui.

Ma colère était telle que je dus détourner les yeux.

– Légalement, on était couverts, nous dit-elle, presque en s'excusant. On lui a envoyé des mises en demeure et on a pris toutes les mesures qu'il fallait. Il n'est pas si rare que les papiers ne soient pas signés, mais le juge aux affaires familiales accorde toujours – et je dis bien *toujours* – la garde aux parents adoptifs dans ce genre de cas. Après tout, on ne peut pas laisser un géniteur irresponsable suspendre un placement, non ?

– Vous avez contacté le père de ce Garrett ? demandai-je. C'est comme ça qu'il est intervenu ?

– Normalement, on n'avise pas les parents du géniteur. C'est considéré comme coercitif.

– Mais vous saviez qui il était ? Vous aviez entendu parler du juge Moreland ?

– Non.

– C'est étonnant que la mère du jeune homme n'ait rien su alors qu'elle l'accompagnait à l'étranger quand votre agence l'a prévenu. Comment a-t-elle pu ignorer une telle chose ?

Julie haussa les épaules.

– Moi aussi, je trouve ça bizarre, mais il y a beaucoup de choses qui sont obscures dans cette histoire. Peut-être qu'elle savait mais qu'elle n'a pas voulu le dire à son mari. Pourquoi ça ?… Je l'ignore.

– Donc, ce juge Moreland est entré en scène après avoir été informé par son fils ?

– Je crois, oui.

– Et c'est à ce moment-là que ses avocats ont contacté l'agence ?

Elle baissa les yeux.

– Oui. Leur lettre nous est parvenue moins de dix jours avant la fin du délai légal. S'ils avaient attendu ne serait-ce que deux semaines, le tribunal des affaires familiales vous aurait accordé la garde. C'est un coup de malchance.

– Vous pouvez le dire ! lançai-je, sarcastique.

– Si vous et votre femme choisissez de ne pas vous opposer aux droits des Moreland, notre agence fera tout ce qui est en son pouvoir pour réparer ça.

– À savoir ? demanda Melissa.

Julie prit une profonde inspiration et la regarda.

– J'ai participé aux réunions de nos supérieurs avec nos avocats. Je sais qu'on vous rembourserait tous les frais et qu'on organiserait, gratuitement, une nouvelle adoption. Vous seriez placés en tête de la liste prioritaire. Et on vous offrirait une forte indemnité, avec toutes nos excuses. Enfin... si on peut tenir toute cette affaire loin des journalistes et des tribunaux. Vous conviendrez sans doute qu'il ne faut surtout pas compromettre les chances de nos enfants d'être placés dans des familles aimantes, qui pourraient hésiter à adopter si elles avaient vent de cet incident.

– Mais ce n'est pas possible !... s'écria Melissa.

– Pourquoi vos avocats n'ont-ils pas informé le nôtre de ces réunions ? m'étonnai-je. N'est-ce pas la procédure habituelle ?

– Je croyais qu'ils l'avaient fait, dit Julie.

– Nous n'en avons pas entendu parler.

– Je ne suis pas avocat, dit-elle platement.

– Le nôtre non plus, apparemment ! crachai-je avec mépris.

– Vous ne comprenez pas... plaida Melissa. On ne peut pas perdre notre bébé...

Julie se mordit les lèvres.

– Le juge Moreland est un homme puissant, lâcha-t-elle à voix basse. J'ai l'impression qu'il obtient toujours gain de cause.

– Parlez-nous de lui, demandai-je. Dites-nous à qui nous avons affaire.

– C'est un nanti, commença-t-elle. La fortune, je crois, vient de sa femme. Les juges ne gagnent pas tant que ça, j'imagine. Il a des tas de biens immobiliers... Je vous dis ça parce que vous avez évoqué la possibilité d'acheter son fils. Excusez-moi, mais je ne pense pas que vous le pourriez. En plus, il a l'air d'un homme très bien. Il est beau, sûr de lui. Du genre que l'on trouve tout de suite sympathique, en espérant que c'est réciproque parce qu'on n'a pas envie de lui déplaire, vous voyez ?

– Julie, dis-je, penser que vous avez discuté de nous dans notre dos me rend malade.

Elle hocha la tête, puis détourna les yeux.

– Nous avons parlé des solutions dont il disposait. Il était très soucieux de faire les choses correctement pour ne pas vous blesser tous les deux.

– Comme c'est gentil... railla Melissa.

Je lançai :

– Dites-moi, Julie, comment faites-vous pour vous supporter ?

Elle prit son visage dans ses mains et fondit en larmes. Je n'avais pas pu m'en empêcher... Je m'en voulus de la faire pleurer. Mais je ne retirai pas mes paroles.

Finalement, elle prit une serviette et s'essuya les yeux, répandant de l'eye-liner sur sa joue, ce qui laissa une trace pareille à une vieille cicatrice.

Melissa se leva.

– Je vais changer la couche d'Angelina, déclara-t-elle en quittant la pièce, emportant la petite dans ses bras. Je ne serai pas longue.

Pendant un moment, Julie et moi évitâmes de nous regarder.

– Il y a un conseil que vous pouvez nous donner, lui dis-je.

– Lequel ?

– Si vous étiez à notre place, feriez-vous un procès ? Vu la situation, avons-nous une seule chance ?

Elle secoua tristement la tête.

– Le mieux que vous pourriez espérer serait qu'un juge décrète une sorte de garde conjointe. Mais je ne pense pas que ça vous satisferait, et les Moreland non plus. Et puis, si j'étais vous, je prierais Dieu pour que votre fille soit élevée par John et son épouse, Kellie – pour que Garrett soit tenu aussi loin d'elle que possible.

J'en eus la chair de poule.

– Pourquoi me dites-vous ça ?

– Il y a quelque chose qui cloche chez ce garçon. Il m'effraie. Je ne peux pas vraiment dire pourquoi… Il y a juste quelque chose qui ne va pas chez lui.

– Mon Dieu…

Elle fit la moue et regarda ses mains.

– C'est comme si la température baissait subitement quand il entre dans une pièce. Il n'a pas de chaleur. Il a l'air fourbe, totalement insensible. Je ne lui confierais pas un enfant… ni, d'ailleurs, qui que ce soit.

Je me penchai en avant en frissonnant.

– Je vois ce que vous voulez dire. Mais avez-vous le moindre indice qui puisse nous être utile ? Avez-vous appris quelque chose sur Garrett que l'on pourrait creuser pour prouver qu'il ne serait pas un bon père ?

– Je pense qu'il a eu des ennuis en classe, souffla-t-elle. Un jour où nous étions en réunion avec le juge, Moreland a dû l'écourter après avoir reçu un appel du lycée. J'ignore qui l'a appelé et de quoi il s'agissait, mais il était très contrarié.

– Ça s'est passé récemment ? demandai-je, cherchant à tempérer ma colère à l'idée que l'agence avait vu les Moreland en secret.

– Oui.

– Autre chose ?

– Peut-être, mais ça n'est pas non plus très solide. Quand on a étudié votre demande d'adoption avec Garrett et son père…

Je soupirai avec irritation, mais elle continua :

– … le juge a constaté que vous aviez un chien.

– Harry.

– Il a dit qu'il lui était impossible d'avoir des animaux parce que son fils ne pouvait pas s'entendre avec eux. J'ai trouvé que c'était une drôle de façon de parler. Il n'a pas dit qu'il était allergique aux animaux, qu'il ne s'en occuperait pas ou un truc comme ça, mais qu'il « ne pouvait pas s'entendre avec eux ». Sur le moment, j'ai bien vu qu'il regrettait d'avoir dit ça.

– Et c'est tout ?

– Oui, dit-elle. Et maintenant, ça me paraît vraiment léger…

– Merci quand même. Au moins ça me donne une piste. Mais ça me rend malade !

– Il y a de quoi. (Elle leva son menton vers moi et me regarda.) Je pense que la seule solution serait de convaincre Garrett de renoncer par écrit à ses droits parentaux.

Elle inspira longuement pour se reprendre, en marmonnant qu'elle détestait pleurer devant les autres.

– Peut-être qu'il aurait besoin d'un peu de persuasion, ajouta-t-elle avec colère.

– Je ne comprends pas…

– Je veux dire, reprit-elle en se penchant par-dessus la table, les yeux brillants de rage, que, si Angelina était ma fille, j'engagerais un ou deux malabars pour lui flanquer une telle frousse qu'il ne demanderait plus qu'à signer n'importe quel papier. Il faut l'aider à passer outre la volonté de son père.

Je me redressai. Je ne m'étais pas attendu à ça, mais elle y avait visiblement réfléchi.

– Je parle bien sûr en théorie. Pas à titre professionnel ni au nom de l'agence.

– Bien sûr, répétai-je. Mais il pourrait se laisser faire ?

Elle réfléchit un moment.

– Je crois que oui…

En rentrant à la maison, je dis à Melissa :

– Tu prends ça beaucoup plus calmement que je ne l'aurais cru.

– Je ne suis pas du tout calme. Juste encore sous le choc. En plus, on a un message du juge Moreland sur le répondeur. Il dit qu'il va venir demain matin avec son fils.

– Oh non…

– Que doit-on faire ?

– Consulter l'avocat, répondis-je. Je fais un saut chez lui. Ne rappelle pas le juge. Et décroche le téléphone. Je t'appellerai sur ton portable, donc garde-le sur toi. Il laissera peut-être tomber s'il n'est pas sûr qu'on ait eu son message, et si on ne répond pas.

Elle éclata de rire – d'un rire froid qui ne lui ressemblait pas, que je n'avais jamais entendu et ne voulais plus jamais entendre. C'était un rire faux, mêlé d'horreur et de défaite. Puis elle dit :

– Tu sais, quand on dit qu'on voit défiler sa vie devant ses yeux avant de mourir…

– Oui ?

– C'est ce qui m'arrive.

Martin Dearborn, l'avocat que nous avions engagé, se tenait dans son allée en pull noir et or des Colorado Buffaloes [1]. Il chargeait des coussins de siège à l'arrière de son SUV [2] Mercedes lorsque j'arrivai dans ma vieille Jeep Cherokee. Je me rappelai les trophées affichés dans son cabinet et notai l'emblème de l'université de Boulder sur sa plaque minéralogique. Dearborn était grassouillet, et ses épaisses lunettes faisaient paraître ses yeux globuleux. Il avait une tête large, des cheveux blonds, une voix grave et profonde et des mains grosses comme des jambons. Il plissa les yeux quand je garai ma Jeep en écrasant le frein, ne reconnaissant pas tout de suite mon tacot ni son client.

Tandis que je sautais de ma voiture, je vis une ombre passer sur son visage et compris qu'il savait pourquoi j'étais là mais ne voulait pas le montrer.

Son épouse, une femme trop maigre aux traits tirés qui arborait elle aussi les couleurs des Buffs, sortit du garage et m'aperçut.

– C'est qui, ça ?

Martin lui fit signe de rentrer. Il s'efforça vainement de prendre

1. Club omnisports de l'université du Colorado à Boulder. *(Sauf mention contraire, toutes les notes sont de la traductrice.)*

2. Très gros 4 × 4, proche d'une camionnette par la taille, avec parfois huit roues motrices.

un regard neutre pendant que je remontais son allée. Voyant sa femme regarder théâtralement sa montre, il lui dit :

– Je sais… On y sera à temps pour le coup d'envoi.

– Ce n'est pas pour ça que je m'inquiète, mais pour le pot avant.

Sur quoi, elle s'enfonça dans le garage d'un pas rageur.

– Jack, me dit-il, ça peut attendre lundi. Ma femme et moi, on…

– Espèce de salaud, vous alliez attendre combien de temps pour nous l'apprendre ?

– J'allais vous le dire lundi, aux heures ouvrables. C'est à ce moment-là qu'on travaille, Jack !

– Lundi, ce sera trop tard, vous le savez très bien.

– Écoutez, dit-il en baissant la voix pour prendre son ton d'avocat, celui dont il s'était servi pour nous impressionner, Melissa et moi, j'étais à Springs pour une grosse affaire civile. Je n'ai pas pu répondre à mes appels parce que j'étais bloqué au tribunal.

Je m'approchai si près de lui qu'il tressaillit.

– Vous n'avez pas fait de pauses ? Vous n'avez pas un assistant qui pouvait m'appeler pour vous ?

Il détourna les yeux.

– Une vraie tête de coupable… sifflai-je. Vous devez nous sortir dare-dare de ce pétrin. Ce type et son fils viennent chez nous demain.

Il reprit la parole, d'une voix nettement plus forte :

– Je vous conseillerais d'être poli. Je crains qu'il n'ait la loi de son côté.

Je saisis une poignée de sweat-shirts sur un siège, mais les lâchai très vite. J'entendis sa femme lui lancer du garage :

– Chéri, tu veux que j'appelle la police ?

– Non, répondit-il. Tout va bien.

– Alors, vous savez tout, observai-je. Moi, je vous conseillerais de jouer les avocats et de faire votre boulot. Vous devez réagir illico – bon sang, faites quelque chose !… On ne peut pas émettre une ordonnance restrictive, un truc comme ça ?

– Il faut que je me renseigne, dit-il, mal à l'aise.

– Nous n'avons pas le temps.

Il se tourna vers moi en rougissant.

– Jack, c'est un juge fédéral. Il a été nommé par le président et approuvé par le Sénat. Vous ne croyez pas qu'il connaît la loi ? Merde, c'est lui qui la fait…

– Alors, c'est ça… dis-je.

– En plus, il doit siéger le mois prochain dans des affaires de notre firme. De gros dossiers, qui pèsent des millions de dollars, avec des répercussions nationales. J'ai un vrai conflit d'intérêts, là…

Je secouai la tête. J'avais envie de le frapper. Sa femme était toujours dans le garage et je m'aperçus qu'elle tenait un portable, prête à appeler la police. Elle le leva vers lui et articula en silence :

– Neuf un un.

– Il sait que je vous représente ? s'inquiéta Dearborn.

– Non, répondis-je, parce que vous n'avez absolument rien fait ! Comment voulez-vous qu'il le sache ?

– Calmez-vous, reprit-il. Et puis… pardonnez-moi, mais trouvez-vous un autre avocat. Je ne suis pas celui qu'il vous faut. Enfin, c'est un ami du gouverneur et du maire ! On a cité son nom pour la dixième circonscription, voire pour la Cour suprême…

– Vous en concluez quoi ?

– Que non seulement il connaît la loi, mais qu'il sait en jouer. Il a tous les atouts de son côté. Vous ne m'aviez jamais dit que vous étiez confronté au juge Moreland.

– Je ne le savais pas.

– Croyez-moi, vous devriez vous calmer et regarder les choses de son point de vue.

– Croyez-moi aussi, vous êtes viré, dis-je, bien qu'il ait déjà démissionné.

– OK.

– Neuf un un… répéta sa femme, brandissant son portable comme un totem.

Je roulai jusqu'à la maison de Linda Van Gear, l'esprit brouillé par la colère. Je la trouvai en jogging, les cheveux informes, faisant la navette entre l'aquarium du salon et les toilettes, emportant un à un des poissons crevés. Sa maison était en pagaille.

– Voilà ce qui arrive quand on passe son temps à voyager, qu'on demande à son voisin de nourrir ses poissons et qu'il les oublie pour aller skier, « parce que la poudreuse était géniale, mec ! », s'écria-t-elle, furieuse. Le jour où on rentre, ils sont tous morts.

Je lui annonçai que ma situation s'était beaucoup aggravée depuis le matin et que je devais annuler mon voyage à Berlin, la semaine suivante, pour la Bourse du tourisme international.

Cela l'arrêta net. Elle se figea sur place, tenant un scalaire ruisselant dans un petit filet.

– Alors tu veux envoyer quelqu'un d'autre à la BTI ?

– Oui.

– Et tu proposes qui ?

Nous étions les seuls cadres du service. Je suggérai Rita Greene-Bellardo, une nouvelle employée qui servait d'assistante mais ne paraissait pas avoir grand-chose à faire.

– Elle est enceinte, répondit Linda. Je viens juste de l'apprendre. Elle va accoucher, prendre son congé de maternité et démissionner. Je l'ai entendue l'annoncer à une copine. On peut pas compter sur elle.

Je lançai le nom de Pete Maxfield, qui dirigeait le service des relations avec les médias. Il travaillait parfois avec les journalistes internationaux et avait peut-être une petite expérience qui pourrait lui servir au salon. Mais Linda ne l'aimait pas.

– Chéri, dit-elle, Pete est une crapule. Il passerait tout son temps à boire de la bière et à chercher à draguer une Berlinoise aveugle, sourde et muette, ou à claquer tous ses frais de représentation en prostituées. C'est notre plus gros marché. On n'envoie pas des gens là-bas juste pour le plaisir. La seule alternative, c'est moi, tu le sais bien.

Je ne l'ignorais pas, mais je n'avais pas osé lui demander de me remplacer.

– Sauf que je serai à Taïwan, me rappela-t-elle. Je ne peux pas être partout à la fois.

Je savais où elle voulait en venir.

– Il faut absolument que tu voies Malcolm Harris, ajouta-t-elle.

Malcolm était une grosse pointure, un Britannique qui possédait une compagnie de tourisme, AmeriCan – contraction d'Amérique et de Canada – Adventures, qui envoyait des milliers d'Anglais en voyage organisé dans cette région du monde. AmeriCan était le premier tour-opérateur des États de l'Ouest, donc un client précieux. Nous avions pour consigne de le traiter comme un dieu, malgré sa réputation de type querelleur, irascible et vaniteux, se targuant d'en savoir plus sur l'Amérique que presque tous les Américains qu'il avait jamais vus. Il s'attendait à être flatté, somptueusement traité, et il l'était. La moindre de ses requêtes devenait aussitôt la priorité de notre service et des bureaux des promoteurs touristiques de toute la région. Linda était connue pour s'attacher à lui comme de la glu quand elle courtisait le marché européen – suspendue à ses lèvres, riant de ses blagues et le couvant des yeux « comme une Nancy Reagan », disait un de ses critiques.

– Tu sais bien, reprit-elle, qu'il envisage de créer un bureau de réservations aux États-Unis et un centre d'appels pour gérer ses voyages. Ça veut dire des centaines d'emplois. Il a trois villes en tête : New York, L.A. et Denver. On est les favoris à cause de notre situation géographique. Si on avait ce bureau ici, le maire nous adorerait, parce qu'il pourrait dire que ses initiatives ne font pas seulement venir des touristes mais créent de nouveaux jobs. Je suis sûre qu'il est en train de rencontrer des responsables de New York et L.A. Si tu ne vas pas à Berlin pour le convaincre de choisir Denver, on risque de perdre le marché.

Il y eut un silence pesant. Puis je lui demandai :

– Le maire est au courant ?

– C'était dans le rapport que je lui ai adressé le mois dernier. Son chef du personnel m'a envoyé un mail il y a une semaine pour savoir si on avait déjà décroché l'accord d'AmeriCan.

Je la laissai poursuivre.

– Chéri, dit-elle finalement, est-ce que tu réalises que, chaque fois que la Ville a des problèmes de budget et qu'elle cherche un secteur où faire des coupes, il y a toujours quelqu'un pour suggérer la promo du tourisme international ? On est très vite dans le collimateur, parce que les gens pensent qu'on a des postes prestigieux et qu'on sillonne la planète en jet. Ils ne demandent qu'à nous sabrer, tu sais. Rex Jones ne nous aime pas, mais il n'a pas fermé notre service parce qu'il croit qu'on le fera voyager dans le monde entier. À chaque restriction de budget, je monte au créneau pour défendre notre cause. Je leur montre les chiffres et les résultats, et la dernière fois qu'on a eu la tête sur le billot je leur ai dit qu'AmeriCan ouvrirait peut-être une boîte ici. Le maire a été emballé, parce que, même s'il se moque des touristes, il pourra s'attribuer le mérite des emplois. Tu m'écoutes ?

– Oui.

– Si tu ne pars pas, tu pourras dire au revoir à ton job. Le service fermera. Et j'ai *besoin* de ce boulot.

– Moi aussi.

Je ne plaisantais pas. Depuis que Melissa avait quitté son travail pour rester à la maison avec notre fille, nous n'avions plus beaucoup de marge pour payer notre emprunt immobilier. Celui qu'on avait contracté était assez risqué, une des pires décisions que nous ayons jamais prises. Nous n'avions pas d'économies. Si je perdais mon poste, je ne savais pas comment on s'en sortirait. Surtout dans notre nouvelle situation, où on serait peut-être amenés à devoir prouver en justice qu'on était des parents formidables. Mon travail était tout.

Linda recula, puis me jaugea et dit :

– Alors, tu comprends, non ?

– Oui. J'irai en Allemagne parler avec Malcolm Harris.

– Bravo ! Je savais que tu changerais d'avis.

Pendant que je rassemblais les papiers et les fourrais dans mon porte-documents, elle demanda :

– Il n'y a pas d'autres bébés dans le monde ?

– C'est hors de question ! répliquai-je avec feu. On ne va pas l'échanger contre un nouveau modèle !

Comment pouvait-elle ne pas comprendre ?

Elle me congédia d'un geste.

– Alors, bonne chance pour le truc du bébé.

*

Le truc du bébé…

Nous avions tout essayé pour avoir un enfant. Melissa avait épluché la littérature médicale, s'était plongée dans des études sur la reproduction avec une ténacité rare, lisant tout ce qu'il y avait à la bibliothèque, même sur Internet, au point d'être aussi versée dans le sujet, voire davantage, qu'un homme de l'art. Faire l'amour devint mon deuxième travail. Melissa dessinait des cœurs roses sur notre calendrier mural pour planifier nos accouplements. Énormément de cœurs… Nous fîmes l'amour tous les matins trois semaines d'affilée, et puis un soir sur deux dans un élan superbe. Un jour où nous pûmes déjeuner ensemble, elle arriva en robe, jambes nues, et me dit entre deux bouchées qu'elle ne portait pas de sous-vêtements et qu'elle avait loué une chambre dans un hôtel voisin. Je pus à peine manger. J'étais aussi inquiet qu'excité et lui fis remarquer (franchement, sans conviction) qu'avec mon poste à la municipalité il était possible qu'on me reconnaisse et qu'on me prête un adultère. Elle balaya cet argument d'un rire et me prit la main pour m'emmener dehors. Dans l'ascenseur qui montait à notre étage, elle commença à se déshabiller. Je bandais, et elle pressa mon sexe à travers mon pantalon. Elle me dit :

– Là, tu pourras le faire, hein ?

Mais ça n'avait rien à voir avec mes capacités. J'étais, et je suis toujours, extrêmement attiré par ma femme. Elle est mon idéal. Qu'elle puisse penser qu'elle ne me plaisait plus et que c'était pour ça qu'on ne pouvait pas concevoir me semblait aberrant. Je ne cessais de lui répéter qu'elle me rendait fou. Et elle me répondait : « Alors pourquoi ne peut-on pas avoir de bébé ? »

Le médecin s'appelait Kimmel. Il était mince, athlétique, et semblait pointilleux. Quand il nous reçut à la clinique pour nous informer du résultat des tests, il confirma ce qu'elle avait déjà établi : c'était moi.

– Disons les choses comme ça, dit-il en se tournant légèrement vers moi sur son tabouret, mais sans me faire face. Imaginons… que vous êtes un mitrailleur, mais pas un bon tireur. Pour tout dire, un vrai nul. Le pire de toute l'armée.

Kimmel marqua une pause pour me laisser encaisser.

– Donc je tire à blanc… dis-je. Merci pour le tact.

Il hocha la tête vers moi, puis vers Melissa. Je sentis le regard de ma femme effleurer ma joue.

– Il y a d'autres solutions, bien sûr, reprit-il. À notre époque, l'infertilité masculine n'existe plus vraiment. On peut isoler un échantillon de sperme.

Il expliqua les traitements, les procédés, la fécondation *in vitro*…

Et nous reprîmes espoir. Nous essayâmes toutes les méthodes, l'une après l'autre, pendant des années. Melissa fit trois fausses couches. Notre mariage devint tendu et notre relation frustrante. Il y eut de longs repas noyés dans le silence et des périodes où nous restions des heures dans la même pièce sans nous regarder. Elle m'en voulait secrètement. Et vice versa. Elle était de plus en plus à cran. Parfois, je la surprenais à me regarder comme si elle jaugeait mon caractère et ma virilité et je répliquais en lançant un trait sarcastique et cruel que je regrettais aussitôt. Un jour, je suggérai que peut-être si nous ne faisions pas autant d'efforts, si nous ne consacrions pas toute notre vie à tâcher d'avoir un enfant, nous pourrions retrouver le bonheur. Après ça, elle ne me parla pas pendant des semaines. Je crus qu'elle songeait même à me quitter.

Finalement, elle dit :

– Adoptons un bébé.

Ça semblait s'imposer. Je me fiais à son jugement et l'adoption était une bonne chose. De plus, j'avais retrouvé ma femme et les nuages qui, pendant des années, avaient assombri notre vie se dissipèrent, laissant revenir le soleil.

À l'agence, Julie Perala nous expliqua qu'il y avait trois sortes d'adoption : internationale, fermée et ouverte. Nous choisîmes l'adoption ouverte. Mais il y avait aussi des degrés d'ouverture, depuis la rencontre avec la génitrice (notre préférence) jusqu'à l'acceptation de son droit de visite.

La génitrice était une fille de quinze ans, Brittany. Elle était pâle, pleine de taches de rousseur, avec quelques kilos en trop, même avant la grossesse. Elle disait « genre » tous les deux ou trois mots, comme « genre, je prends du poids », ou « c'est, genre, la barbe d'avoir des nausées ». Elle déclara à l'agence qu'elle nous avait choisis parce qu'on était jeunes, sans enfants et qu'on avait l'air « calmes » et de « vivre au grand air ». Mieux valait fermer les yeux sur sa suffisance. Elle savait qu'elle avait ce que voulait Melissa. Elle était fertile et supposait que ma femme ne l'était pas, ce qui lui permettait de prendre des airs supérieurs. Un jour, pourtant, quand Melissa eut quitté la pièce, je me penchai vers elle et lui glissai :

– Ce n'est pas elle qui ne peut pas. C'est *moi*.

Même si, franchement, avec notre infertilité mystérieuse, c'était plus probablement nous deux, en quelque sorte. Mais je ne le lui dis pas.

Les termes qui touchent à l'adoption sont une chose à laquelle nous sommes devenus très sensibles, surtout Melissa. Souvent, le mot maladroit est lâché en toute innocence, mais il peut blesser profondément. Par exemple, Brittany est la « génitrice », pas la « vraie mère » ou la « mère naturelle » ni la « mère biologique ». C'est Melissa, la mère d'Angelina. Point. Brittany n'a pas « fait adopter son bébé », elle l'a confié à des parents adoptifs. De plus, les gens ont le don d'être indiscrets. J'essaie de ne pas leur en vouloir quand ils disent : « Mais d'où tient-elle ces yeux noirs ? » (alors que je les ai bleus et Melissa verts), ou : « Curieux, ces cheveux de jais ! » (vu que je les ai brun-roux et ma femme brun clair). Nous avons appris à répondre, vaguement : « Oh, c'est dans la famille. » Nous ne mentons pas. Simplement nous ne disons pas dans quelle famille.

Maintenant, quand j'y repense, nous aurions pu poser plus de questions sur le géniteur. Mais l'agence et les échanges de Melissa avec Brittany nous avaient convaincus que le garçon avait disparu de sa vie. Elle ne prononçait même pas son nom, le qualifiant seulement de « donneur de sperme », et elle déclarait qu'il refusait de la prendre au téléphone. Elle ne nous dit pas qu'il avait quitté le pays, ce qui plus tard nous amena à croire qu'elle l'ignorait. Il n'était rien pour elle, dit-elle à Melissa. Elle s'était retrouvée soûle sur le siège arrière de sa jolie voiture et les choses s'étaient enchaînées...

Puis Angelina eut six mois, sept, bientôt huit. Elle était en bonne santé, gaie et affectueuse. Elle commença à dire « Pa » et « Ma ». Elle adorait Harry, notre vieux labrador, qui s'était mis à dormir sous son berceau pour la protéger. Tout allait pour le mieux.

Et puis tout s'écroula.

Il y a une beauté absolue, indéfectible, dans la simple routine. Si ça n'avait pas été le cas, j'ignore comment nous aurions pu supporter cette soirée quand je finis par rentrer chez moi.

Nous mangeâmes, j'en suis sûr.

Nous regardâmes la télévision.

Je me souviens d'avoir joué mollement par terre avec Angelina. Elle aimait beaucoup ses petits animaux de l'étable Fisher Price. Elle les avait tous, plus le fermier et sa femme. Moi, je faisais la vache, uniquement la vache. La ménagerie d'Angelina passa tout son temps à dire à la vache ce qu'elle devait faire. Et la vache passa tout son temps à tâcher de faire rire la petite fille. Mais je n'avais pas le cœur à ça.

Je me rappelle aussi avoir eu une discussion houleuse avec Melissa, sur le thème : « Ils ne nous la reprendront pas. » Nous étions en train de nous échauffer quand Melissa s'approcha du téléphone et le raccrocha pour voir s'il y avait d'autres messages. Je la vis écarquiller les yeux et pincer les lèvres, puis presser le bouton du haut-parleur.

La voix était masculine, mûre et bienveillante.

« Jack et Melissa, pardonnez ce deuxième appel. C'est le juge Moreland à l'appareil. Je pense que vous savez pourquoi je cherche à vous joindre et, croyez-moi, c'est aussi difficile pour moi que pour vous. Personne n'est jamais prêt à subir une pareille épreuve. J'en suis profondément, *profondément* navré. Mais j'espère que vous êtes aussi conscients de la situation où se trouve ma famille. Angelina est notre première petite-fille, et l'enfant de mon fils. Je suppose que vous consultez vos messages, même si vous ne décrochez pas. Nous serons chez vous demain matin à onze heures. Ne vous inquiétez pas : nous venons simplement pour vous rencontrer et pour discuter. Il n'y a pas de raison de paniquer ni de dramatiser. Ce sera une conversation entre adultes confrontés à un problème très pénible dont ils ne sont en rien responsables. »

J'échangeai un regard avec Melissa. Je vis ses épaules se détendre et le soulagement inonder son visage.

Le message continuait :

« Le shérif du comté est au courant de notre visite. Je m'excuse d'avoir dû l'avertir, mais j'ai jugé préférable pour toutes les personnes concernées – surtout pour le bébé – que notre rencontre soit placée sous les auspices des autorités. Ne vous inquiétez pas : il ne nous accompagnera pas. Mais il ne sera pas loin si la situation tourne mal. Ce n'est pas que je le craigne. Je vous admire autant que je vous respecte. Et je pense qu'on trouvera une solution raisonnable à notre dilemme. J'espère que vous m'écouterez jusqu'au bout et que vous nous ferez bon accueil. Dieu vous bénisse, dormez bien et à demain. »

Clic.

Cette nuit-là, alors que nous étions couchés sans trouver le sommeil, je me glissai hors du lit et marchai vers l'armoire à pas feutrés. Sur l'étagère du haut, caché derrière un tas de vieux vêtements, se trouvait le revolver de mon grand-père, un Colt 45 Peacemaker[1] :

1. Le « Pacificateur » : ainsi nommé parce que, avec ses six coups, il l'emportait sur ses concurrents qui n'en avaient qu'un.

l'arme qui avait conquis l'Ouest. J'aimerais pouvoir dire qu'il me l'avait donné lors d'une cérémonie intergénérationnelle pleine de sens et de symbolisme, mais le fait est que je l'ai volé le jour où j'ai aidé mon père à déménager Papy dans un centre de soins à Billings. Il n'a pas remarqué qu'il avait disparu. Plus tard, quand il s'est enfoncé davantage dans la démence, les infirmières m'ont dit qu'il avait réclamé son arme, mais qu'elles n'avaient pas l'intention de la chercher.

Le revolver était terne, avec un barillet à six coups. Il contenait cinq vieilles cartouches. Le chien reposait sur une chambre vide pour empêcher les accidents. La poignée était en frêne, polie par des années de maniement, et le cylindre bleui par les frottements à force d'avoir été tiré et rangé dans un holster.

– Qu'est-ce que tu fais ? demanda Melissa.

– Rien, répondis-je.

2

Le dimanche, Melissa était à la fois belle et effrayée. Quelques taches de rousseur, que j'ai toujours trouvées juvéniles et séduisantes, parsèment ses joues et son nez. Ses cheveux étaient alors longs jusqu'aux épaules, coupés de manière raffinée. Elle avait passé des heures à s'inquiéter de ce qu'elle allait porter, essayant une tenue après l'autre pour trouver un ensemble qui lui donne en même temps force et assurance. Elle s'était tourmentée en se demandant si elle devait mettre un collant, mais y avait renoncé. Elle avait les jambes longues, minces et bronzées. Elle voulait avoir l'air chic, mais pas trop. Pas au point que le géniteur puisse y trouver à redire, déclara-t-elle.

Quant à moi, je mis un jean, une chemise de soirée un peu défraîchie et un pull bleu marine. Le chic discret, sans excès. Melissa m'avait demandé de troquer mes vieilles bottes de cow-boy contre des mocassins, pour qu'ils ne me prennent pas pour un péquenaud. En matière vestimentaire, j'avais appris depuis longtemps à m'en remettre à elle. Je pense que le compromis est un des secrets des mariages heureux.

Angelina portait une robe blanche à volants et à pois rouges. On aurait dit une poupée – cheveux de jais, teint crémeux, joues potelées… et ces yeux d'un noir saisissant. Je me félicitai que ma fille m'aime et me regarde sans se douter de ce qui se passait autour d'elle, de ce qui se tramait à son sujet.

– Quels salauds… lâchai-je, de nous faire subir ça.

Je le dis d'une voix dure et Angelina serra les poings en retenant son souffle, au bord des larmes.

– Non, tout va bien, chérie, roucoulai-je, tout va bien.

Heureusement, elle se détendit. Elle m'avait cru alors que je lui avais menti, ce qui me brisa le cœur. Melissa la porta à l'étage pour sa sieste du matin. J'espérai qu'à son réveil notre vie aurait repris son cours normal, qu'elle n'aurait jamais à savoir ce qui avait failli arriver.

Dehors, un SUV Cadillac dernier modèle ralentit dans la rue et obliqua dans notre allée. J'aperçus deux hommes à l'intérieur.

Garrett Moreland, le fils du juge et géniteur putatif d'Angelina, sortit le premier et considéra notre maison avec un air que je peux seulement qualifier de dédain amusé.

Garrett était grand, le teint mat, avec des traits finement ciselés, des cheveux noir corbeau et des yeux de jais incroyables, comme des billes de verre en équilibre sur un os de baleine. Voir les yeux d'Angelina sur son visage me serra le cœur, et un relent fétide monta dans ma gorge. Il avait un long nez et une pomme d'Adam proéminente, qui fit le yoyo sous sa peau quand les muscles de son cou vibrèrent tandis qu'il considérait notre façade. Sa peau était très pâle et sa bouche une entaille aux lèvres fines, telle une coupure de rasoir juste avant qu'elle ne saigne. Il était vêtu comme un ado obligé d'aller à l'église : pantalon chino, chemise boutonnée à col ouvert et blazer un peu trop grand – probablement celui de son père. En le voyant debout, légèrement penché en avant et se balançant sur la pointe des pieds, les mains sur les hanches, pour regarder la maison par en dessous, je me dis : Il a l'air diabolique.

John Moreland était grand lui aussi, à l'approche de la cinquantaine, beau comme une star de cinéma. Il avait un plaisant visage juvénile et des cheveux bruns assez longs, peignés en virgule sur son front. Une grande assurance émanait de son maintien et de sa démarche. Il ressemblait à un pasteur branché, à un homme ayant l'habitude d'être remarqué, suprêmement bien dans sa peau.

C'était le directeur général, le président du Rotary Club, l'ancien volontaire du Peace Corps[1] dont on se souvient toujours avec vénération dans un village du Tiers-Monde. Son costume brun clair tombait à la perfection et il portait une chemise de soirée couleur crème. Il avait un léger hâle et une petite tache sur la joue, là où un mannequin aurait arboré un faux grain de beauté. Il échangea un regard énigmatique avec son fils avant de frapper à notre porte.

J'entendis Melissa descendre l'escalier.

– Ce sont eux, me dit-elle. Je les ai vus du premier.

Je hochai la tête.

– Ils sont beaux, reprit-elle. Je comprends pourquoi elle est sortie avec Garrett.

Je la regardai, cherchant à me rappeler la dernière fois où elle avait fait un tel commentaire.

– J'ai eu un coup au cœur en les voyant sortir de voiture. J'avais tellement envie de les haïr au premier coup d'œil.

– Et en fait, non ?

Elle secoua la tête en lissant ses vêtements et en prenant son air courageux.

– Ce que je déteste, c'est ce qui les amène ici. (Elle prit mon visage dans ses mains.) Rappelle-toi ce qu'on a dit. Reste calme… maîtrise-toi. La dernière chose qu'on veut, c'est les mettre en colère… surtout Garrett. On a besoin qu'il signe les papiers. Ne lui donne pas de raison d'hésiter.

– Compris.

– Tu en es sûr ?

– Oui.

John Moreland nous fit un large sourire quand nous ouvrîmes la porte. C'était un sourire désarmant, détendu, mais qui masquait aussi une certaine anxiété. Il tenait un gros sac en papier, qu'il semblait avoir complètement oublié. Il ne m'était pas venu à l'esprit qu'ils pourraient eux-mêmes être anxieux. Cela me revigora un peu.

1. Organisation américaine d'aide et de coopération dans les pays en voie de développement.

Nous nous écartâmes en les priant d'entrer. Mince, nous étions polis… Melissa leur demanda s'ils voulaient du café. Le juge dit qu'il en prendrait bien une tasse. Garrett secoua la tête d'un air renfrogné. Au début, j'eus du mal à le cerner. Il évitait de croiser mon regard, et son attitude semblait destinée à mettre une distance entre lui et nous.

– Asseyez-vous, je vous prie, dis-je en montrant le sofa derrière la table basse.

Devant, j'avais placé deux grands fauteuils pour Melissa et moi. Ils étaient un peu plus hauts que le divan, et j'avais préparé la scène de façon que Moreland et Garrett s'assoient à côté l'un de l'autre et doivent lever les yeux pour nous parler. J'avais appris ça dans les réunions d'affaires. Ça nous donnerait l'avantage psychologique.

Malheureusement, Moreland ne mordit pas à l'hameçon. Il fit comme s'il ne m'avait pas vu désigner le sofa et prit place dans l'un des fauteuils. Garrett marcha vers le divan en traînant les pieds et s'assit lourdement avec un air de mépris non déguisé.

Melissa comprit la situation dès qu'elle revint de la cuisine. Elle n'avait plus qu'à prendre l'autre fauteuil et la position dominante, ou à s'asseoir à côté de Garrett. Son hésitation était flagrante et j'y mis fin en m'installant près de lui. Elle avait mis les tasses sur un plateau que je n'avais encore jamais vu, ce qui m'agaça un peu. Moreland but son café.

– Je vous ai apporté un petit cadeau, dit-il en me tendant le sac.

Je regardai dedans et vis quelques pâtisseries poisseuses. Je le passai à Melissa, qui y jeta un coup d'œil, dit « Merci » à Moreland, puis regagna la cuisine pour les placer sur une assiette.

Quand elle revint, je rompis le silence gêné en disant à Garrett :

– Nous sommes heureux de vous connaître. Vous êtes en dernière année au lycée, n'est-ce pas ?

Histoire de lui montrer que j'en savais un peu sur lui.

– Ouais, c'est ça, dit-il avec une petite moue.

Lorsque nous recevions, c'était toujours Melissa qui dirigeait la conversation. Je me tournai vers elle et vis que, malgré son sourire, le sang avait reflué de son visage. Elle était terrifiée à l'idée de parler, d'entrer dans le vif du sujet. Je m'efforçai de continuer, de garder le léger avantage que je croyais avoir gagné en m'adressant à Garrett.

Nous dîmes quelques banalités sur le temps (qui se rafraîchissait), sur la circulation dans notre quartier (fluide, car c'était le week-end). Moreland avait une voix profonde et un simple accent du Sud. Je tentai de deviner son origine et penchai pour le Tennessee ou la Caroline du Nord. Il avait une façon de nous regarder en face quand il parlait qui finit par me mettre à l'aise. Garrett ne disait rien. Melissa non plus.

– Ça devrait rouler sans problème pour aller au match ce soir, déclarai-je. Après, ce sera pare-chocs contre pare-chocs un bon moment sur l'I-25.

Moreland opina, souriant d'un air entendu.

– Nous avons des billets pour toute la saison. Je n'ai pas manqué un match des Broncos contre les Raiders depuis quinze ans. À mon avis, les Broncos ne les battront jamais assez. (Il me regarda avec sympathie.) Vous n'êtes pas un fan des Raiders, j'espère ? Je ne vous ai pas froissé ?

– Non, dis-je, regrettant un instant de ne pas l'être.

– Ouf, dit Moreland en souriant, pour ça, nous sommes d'accord. J'ai appris, quand je suis venu faire mes études à la fac du Colorado, à quel point les Broncos nous sont chers, ici, à Denver. Ils sont notre critère, notre façon de créer un lien. Même les gens qui n'aiment pas le football suivent leurs matchs, parce qu'une victoire présage que tout le monde sera de bonne humeur pour commencer la semaine, alors qu'une défaite nous vaudra des chauffeurs hargneux et des serveurs bougons.

Sur quoi, le contrôle de la situation m'échappa insensiblement au profit de Moreland.

J'essayai de quêter des répliques dans le regard de Melissa, mais elle ne m'aidait pas. Au lieu de ça, elle observait attentivement le père et le fils. Surtout le fils. Sans doute voyait-elle dans ses traits des ressemblances avec Angelina ou peut-être cherchait-elle à discerner s'il avait l'étoffe d'un père. Je m'aperçus qu'il lui jetait lui-même des regards furtifs quand il pensait que je ne faisais pas attention à lui. Des regards avides qui la parcouraient de la tête aux pieds, reluquant ses jambes nues, survolant ses mains croisées et lorgnant ses seins sous son pull et son corsage sans manches. Je fis des efforts pour me dominer.

– On devrait peut-être en venir au fait, dis-je.

Assez de papotages. Qu'il cesse de mater ma femme.

– Oui, acquiesça Moreland, presque avec tristesse.

Même si nous ne bougions pas beaucoup sur nos sièges, ce fut comme si on s'était tous mis au ralenti et que la pièce devenait soudain stérile. Melissa se redressa, le juge aussi. Seul Garrett, qui se prélassait sur le divan, le bras jeté sur le dossier, continua à observer quelque chose au plafond, quand il ne détaillait pas Melissa.

– Il paraît, dis-je, que vous avez contacté l'agence d'adoption au sujet de notre fille.

Moreland hocha la tête.

Je repris :

– D'après Mme Julie Perala, Garrett ne veut pas signer les papiers qui nous donnent la garde d'Angelina. L'agence a dit que c'était la première fois que ça lui arrivait. Vous pensez bien que nous n'avons jamais pensé qu'il puisse attendre dix-huit mois pour se manifester.

Garrett évitait de croiser mon regard. Il feignait d'étudier l'éclairage du plafond en jetant de temps en temps des coups d'œil à ma femme. Moreland était calme, mais je voyais, à une veine battant à sa tempe, qu'il commençait à s'agiter.

– Monsieur Moreland, enchaînai-je, nous aimons Angelina et elle nous aime. Nous sommes les seuls parents qu'elle a jamais connus. La génitrice nous a choisis parmi divers couples irréprochables, et nous avons fait le maximum pour lui offrir une famille et un cadre accueillants. Regardez autour de vous. Ma femme a quitté son travail pour pouvoir rester à la maison et s'occuper d'elle à plein temps. C'est Melissa, la mère d'Angelina.

Je ne dis pas ce qui aurait dû venir ensuite, que j'étais son seul père. Inutile, pour l'instant, de s'aliéner Garrett, que je soupçonnais un peu d'être dans notre camp.

– À présent que vous nous avez rencontrés et que vous avez vu notre intérieur, nous espérons que vous envisagerez de signer les papiers, ajoutai-je.

J'appréciais la façon dont Moreland semblait m'écouter et notai que ses yeux balayèrent la pièce quand j'évoquai notre foyer.

Je me sentis rassuré quand il dit :

– Vous avez une très jolie maison et je ne doute pas de votre sincérité.

Puis le coup vint :

– Mais…

Du coin de l'œil, je vis Melissa tressaillir. Ses mains agrippèrent les bras de son fauteuil.

– … nous ne voyons pas les choses comme vous.

Il désigna Garrett.

– Mon fils a fait une faute terrible. J'ai honte de lui. Et sa mère aussi. Lui-même se sent indigne. Sa conduite a flétri notre famille. Il avait quelques mauvaises fréquentations à l'époque, qui ont encouragé ce genre de choses. Il a rompu avec ces gens. C'est pour ça que nous l'avons envoyé loin d'ici quelque temps. Nous voulions qu'il se reprenne, qu'il devienne adulte. Mais Garrett, pas plus que notre famille, ne peut échapper à ses responsabilités ni aux conséquences des bêtises qu'il a pu commettre. C'est une situation qu'on doit régler nous-mêmes, dans notre propre famille. Nous voulons élever notre enfant parmi les Moreland.

Les mots me manquèrent… « Notre enfant. »

– Monsieur et madame McGuane, reprit Moreland en se penchant en avant et en nous regardant alternativement, je suis un juge fédéral, je pense que vous le savez. Je suis connu pour être équitable, et coriace. Je crois au fait que l'on doit assumer ses actes. S'il y a une chose que je veux transmettre à mon fils, c'est qu'il y a des conséquences dans la vie. Il est indispensable que nous portions cette responsabilité. Garrett est l'auteur de la conception et de la naissance de cet enfant. Surtout, ne vous méprenez pas, poursuivit-il sur un ton conciliant. Je n'ai absolument rien contre vous. Il est évident que vous aimez le bébé et que vous lui avez offert un merveilleux foyer dans un quartier fabuleux. Je suis désolé que cela doive vous arriver. J'en suis profondément, profondément navré. Nous ignorions l'existence de notre petite-fille jusqu'à ce que je trouve les lettres de l'agence dans la chambre de Garrett. Il ne les avait même pas ouvertes, précisa-t-il en jetant un regard méprisant à son fils, qui leva les yeux au ciel. (Il se retourna vers nous.) Il y a sûrement d'autres bébés…

Son discours, sinon son intention, avait l'air presque raisonnable.

J'avais envie de supplier : Allez, Melissa… dis quelque chose… Mais elle observait le juge d'un air froid et pourtant extrêmement attentif.

– Monsieur Moreland, dis-je en tâchant de garder mon calme, ce que vous demandez est impossible. Nous élevons Angelina depuis neuf mois, sans compter les sept que nous avons passés à attendre l'accouchement avec la génitrice. Nous nous sommes attachés à elle, et elle nous aime. Inutile de vous rappeler que, pendant tout ce temps, nous n'avons jamais été au courant ne serait-ce que de l'existence de Garrett. Si vous aviez eu des inquiétudes, nous vous aurions tendu la main. Venir ici aujourd'hui est déraisonnable.

Moreland hocha la tête d'un air compréhensif. Puis il dit :

– Je sais que ça va être dur pour vous. Je suis aussi conscient des sacrifices financiers que vous avez faits. (À mon tour, je tressaillis.) J'ai fait quelques recherches, monsieur et madame McGuane. Je sais que les frais d'adoption vous ont coûté plus de 25 000 dollars. Je sais que madame ne travaille plus à l'extérieur, ce qui est admirable. Et, monsieur, je sais qu'un salaire de 57 500 dollars par an est un peu juste pour faire vivre une famille et payer une maison comme celle-ci. Je suis bien disposé envers vous, et je sais combien vous êtes endettés, ce qui n'est pas une position confortable. Je suis prêt à rembourser tous vos frais, plus la somme nécessaire pour adopter un autre enfant.

Je me sentis meurtri à l'idée qu'il connaisse l'état de nos finances. La mise en scène que nous avions soigneusement montée venait de partir en fumée. Pfff… Je jetai un coup d'œil à Melissa. Son visage était un masque d'albâtre. Elle avait un air dur et tendu que je ne lui avais jamais vu. Un air qui m'encouragea et me terrifia à la fois. J'étais stupéfait qu'elle ait gardé le silence. Et de n'avoir pas sauté à la gorge de Moreland.

– L'argent n'est pas le problème, dis-je. Il est beaucoup trop tard pour ça. Peut-être que si vous étiez venus nous voir avant la naissance d'Angelina…

– À l'époque, je ne savais pas ! lança Moreland avec irritation. (Sa colère n'était pas dirigée contre nous. Il regarda son fils avec un profond dédain.) Garrett a passé plusieurs mois à l'étranger avec sa mère. Il ne nous a jamais rien dit. S'il l'avait fait, nous n'en serions pas là aujourd'hui.

– Où étiez-vous parti ? demanda ma femme à Garrett d'un ton morne.

Il ne sembla pas s'apercevoir qu'elle lui adressait la parole.

Son père répondit à sa place :

– En Angleterre et aux Pays-Bas, en visite chez des parents. Dans la famille de Kellie. Ensuite, il a fait du tourisme. Nous avons appris la situation il y a seulement deux mois.

Je surpris une lueur de mépris dans les yeux du jeune homme.

– Vous saviez qu'elle était enceinte ? s'enquit Melissa.

Garrett la regarda avec un demi-sourire et haussa les épaules, l'air de dire : « Absolument pas. »

Je me penchai en avant jusqu'à ce que j'aie attiré l'attention de Moreland et lui dis, pour tenter de creuser un fossé entre lui et son fils :

– Il ne s'agit pas de vous. Ni de Garrett. Ni de nous. Mais d'Angelina et de ce qui est le mieux pour elle.

Il réfléchit un long moment avant de répondre.

– Il s'agit du bébé, j'en conviens. Mais il fait partie de ma famille, de notre famille, malgré la conduite de mon fils. Il est de notre sang, pas du vôtre. Nous devons réparer cette faute.

Ce fut seulement plus tard que je me rendis compte que, pendant tout le temps qu'il avait passé chez nous, il n'avait jamais dit « Angelina », mais toujours « le bébé ».

Je regardai Garrett. Il nous ignorait, les yeux fixés sur Melissa, qui l'avait surpris et le dévisageait sans ciller. L'intensité de leurs regards paraissait grésiller dans l'air. Je ne pus le supporter une seconde de plus.

– Garrett, dis-je.

Rien.

– *Garrett…*

Lentement, il tourna la tête vers moi. Avec mépris.

– Il faut que je vous pose une question.

Il haussa les sourcils.

– Vous voulez vraiment être père ? Vous voulez vraiment changer de vie ? Avez-vous conscience du travail que cela représente, de s'occuper d'un bébé et de l'entretenir ?

À nouveau, son père parla à sa place :

– Je l'élèverai avec Kellie. Ce sera à la fois notre fille et notre petite-fille. Garrett ira à l'université pour devenir avocat ou médecin, et quand il sera marié et aura un foyer, il prendra l'enfant avec lui.

– C'est à lui que je me suis adressé, insistai-je.

– Il n'a pas voix au chapitre, répliqua Moreland avec fougue. Nous en avons discuté en famille et ça se passera comme ça.

Garrett m'observa pour voir ma réaction.

– Alors, quelle part a votre femme dans tout ça ? demanda Melissa au juge. Pourquoi n'est-elle pas venue avec vous ?

– Elle était trop mal à l'aise, lâcha Moreland d'un air pincé.

– Elle ne veut pas nous rencontrer ? dit Melissa, d'un ton amer.

Le juge rougit et baissa les yeux.

– Elle se sent gênée.

Ça avait tout l'air d'un mensonge.

Changeant de sujet, il dit :

– J'aimerais voir le bébé.

– Il dort, répondit Melissa.

– Je ne le réveillerai pas.

Ma femme me regarda avec un désespoir horrifié.

– Ce n'est peut-être pas le bon moment… suggérai-je.

– J'ai envie de le voir. Je veux voir à quoi il ressemble, dit-il fermement.

Nous reculâmes. Plus personne ne parla pendant une longue minute. J'avais l'estomac noué et les mains glacées. La confiance que j'avais avant leur arrivée s'était envolée. Il me semblait que notre salon n'était plus le même : je ne le reconnaissais plus.

Melissa soupira.

– Je vous emmène au premier…

– Tu en es sûre ? demandai-je.

Étions-nous en train de céder sur tout ? Je ne savais pas trop. Peut-être Melissa pensait-elle que si Moreland voyait Angelina dormir dans son berceau, dans sa chambre, chez nous, il s'attendrirait et changerait d'avis. Après tout, la discussion avait été abstraite jusqu'ici. Le fait qu'il voie la petite pourrait peut-être nous aider.

– Parfaitement, répondit-elle.

Je me tournai vers Garrett.

– Vous voulez monter ?

Il secoua la tête.

– Non merci. Mais j'aimerais bien avoir un Coca, ou un truc comme ça. Vous avez du Coca ?

Il n'avait pas envie de la voir. Ça me réconforta. Pendant que Melissa emmenait son père à l'étage, je passai dans la cuisine. Ma femme planquait du Coca light au fond du frigo. Je remplis un verre de glace et le rapportai avec la canette. Garrett était debout devant la cheminée, regardant des photos de notre mariage, de mes parents au ranch, d'Angelina à trois mois dans les bras de Melissa.

Par le talkie-walkie, j'entendis s'ouvrir la porte de sa chambre.

Je tendis la canette et le verre à Garrett. Il prit la première sans un mot. Qu'il soit resté en bas me donnait une ouverture :

– Vous ne voulez pas vraiment élever le bébé, n'est-ce pas ?

– Non.

– Alors, c'est votre père ?

– Il a ses idées à lui.

– Vous pouvez le faire changer d'avis ?

– Je ne crois pas.

– Vous voulez essayer ?

Il me fixa d'un regard vide. Quelque chose dans ses yeux me troubla. C'était comme s'il me voyait comme un homme qu'il ne pouvait absolument pas comprendre, comme si je n'étais pas digne d'une explication.

– Signez simplement les papiers, dis-je. Vos parents ne pourront rien faire si vous acceptez.

À nouveau, ce demi-sourire.

– Je ferai tout ce que je peux pour vous si vous les signez, ajoutai-je.

Sans bien savoir quoi.

– Mon père est très riche, lâcha-t-il. Je n'ai pas besoin de vous.

– Mon appui pourrait vous servir si vous les signez, hasardai-je, tentant encore une fois la tactique d'homme à homme. Être père change la vie, croyez-moi. C'est une joie, mais vous devez être prêt pour ça. Il faut renoncer à beaucoup de choses. Votre existence ne vous appartient plus, vous perdez votre liberté. En plus, c'est la meilleure solution, de nous laisser le bébé, je pense que vous le savez.

Il hocha la tête et ses yeux brillèrent. Il m'écoutait, comme s'il voulait en entendre davantage. Mais j'avais l'impression étrange que c'était moins un encouragement qu'une façon de m'inciter à parler.

Par le talkie-walkie, j'entendis ma femme s'exclamer :

– Ne la touchez pas !…

Son ton me fit sursauter.

– Je veux juste la retourner pour voir son visage, dit Moreland.

– Je vais le faire, moi, répliqua Melissa.

Je perçus le froissement des couvertures d'Angelina, puis un léger murmure.

– Voilà, dit Melissa.

– Ah, chuchota Moreland. Elle est belle. Elle ressemble à son père et à moi.

Silence de ma femme.

– Vous voyez cette petite tache de vin sur son mollet ? J'ai la même. C'est un signe qu'elle est une Moreland.

– Non ! s'écria Melissa.

Mais que faisait-il ?

– Je veux juste la prendre dans mes bras, plaida-t-il.

– J'ai dit non !...

– D'accord, d'accord... Je vais la laisser dormir. Je peux prendre une photo d'elle, au moins ? Pour la montrer à Kellie ?

– Je ne préférerais pas... soupira Melissa.

– Rien qu'une photo... Juste une ?

Elle ne répondit pas. Il prit – et moi aussi – ça pour un consentement. J'entendis le déclic d'un appareil numérique.

– J'aimerais la regarder encore quelques instants, dit-il.

– Seulement avec les yeux, rétorqua Melissa. C'est tout.

Je posai le verre de glace sur la table basse et m'apprêtai à monter à l'étage. Mes mains tremblaient. Je serrai les poings et je crus que j'allais perdre mon sang-froid. S'il disait encore quelque chose, s'il prenait d'autres photos, s'il la touchait...

– Madame McGuane, s'il vous plaît... Ne rendez pas les choses plus difficiles qu'elles ne le sont déjà.

– C'est mon bébé, repartit Melissa, et vous voulez me le prendre.

– Je comprends ce que vous ressentez, dit le juge d'une voix douce.

Je respirai profondément, tâchant de me calmer. Cela faisait longtemps que je n'avais pas été aussi furieux. Je me demandai ce que j'aurais fait là-haut. Je repensai au Colt 45. Je compris alors que tout avait changé, que Melissa et moi étions passés dans une tout autre dimension...

Je m'aperçus que Garrett m'observait d'un petit air narquois.

– Qu'est-ce que vous alliez faire ? demanda-t-il.

– Rien.

– Ouais, c'est ça…

– Vous ne voulez pas voir le bébé ?

– Non, dit-il avec une nouvelle moue nonchalante.

– Signez les papiers, chuchotai-je.

– Vous avez une belle femme, souffla-t-il en retour. Elle me plaît.

Il reprit son air impassible quand Melissa et le juge descendirent l'escalier. Mais ses yeux fixaient ma femme, pas son père.

– Et si je venais regarder le match avec vous ? me dit-il.

– Quoi ? !

J'étais sidéré.

– Je devrais sans doute apprendre à vous connaître, ajouta-t-il, les yeux toujours posés sur Melissa. On devrait se fréquenter.

Je ne sus comment réagir. Je vis bien, à leurs regards, qu'elle et Moreland n'avaient pas entendu ce qu'il venait de dire.

Le juge s'arrêta sur le palier et serra la main de ma femme.

– Merci, dit-il. Elle est belle.

– C'est vrai, convint Melissa, esquissant un sourire malgré elle. Et elle est à nous, renchérit-elle.

– Ah, il faudra qu'on voie ça.

– Non, coupa Melissa. C'est tout vu.

Mince… J'admirai sa ténacité.

Le juge se tourna vers moi. En réponse, je montrai Melissa du menton, pour lui dire : « Ce n'est plus moi qui décide. La réponse est non. »

– Viens, Garrett, dit alors Moreland. Merci pour le café, ajouta-t-il à notre intention. J'ai été ravi de vous rencontrer.

Garrett vida son Coca et me tendit la canette vide, laissant son père s'éloigner jusqu'à ce que ce dernier ne puisse plus l'entendre. Il avait l'air incrédule, comme s'il ne pouvait croire à sa chance soudaine.

– Qu'est-ce qu'il y a ? lui dis-je.

Il étira les lèvres, les pupilles dilatées, et je pus presque l'entendre penser : « Maintenant, je vous tiens, non ? Vous n'oserez rien faire qui puisse m'irriter, sinon je ne signerai pas les papiers. »

Puis il sourit franchement et une lueur dansa au fond de ses yeux.

Un frisson me parcourut le dos.

– Garrett ?

Moreland ouvrit la porte de la maison et son fils sortit sans se presser, me jetant un regard en passant devant moi.

– À plus tard… me souffla-t-il.

– Il faut que je réfléchisse, dit Moreland à Melissa. Vous êtes des gens remarquables, mais…

À nouveau ce *mais*.

Il poursuivit :

– Tout est très simple dans cette affaire. J'ai bien étudié la jurisprudence et vu des amis avocats experts en droit familial. La génitrice a renoncé à ses droits parentaux, mais pas le géniteur : Garrett. Il devrait avoir la garde du bébé, ça ne fait pas de doute. Aucun tribunal ne s'y opposerait. Néanmoins, dit-il, écartant l'argument qu'il venait de brandir, je persiste à penser que nous pouvons trouver un moyen terme. Vous avez visiblement des sentiments pour le bébé, et vous avez agi de bonne foi. Il y a peut-être une marge de manœuvre sur laquelle nous pourrions nous entendre. Vous pourriez lui rendre visite de temps en temps et jouer un rôle positif dans sa vie, comme un oncle et une tante. Mais le fait est que le bébé est de notre sang, qu'il nous appartient légalement. C'est un fait intangible. Le sang est le sang, la loi est la loi. N'importe quel juge reconnaîtrait que nous avons les moyens de nous en occuper parfaitement et de lui offrir un cadre idéal.

– Qu'est-ce que cela veut dire ? lança Melissa. Que nous ne le pouvons pas ?

– Vous avez fait de votre mieux, bien sûr, répondit Moreland, non sans humanité.

– Mais nous aimons Angelina, plaida ma femme, une note de panique dans la voix.

Le juge hocha la tête.

– Réfléchissez à l'éventualité que Garrett signe les papiers, insistai-je. Vous dites que nous pouvons adopter un autre bébé et qu'il doit assumer ses responsabilités. Peut-être est-ce lui qui pourrait rendre visite à notre fille. C'est peut-être à lui de jouer le rôle de l'oncle.

Le regard de Melissa me vrilla. Elle ne voulait rien avoir à faire avec eux.

– Ah, le compromis… dit Moreland, faisant mine de me porter un toast comme pour saluer mon intervention. Mais il n'y en aura pas. J'espère juste que nous pourrons régler ça entre nous, sans passer par un long combat juridique que vous seriez voués à perdre. Ça ne ferait que rendre les choses plus difficiles et plus pénibles pour vous et le bébé. En fait, ça pourrait être cruel pour lui, car vous ne pourrez pas gagner et vous ne pourrez pas payer des avocats indéfiniment. Écoutez, dit-il gentiment, je sais que c'est dur pour vous en ce moment, que cette histoire doit vous déstabiliser. Mais mon offre tient toujours. Il y a d'autres bébés à adopter, je peux vous y aider. Il y a des milliers de bébés dans le monde qui pourraient être aimés et élevés dans un foyer comme le vôtre. Je suis toujours prêt à vous donner une compensation… Parlons à présent du délai. Bien que nous ayons tous les droits d'exiger le bébé tout de suite, ça ne serait pas humain. En plus, nous voulons éviter les scènes traumatisantes : les voitures du shérif fonçant chez vous, tous gyrophares dehors, pour vous forcer à nous rendre l'enfant… Donc, je vous donne trois semaines pour lui dire au revoir – jusqu'à la fin du mois. Ce sera un dimanche. Ça devrait vous donner assez de temps pour réengager une procédure d'adoption… avec mon aide, et pour lui dire adieu. J'ai déjà signalé la date au shérif, qui sera disponible avec son équipe. Il ne viendra pas, sauf nécessité. Donc, je vous en prie, ne l'y forcez pas. C'est le mieux que je puisse faire, désolé. Trois semaines.

Garrett ne bougeait pas, imperturbable, ne révélant rien de ce qu'il pensait.

– Bien, conclut Moreland, nous ferions mieux d'y aller. Vous parierez sur les Broncos, je pense ? Au moins, nous pouvons nous entendre là-dessus ?

Il ferma la porte derrière lui. Melissa me rejoignit à la fenêtre. Il ne semblait plus y avoir beaucoup d'oxygène dans la pièce. Nous vîmes Garrett s'asseoir dans la voiture, refermer la portière, regarder droit devant lui. Juste avant de monter à ses côtés, Moreland marqua une pause pour contempler notre maison, comme s'il prenait une décision qui l'affligeait. Il semblait avoir des remords, mais il avait un air déterminé. Mon cœur se serra. Je compris qu'il ne changerait jamais d'avis.

Mais quelque chose l'empêcha de partir. Mon ami Cody avait choisi cet instant pour s'arrêter devant chez nous dans sa voiture de police, bloquant sans le savoir le SUV du juge dans l'allée. Moreland resta là, les mains sur les hanches, le regardant avec irritation. Cody ne le vit pas. Il sauta de sa Crown Victoria et ouvrit le coffre, son éternelle cigarette dansant dans sa bouche. Un son nasillard de country s'échappait de son autoradio. Cody saisit un pack de bières bon marché, plus la perceuse électrique qu'il m'avait empruntée, et se tourna vers la maison. Ce fut à ce moment-là qu'il vit le juge.

Je ne pus entendre leur échange, mais visiblement Cody se confondit en excuses. Il jeta la perceuse et les bières dans son coffre et recula très vite pour laisser passer les Moreland.

Melissa ne vit rien de tout ça, car son visage était enfoui dans ma poitrine.

– Ce n'est pas possible… gémit-elle.

– Je sais.

Elle me considéra farouchement. Je n'avais jamais vu une conviction aussi acharnée.

– Jure-moi, Jack, me dit-elle, que tu feras tout ce que tu pourras pour les empêcher de prendre notre bébé.

Je hochai la tête en la serrant plus fort.

– *Jure-le-moi !*

– Je le jure, lui dis-je. Je te le promets.

J'avais l'estomac noué.

Cody entra dans la maison. Ses cheveux bruns étaient en bataille et il portait un jogging taché.

– Bon sang, s'exclama-t-il, j'espère que le juge ne m'a pas reconnu ! Je n'ai pas le droit de prendre cette voiture pour faire des courses en dehors du service. Et d'abord, qu'est-ce qu'il faisait là ?... Hé, qu'est-ce qui ne va pas, vous deux ? Vous avez l'air d'avoir vu un fantôme !

Par le talkie-walkie posé dans l'autre pièce, nous entendîmes remuer Angelina. Nous l'écoutâmes bâiller, gazouiller, soupirer. Son petit berceau grinça quand elle tenta de se lever. Puis elle dit :

– Ma...

3

Ce soir-là, deux minutes après le premier quart du match des Broncos, j'entendis un moteur de voiture ronfler devant la maison. Melissa était au premier, en train de donner le bain à Angelina.

On sonna à la porte.

Ils étaient trois : Garrett, un jeune Mexicain couvert de tatouages qui avait l'air d'un gangster et un roux émacié vêtu dans le style hip-hop, comme le Latino. Le Hummer jaune vif de Garrett était garé dans l'allée, sorte de version musclée de ma Jeep Cherokee.

Garrett me dit « Salut », d'un ton trop familier. Puis :

– J'espère que ça ne vous dérange pas, j'ai amené mes amis Luis et Stevie.

Ils étaient venus, ajouta-t-il, pour lier connaissance...

Je ne dis rien.

– Y a un problème ? demanda-t-il, écarquillant les yeux d'un air moqueur.

Stevie eut un petit sourire satisfait.

– Salut, *amigo*, me dit Luis, le regard menaçant.

Garrett s'assit avec lui dans le canapé. Stevie s'installa sur un des bras, montrant ainsi qu'il était leur larbin. Les trois garçons regardèrent le match dans un silence total, sans faire de commentaires. Je ne peux pas dire qu'ils avaient l'air de s'ennuyer, parce qu'ils étaient alertes et que rien ne leur échappait. Ils contemplèrent Melissa quand elle descendit l'escalier, passa dans la cuisine et referma la porte. Je surpris le regard que Garrett lança à Luis, l'air de dire : « Tu vois ? Je ne t'avais pas menti. »

Luis était plus petit que Garrett, avec un teint plus mat, une fine moustache et une face de carlin, comme si on lui avait aplati le visage à coups de marteau. Il portait un tee-shirt trop grand sous une chemise écossaise encore plus large et un immense pantalon cargo. Il avait des cheveux ras, des yeux noirs au regard morne et *Sur 13* tatoué sur le cou. Stevie portait le même genre de tenue et un bandana rouge sur la tête. Mais sa coupe de cheveux, ses dents parfaites et ses baskets de prix trahissaient le gosse de riche qui jouait les gangsters. Je vis bien que c'était un ami de Garrett. Alors que Luis, sûrement un vrai caïd, paraissait jurer avec eux.

Au cours d'une pub pour un traitement des troubles de l'érection, je demandai :

– Garrett, il y a quelque chose dont vous voudriez me parler ?

Il me regarda franchement.

– Oui.

Je hochai la tête, l'incitant à continuer.

– J'aimerais avoir un truc à boire. Un de vos Coca, par exemple. J'imagine que mes amis en prendraient bien aussi.

– Pour moi, ce sera une bière, mec, dit Luis dans un sourire qui dévoila des dents en or.

– Pour moi aussi, renchérit Stevie avec un léger – et faux – accent mexicain.

Je secouai la tête. Incroyable…

– Peut-être aussi des amuse-gueules ? ajouta Garrett. Des chips avec une sauce ? Des nachos[1] ? Vous ne grignotez jamais pendant les matchs ?

– Nous si, dit Luis, on adore ça.

Je jurai tout bas et sortis leur chercher à boire. Mais pas de bière pour Luis et Stevie, ni de putains d'amuse-gueules. En rentrant

1. Petite tortilla triangulaire gratinée et nappée de sauce.

dans le salon, je les entendis pouffer. Je dus fermer les yeux et respirer un bon coup pour m'empêcher d'exploser.

Pendant le troisième quart du match, je demandai à Garrett s'il envisageait de signer les papiers.

– Je n'y ai pas réfléchi, dit-il avec dédain. C'est à mon père qu'il faut parler de ça.

Je perçus un petit sourire intransigeant sur le visage de Luis.

– Il parle toujours à votre place ?

– Pour cela, oui.

– Pourquoi ?

Il me regarda droit dans les yeux. J'en eus la chair de poule.

– On a passé un accord, répondit-il.

Avant que j'aie pu lui demander de quoi il s'agissait, Melissa traversa le salon pour monter se coucher. Il la suivit des yeux.

Harry, notre vieux labrador, sortit sans bruit de la cuisine. Garrett eut un mouvement de recul et se crispa sur le canapé.

– Il est inoffensif, lui dis-je en souriant. Harry aime tout le monde.

– Vous pouvez le faire sortir, s'il vous plaît ? me demanda-t-il d'une voix tendue.

– Bien sûr, dis-je, perplexe.

Les gens qui n'aiment pas les chiens me surprennent toujours. Je sortis Harry dans la cour. À mon retour, les garçons n'avaient pas bougé, mais Garrett affichait ce que je peux seulement appeler un air dégoûté.

– Quelqu'un est allergique aux chiens ? demandai-je.

– Non, répondit Garrett, d'un ton qui montrait qu'il ne voulait plus en parler.

– Il ne les aime pas, déclara Luis. Moi, j'en ai quatre. Des chiens de combat. On ne déconne pas avec eux…

– Ça vous embête si j'utilise vos toilettes ? reprit Garrett.

– C'est en haut à gauche, indiquai-je.

Je me demandai s'il ne voulait pas épier Melissa dans la chambre de la petite, mais il revint très vite. Comme il descendait l'escalier, Luis dit :

– Je passe après toi, mec.

Quand il fut à l'étage, je me tournai vers Garrett en ignorant Stevie :

– Qu'est-ce que vous voulez ? Pourquoi avez-vous amené vos amis ?

Je sentis que j'agrippais trop fort les bras de mon fauteuil.

– Qu'est-ce qui se passe ? Vous n'aimez pas les Mexicains ? dit-il, l'air innocent. Luis vous rend nerveux ?

– Ce n'est pas ça.

– Il m'a semblé, pourtant. Qu'est-ce que t'en penses, Stevie ?

Le garçon répondit :

– Il m'a semblé aussi.

Garrett me sourit.

– Vous me rappelez ma belle-mère. Elle non plus n'aime pas Luis.

– Votre belle-mère ?

– Ouais. Ma vraie mère est morte. Kellie, c'est ma belle-doche.

– Elle est gentille quand même, dit Stevie.

– Nous, on sait que vous avez intérêt à être cool avec moi, reprit Garrett, sinon, je ne signerai jamais les papiers. Vous avez intérêt à être très sympa. Je sais que ça vous fait chier, mais bon…

– À quel jeu jouez-vous ?

– C'est pas un jeu.

– Avez-vous la moindre intention de signer ?

Il haussa les épaules.

– Je vais voir. Ça dépend comment vous nous traitez, mes amis et moi. Si vous nous insultez, vous n'aurez pas ce que vous voulez.

J'eus envie de lui mettre mon poing dans la gueule. Au lieu de ça, j'agrippai encore plus les bras du fauteuil.

Garrett leva les yeux quand Luis descendit enfin l'escalier, les joues bizarrement rouges.

– T'as fini ? lui demanda-t-il.

– Ouais, dit Luis avant de me lancer : Y a un truc qui marche pas dans vos toilettes, mec. Faut les faire réparer.

– Mais elles fonctionnent très bi…

– On doit y aller, dit Garrett en me décochant un sourire. J'ai école demain, vous savez ? Tu es prêt ? demanda-t-il à Luis. À plus tard, me glissa-t-il.

Ils sortirent. J'entendis son Hummer démarrer. Ils restèrent quelques minutes dans le noir en laissant le moteur tourner et le pot d'échappement pétarader. J'éteignis les lumières extérieures pour qu'ils partent et pour pouvoir les observer. Je n'arrivai pas à bien les voir, mais d'après leurs gestes ils semblaient se parler en riant, ce qui me mit en rage. Finalement, la voiture sortit en marche arrière de l'allée et, lentement, très lentement, elle descendit la rue.

Quand elle s'éloigna en grondant, Melissa me cria de l'étage :

– Jack !

Une eau brune souillée jaillissait des toilettes, inondant le tapis. L'odeur était atroce. Une masse d'excréments flottait dans l'eau en se délitant, débordant de la cuvette.

– J'appelle un plombier, dis-je.

– Appelle Cody, lâcha Melissa avec un haut-le-cœur. Et Brian aussi !

4

J'ai grandi au Montana dans une série de ranchs. Je me rappelle clairement chacun d'entre eux. Ce que je veux dire, c'est que je me souviens de leur agencement à tous, de l'emplacement des bâtiments, des corrals, des cachettes. L'un d'eux se trouvait près d'Ekalaka, dans l'est de l'État, et les autres à Billings, Great Falls, Townsend et Helena. Mon père était contremaître de ranch et nous le suivions de poste en poste. J'aimerais pouvoir dire qu'il montait en grade à chaque fois, mais en fait, non. Certains ranchs étaient meilleurs que d'autres, mais tous semblaient appartenir à des gens avec qui il ne pouvait pas s'entendre. Il avait ses idées à lui sur les vaches, les chevaux, l'exploitation des pâturages, et si le propriétaire n'approuvait pas toutes ses méthodes, mon père disait qu'ils ne voyaient pas les choses de la même façon, ma mère soupirait et il se mettait en quête d'un autre poste. Une fois ce nouveau job dans la poche, il quittait l'ancien avec colère, chargeait toutes nos affaires dans le pick-up et la remorque à bestiaux, et nous partions pour le ranch suivant. Mes parents étaient ma seule constante, et je me mis à avoir honte d'eux en grandissant.

Mais depuis j'ai changé d'avis et je m'en veux de cette honte. C'étaient des gens simples, d'une autre époque, avec une autre mentalité. Ils étaient comme les fermiers des *Raisins de la colère*. Ils travaillaient dur sans même lever les yeux alors que le monde changeait autour d'eux. Ils lisaient rarement des livres et parlaient seulement de la terre, de la nourriture et du temps qu'il fait. Mon père n'a acheté une télé couleur qu'à la disparition des postes en noir et blanc. Mais, à bien des égards, ils m'ont transmis des qualités que je n'ai pas perçues ni appréciées sur le moment. Ils m'ont donné le don de la perspective. Je suis la seule personne que je connaisse à avoir grandi au grand air. Je sais ce que c'est que souffrir et travailler dur, car c'était la spécialité de ma famille. Quand mes collègues se plaignent de rester tard au bureau ou de la montagne de dossiers qu'ils ont à traiter, je me dis que ce n'est rien à côté d'un vêlage en plein blizzard où, si on ne rapporte pas aussitôt le nouveau-né à l'étable, il mourra de froid avant même d'avoir poussé son premier cri.

Je n'étais simplement pas fait pour le travail au ranch. Je réparais des clôtures, marquais des animaux, déchargeais du foin des chariots pour les nourrir l'hiver. Mais je n'avais pas de goût pour ça. Je n'ai jamais été hargneux ni irrespectueux envers mon père et son métier. Seulement indifférent. Et il a rapidement renoncé à faire de moi un contremaître de ranch ou un ouvrier compétent. Ma mère cachait son affection, sauf à des moments inattendus ou étrangement incongrus. Je me rappelle un jour où je descendais le chemin de terre pour gagner l'arrêt du car scolaire quand je me rendis compte qu'elle courait derrière moi. Je me figeai et m'accroupis en couvrant ma tête de mes bras, dans l'attente d'une raclée, en me demandant quelle bêtise j'avais faite. Au lieu de ça, elle m'enlaça et me donna un baiser sur le front en murmurant, les larmes aux yeux : « Oh, tu es tout pour moi, mon tout petit chéri… » Elle continuait à m'étreindre et à m'embrasser quand le car s'arrêta, bourré de gars de la campagne qui sifflaient, le nez collé aux vitres. En rentrant à la maison ce soir-là, je demandai à ma mère ce qui lui avait pris et elle pâlit, les yeux écarquillés d'horreur de me voir en parler en présence de mon père. C'est seulement aujourd'hui que je comprends la profondeur de l'amour qu'elle me révéla ce jour-là. Je le ressens moi-même quand je regarde Angelina en sachant que, quoi qu'il arrive, je l'aimerai toujours.

Je me réfugiai alors dans l'idée que ma mère m'encourageait

secrètement à partir. Maintenant que je l'ai fait, je n'en suis pas si sûr. Au contraire, je pense qu'elle me voyait comme un substitut à sa rébellion contre mon père et contre la vie en général. Je ne dis pas qu'elle était malheureuse – pas du tout. Mais elle était née avec un nuage noir au-dessus de la tête qui devint encore plus noir avec le temps. Et j'ai fini par l'accepter.

Le seul ranch où nous restâmes plus de deux ans fut le HS Bar, entre Townsend et Helena. Le propriétaire était un millionnaire vivant dans le Connecticut. Il parlait vite, d'un ton caustique, en fulminant. Il apparut un jour au ranch déguisé en cow-boy, l'air tout droit sorti de *Bonanza*[1]. Il ne me plut pas – il m'appela Jake au lieu de Jack –, mais, à cause de sa mauvaise santé, d'un divorce pénible et de problèmes avec la SEC[2], nous le vîmes peu et n'entendîmes pas beaucoup parler de lui. De ce fait, mon père déclara qu'il était le meilleur employeur qu'il avait jamais eu et qu'il s'entendait bien avec lui. « On voit les choses de la même façon », disait-il, ce qui signifiait qu'ils ne se parlaient jamais. Pendant ces années-là, le car scolaire m'emmena au lycée de Helena. En chemin, il passait prendre Cody dans le quartier pauvre de la ville. Nous devînmes grands amis. Plus tard, nous rencontrâmes Brian, le fils du pasteur, et ça marcha entre nous trois, sans doute parce que aucun de nous ne faisait déjà partie d'un groupe établi.

Ensemble, nous chassions, pêchions, randonnions et courions les filles. Dès le départ, il parut évident que Brian était voué à de grandes choses. Toutes les filles l'adoraient, il était leur confident et leur meilleur ami. Il nous en présentait, à Cody et à moi, et nulle ne semblait jamais assez bien pour ce petit génie. Du moins, c'était ce que nous pensions à l'époque.

Après le lycée, Brian et moi allâmes à la fac. Lui à Denver

1. Série créée en 1959 par David Dortort, *Bonanza* allie les deux genres majeurs de la télévision américaine : le western et la saga familiale. À l'écran pendant quatorze ans, ce fut l'une des plus longues séries télévisées des États-Unis et la plus diffusée au monde.

2. L'équivalent de la COB, la Commission des opérations de Bourse.

avec une bourse, moi à l'université d'État du Montana, grâce à un prêt étudiant qui allait peser sur moi pendant dix ans. Quand je partis à Bozeman dans mon pick-up antédiluvien, je savais que je ne reviendrais jamais au HS Bar ni dans aucun ranch géré par mes parents. Cody, lui, resta dans la région de Helena, travaillant dans des chantiers et des ranchs. Il tira même six mois au HS Bar sous la houlette de mon père. Il me confia plus tard que cette période l'avait convaincu de s'inscrire à l'école de police, pour ne plus jamais avoir à bosser pour un vieux con comme lui.

J'attendis d'être fiancé à Melissa pour la présenter à mes parents… de peur de la faire fuir. Mon père la considéra longuement, se tourna vers ma mère et dit : « Elle est trop bien pour lui. » Les parents de Melissa, qui vivaient alors à Billings et n'avaient pas encore divorcé, étaient du même avis. Portés par les ailes de leur confiance, nous roulâmes jusqu'à Las Vegas avec Cody et Brian, laissant un tas de canettes de bière dans notre sillage. Sonnés à l'évidence par une énorme gueule de bois, mes amis furent nos témoins lorsque nous nous mariâmes à la chapelle du Dunes Hotel, dans Glitter Gulch.

Après quoi, j'obtins mon diplôme de journalisme, qui se révéla presque sans valeur, et commençai comme reporter à la *Billings Gazette*. J'y travaillai surtout comme assistant infographiste, gagnant juste un dollar de plus que le salaire minimum. Nous vécûmes dans une caravane au bord de MetraPark[1], d'où l'on pouvait voir et sentir le bétail conduit aux ventes aux enchères, et où nous partageâmes notre espace avec deux chiens qui apparurent un jour et choisirent de rester. Melissa s'en sortait mieux que moi, travaillant au bureau des réservations dans un hôtel local, puis comme assistante du directeur général, avant de lui succéder. Quand un poste se libéra au Bureau des congrès et du tourisme de Billings, elle me convainquit de me porter candidat et usa de ses relations pour me pousser. Elle avait si bonne réputation que

1. Très grand complexe de Billings, accueillant toutes sortes de manifestations culturelles, commerciales et sportives.

le comité directeur m'embaucha, pensant que son mari pouvait lui être utile. Après quelques années, je fis un moment la navette entre Billings, Bozeman et Casper, dans le Wyoming, pour me former à l'industrie du tourisme. À force de voyager d'une ville à l'autre, je commençai à me sentir comme mon père.

Brian resta à Denver après ses études pour se lancer avec succès dans la promotion immobilière, et il devint une personnalité influente de la région. Il entra aussi au comité directeur du Bureau des congrès et suggéra à Linda Van Gear, la vice-présidente du tourisme, de me prendre dans son équipe.

Melissa et moi partîmes pour la grande ville.

Cody, lui, bourlingua dans la police, passant de bled en bled dans le Montana et le Wyoming, puis il s'installa provisoirement à Loveland, Colorado. On commença à voir son nom dans le *Denver Post* et le *Rocky Mountain News*, dans le cadre d'affaires défrayant la chronique, dont le meurtre d'une étudiante violée et tuée par un Mexicain sans papiers. Le *News* le qualifia d'« enquêteur implacable ». Il se maria et divorça deux fois. Il entra finalement dans la police de Denver – où il avait été promu récemment inspecteur-chef. C'était lui qui avait arrêté Aubrey Coates, l'homme que les journaux surnommaient « le Monstre du Desolation Canyon ».

Nous avions atterri à Denver comme beaucoup d'autres gens. On n'y croise pas grand monde qui soit né dans la ville, ou dans l'État lui-même. Ici, les gens se sentent rarement liés par une culture ou un passé communs. Les relations et les attaches y sont aussi profondes que le filet d'eau de la South Platte River, qui arrose faiblement la ville.

– Tu pourrais sans doute porter plainte pour vandalisme – je suis sûr qu'ils le savent, me dit plus tard Cody. Le problème n'est pas de savoir si tu as raison de le faire, mais si tu as le cran de t'en prendre à eux et de les faire chier.

Cody était venu tout de suite, et Brian aussi. Larry, de SOS Plomberie, était encore à l'étage.

Cody portait le même jogging qu'en milieu de journée et ne

s'était pas rasé. Sentant la bière, la sueur et la fumée de cigarettes, il dit qu'il avait passé la soirée à regarder le match dans un bar de flics de Cherokee Street. En vieillissant, il ressemblait de plus en plus à son père, un alcoolique vétéran du Viêt Nam, au nez bulbeux et à la panse généreuse, qui vivait dans une camionnette déglinguée et faisait des petits boulots partout dans le comté. Le semi-automatique qu'avait passé Cody à sa ceinture me donna à réfléchir, créant dans notre salon une atmosphère grave et déterminée qui, me dis-je, y avait manqué jusque-là.

Brian, lui, portait des mocassins sans chaussettes et une chemise bleu pâle, flottant sur un pantalon chino. Ses cheveux s'étaient dégarnis, réduits à une fine mèche sur son front, et ses yeux étaient pénétrants, couleur noisette. Il avait encore maigri depuis la dernière fois où je l'avais vu, et commençait à ressembler aux cintres auxquels il suspendait ses tenues chic.

Melissa leur avait demandé s'ils voulaient quelque chose avant de s'effondrer dans un fauteuil. Cody avait choisi une bière, Brian de l'eau glacée avec « une petite tranche de citron ».

– Je suis sûr que c'était Luis, dis-je. Il a passé beaucoup de temps aux toilettes. Mais je me demande si Garrett ne l'y a pas poussé.

– C'est dégoûtant ! cracha Brian. Les porcs !...

– Ce tatouage, « Sur 13 », que tu as décrit, déclara Cody, veut dire « Sureños 13 » – c'est la branche locale d'un gang implanté aux États-Unis. On trouve ses graffitis partout dans le sud et le centre de la ville, elle deale presque tout le speed du Colorado. Je passerai voir les gars des Stups pour leur demander s'ils connaissent ce Luis.

– Mais pourquoi fréquente-t-il Garrett, et vice versa ? demandai-je. Stevie est un Blanc, lui aussi.

– On voit ça de plus en plus, répondit Cody, des jeunes Blancs riches qui s'encanaillent avec des truands du Mexique. Pour s'imprégner un peu de leur insolence et de leur pouvoir. Ils sont exactement comme les rappeurs blancs qui cherchent à se donner l'image des Noirs. Les gangs mexicains sont les rois de Denver, comme de toutes les villes de l'Ouest et du Sud-Ouest.

– Et ces truands, qu'est-ce qu'ils gagnent à côtoyer des Blancs ?

– Des relations, dit Cody. L'accès aux écoles et aux quartiers des gamins friqués. En plus, Luis doit être intelligent. Il sait que le père de Garrett est un juge fédéral : cette amitié pourrait les aider à un moment donné, lui et ses potes.

– Autre chose, ajoutai-je. La télécommande de la télévision a disparu. Ils ont dû la voler quand je suis sorti leur chercher à boire.

– C'était gentil de ta part, railla Cody, sarcastique.

– On les a bien traités parce qu'on ne voulait pas les braquer, expliqua Melissa. Quand Garrett est venu avec son père, on espérait qu'ils se rendraient à la raison après avoir vu qui nous étions, nous et le foyer qu'on a construit pour Angelina…

Brian et Cody hochèrent la tête d'un air compréhensif.

Cody baissa les yeux sur ses notes en disant :

– Garrett a dit quelque chose de menaçant ?

– Non.

– Mais il a suggéré que tu ferais mieux d'être cool avec lui, sinon il ne signerait pas les papiers ?

– Oui.

– Melissa, tu étais là quand il a dit ça ?

– Non.

Il se retourna vers moi.

– Donc, c'est ta parole contre la sienne.

Je secouai la tête.

– Le problème, ce n'est pas seulement leurs paroles, mais la manière dont ils se sont conduits. Pour eux, le fait de venir squatter ici avait l'air d'une bonne blague. Ils se regardaient tout le temps comme s'ils allaient éclater de rire.

– C'était vraiment gênant, ajouta Melissa. Garrett me déshabillait du regard.

Ça remua Brian, qui se pencha en avant, les mains crispées sur les genoux. Il avait toujours eu une attitude protectrice envers Melissa, dès notre mariage. Nous étions, disait-il, sa famille de substitution depuis la mort de son père. Melissa et lui se téléphonaient très souvent. C'étaient de longues discussions à bâtons rompus, ponctuées de « Brian ! » prétendument outrés quand il disait quelque chose de scabreux ou de vache. Il avait été là pour elle après ses fausses couches et j'enviais par moments leur complicité. Elle n'en revenait toujours pas que, jusqu'à l'âge adulte, je ne me sois pas rendu compte que Brian était gay, alors qu'elle l'avait vu au premier coup d'œil. Il était, disait-elle, son meilleur ami. Brian avait pour compagnon un architecte, Barry. Ils vivaient ensemble depuis plusieurs années, dans un loft branché au cœur de la ville. Barry me semblait difficile à cerner, assez raide et distant, mais il s'était aussitôt entendu avec Melissa. Je ne le voyais pas beaucoup.

Melissa m'avait dit un jour qu'elle soupçonnait Cody d'être un peu jaloux de Brian parce qu'il avait très bien réussi… et que sa vie sociale était plus éclatante. J'avais écarté cette idée, attribuant l'attitude de Cody au fréquent cynisme des flics envers les hommes d'affaires. Il avait grandi en répétant cette phrase inspirée de Balzac (même s'il ne savait pas qu'elle venait de lui) : « Derrière chaque grande fortune se cache un crime. » Je pense qu'il y croyait. Et qu'il devait probablement l'appliquer *aussi bien à* Brian qu'à Moreland.

Brian me regarda avec colère.

– Mais pourquoi les as-tu laissés entrer ?

– Je pensais que Garrett voudrait peut-être parler. J'espérais qu'il s'engagerait à renoncer à la garde d'Angelina. Mais il n'en a pas dit un mot avant que je le fasse.

– Tu ne peux même pas prouver qu'ils ont pris la télécommande, déclara Cody.

– Je sais que je l'avais quand le match a commencé. Je suis allé dans la cuisine pour chercher des Coca – je suppose que c'est à ce moment-là qu'ils l'ont fait.

– Mais pourquoi prendre un truc dont ils ne peuvent pas se servir ? s'étonna-t-il.

– Parce que c'est un trophée, avança Brian. Un objet symbolique. C'est comme s'ils t'ôtaient le contrôle de la situation. Il vous manque autre chose ?

Je parcourus la pièce des yeux. Il se pouvait qu'un autre objet ait disparu, mais je n'en étais pas sûr. Depuis la visite des Moreland, j'avais l'impression que notre maison m'était devenue étrangère.

Melissa avisa le manteau de la cheminée et perdit ses couleurs. Elle se leva d'un bond et courut jusqu'à elle.

– La photo d'Angelina dans mes bras à l'hôpital ! s'écria-t-elle.

– Garrett l'a regardée ce matin… balbutiai-je. Je l'ai vu.

– Il voulait peut-être une photo de sa fille, hasarda Brian.

– De sa fille biologique, rectifiai-je.

Melissa était sensible à ce genre de nuances.

– Ou peut-être, supposa Cody, qu'il voulait une photo de Melissa.

Larry, le plombier, descendit alors l'escalier en se raclant la gorge. Il secouait la tête en souriant.

– C'est réparé, annonça-t-il. Ces petits ennuis arrivent souvent quand on a des bébés qui commencent à marcher.

J'échangeai un regard perplexe avec Melissa.

– Je pourrais entamer une collection avec tout ce que j'ai trouvé dans des W.-C., reprit-il, debout sur le palier, rédigeant sa facture sur un porte-bloc. Des poupées Barbie, des sandales, des chaussettes… Un gosse a même cherché à y noyer une pomme pour cacher à sa mère qu'il ne voulait pas la manger. Le problème, c'est qu'il n'y a personne qui s'intéresse à ce qu'on trouve dans les toilettes, en dehors des plombiers.

– Mais notre fille est trop jeune pour marcher, dit Melissa.

– Vraiment ? s'étonna Larry en levant les yeux. C'est bizarre…

Puis il vit Harry et se mit à rire.

– Après les bébés, ce sont les labradors qui jettent le plus souvent des trucs dans les toilettes.

– Et le truc, dans les nôtres, c'était quoi ? demandai-je.

– Votre télécommande, répondit Larry. Elle était tout au fond, je crois qu'elle est fichue. À moins que vous vouliez que je la nettoie pour voir si elle peut encore marcher.

– Ça ira, maugréai-je.

– C'est encore sale, là-haut, conclut-il en me tendant la facture.

J'essayai de ne pas broncher quand je vis le montant… près de 400 dollars.

– C'est cher, quand on appelle SOS Plomberie, dit Larry en prenant un air enjoué. Surtout les soirs de match.

Après son départ, Brian dit :

– Le symbolisme continue. Il a pris votre télécommande et l'a jetée dans les toilettes, puis lui et son copain ont chié dessus. Mais enfin, c'est qui, ce gosse que vous devez vous fader ?

– Il faut trouver un plan, déclara Cody.

Mes deux amis restèrent jusqu'à deux heures du matin. Il nous avait fallu une heure pour ôter les tapis et les laver au jet dans la cour, et pour nettoyer le sol des toilettes. Brian avait mis un foulard sur son nez et sa bouche, mais on l'entendait répéter sans arrêt : « Les porcs… » Avant de faire le ménage, il avait pris des photos des dégâts avec son appareil numérique.

Comme j'avais viré notre avocat, il pensait qu'il nous en fallait un autre. Un bouledogue, asséna-t-il, un type « qui abattrait les Moreland à coups de bombe ».

– On n'a pas les moyens de se payer un type comme ça, dis-je. On est vraiment serrés avec l'emprunt de la maison et les frais d'adoption. Et on n'a plus le salaire de Melissa.

– Je me demandais quand tu sortirais ça… dit-elle avec une véhémence qui me déconcerta.

Avant que j'aie pu m'expliquer, elle ajouta :

– On peut vendre la maison. Je peux me remettre à travailler : Marriott et Radisson m'ont déjà contactée…

– Je vous donnerai un coup de main, proposa Brian. Ne vous inquiétez pas pour l'argent. Permettez-moi d'être votre champion dans cette histoire…

Il se pencha en avant et, en baissant la voix d'une octave, il dit, de son ton d'homme d'affaires :

– Depuis que je suis à Denver, j'ai rencontré des tas de gens, dont pas mal me doivent des services. D'accord, cette cité est en plein essor, mais au fond elle ne change pas vraiment… ça reste une petite ville tenue par une coterie d'anciens, de promoteurs et de politiciens. Il y a des leviers de pouvoir, et je sais les manier. Je le fais depuis des années. Je connais les conseillers municipaux et les journalistes, et vous savez que j'ai mes entrées dans l'entourage du maire. Si le bruit court que je me bats pour vous, votre affaire deviendra publique. Or c'est la dernière chose que veulent les pouvoirs en place.

– Merci, Brian, dit Melissa, les yeux brillants de larmes.

Je ne sus pas quoi dire. Personne dans ma vie ne m'avait jamais dit : « Ne t'inquiète pas pour l'argent. »

– Non, intervint Cody. Pour moi, ça n'est pas une riche idée. Même avec un prêt et un autre avocat…

– Je n'ai pas parlé de « prêt », dit sèchement Brian.

– … vous êtes toujours confrontés à John Moreland, poursuivit Cody, le coupant tout aussi brutalement. C'est un type haut placé, avec plus de relations que vous ne pouvez imaginer. Il peut engager des armées d'avocats pour vous contrer et vous mettre sur la paille pendant des années. En plus, n'importe quel juge prouverait qu'il peut très bien assurer l'avenir de votre fille, alors que vous êtes de plus en plus endettés.

– Ce n'est pas juste, grinça Brian, les dents serrées.

– Non, admit Cody, non sans délicatesse. Mais le fait est que son fils n'a pas renoncé à la garde du bébé. C'est peut-être un petit con qui cherche à vous baiser, mais il a la loi pour lui. Et de très bonnes chances de trouver un bon avocat qui soit prêt à défendre un juge fédéral. Surtout ce juge-là.

Melissa se redressa en soupirant. Ses yeux étaient cerclés de rouge. Mais elle refoulait courageusement ses larmes.

– C'est trop injuste… on ne mérite pas ça… Je les combattrai jusqu'à mon dernier souffle, dit-elle, presque en crachant ces mots. Je ferai tout, tout, pour garder ma fille. Jusqu'à faire semblant de flirter avec Garrett, s'il le faut.

Je grimaçai.

– D'une manière ou d'une autre, reprit-elle, il nous faut le convaincre de signer les papiers. Je ne peux pas croire qu'il s'intéresse un tant soit peu à Angelina. Il n'a pas envie d'être père, et pourtant je ne vois pas du tout à quoi il joue. Peut-être qu'il se sert juste des circonstances pour nous intimider.

– Il semble que tu lui plaises, dit Brian.

– On ne peut pas le provoquer, répliqua-t-elle. Il faut trouver quelque chose qui le fasse changer d'avis.

– Là, on va dans le sens de Julie Perala, remarquai-je.

Elle se tourna vers moi.

– Tu peux continuer à être sympa avec lui ? Du moins, à faire comme si tu ne le détestais pas jusqu'à ce qu'on trouve un moyen de le persuader ?

– Après ce qu'il a fait ce soir ? dis-je en montrant l'escalier. Ce n'est pas seulement un type calculateur, c'est le mal incarné. Son regard implacable m'a fait froid dans le dos.

– En voilà un bon argument pour le tribunal… (Cody leva les yeux au ciel.) Tu ne sais pas que le mal n'existe plus à notre époque, dans notre ville politiquement correcte ? Tu devrais sortir un peu plus, Jack !

– Il y a des gens qui appellent ça la tolérance et la diversité, dit Brian. Qui voient cela comme un progrès.

Cody poussa un long soupir, avant de lâcher :

– Progrès, mon cul…

– Je t'en prie, dit Brian, on ne sort pas du sujet, d'accord ?

– Le problème, ce n'est pas Garrett, reprit Melissa. C'est son père. Si on pouvait les séparer, si je pouvais parler au fils en privé…

– Non, dis-je. Ce n'est pas une très bonne idée…

– Peut-être que si je lui parlais ou si je lui montrais à quel point c'est prenant de s'occuper d'un bébé, ça le ferait fuir. Il a peut-être besoin de voir des couches souillées pour comprendre qu'il serait vite dépassé, même si ses parents élevaient la petite à sa place.

– Mais il n'a pas voulu la voir, dis-je. Et ce n'est pas pour rien. Tu supposes qu'il est raisonnable… Moi, je ne lui ai rien trouvé de sensé.

– Oh, pour toi, c'est le diable, ricana Cody.

– Il ne veut pas affronter la réalité de la situation, dit Melissa. Il cherche à l'éviter. Peut-être que s'il voyait vraiment Angelina…

– Je ne sais pas, dit Brian en secouant la tête.

J'acquiesçai.

Melissa nous regarda longuement tour à tour.

– Écoutez, reprit-elle, il faut d'abord penser à l'intérêt d'Angelina. Dans le pire des cas, elle se retrouvera chez eux. Je ne dis pas que ça doit arriver, mais on ne peut pas écarter cette hypothèse d'emblée. Le juge me semble assez déterminé. Si jamais ces gens gagnent, je ne veux pas empoisonner leur relation avec la petite.

Il y eut un long silence. J'étais partagé.

– Tu es sensationnelle… dit Brian à Melissa dans un murmure.

C'était vrai. Je n'en revenais pas d'avoir une femme pareille. Mais je sentais une peur glacée s'insinuer en moi. Si le pire arrivait, si jamais les Moreland reprenaient notre fille, je savais que cela détruirait Melissa. Et, après tout ce qu'on avait traversé, ça détruirait aussi *notre couple*.

– Je ne le permettrai pas, dis-je.

Elle me dévisagea avec un sourire triste.

– Jamais, renchéris-je d'une voix sourde.

– Bon sang, dit Cody en se levant, j'ai besoin d'une bonne bière.

– Que sait-on d'autre sur le juge ? demanda Melissa pour relancer le débat. C'est à lui qu'il faut s'attaquer.

Cody remua sur le divan comme s'il faisait de la place autour de lui avant de répondre. Brian le prit de vitesse :

– Je l'ai rencontré plusieurs fois. À des réunions mondaines et des galas de charité. Je regrette de le dire, mais il a l'air d'un chic type, parfaitement normal. Il est au mieux avec le maire et très lié avec les deux sénateurs du Colorado, le ministre de la Justice, et même le président des États-Unis. J'ai entendu dire que, bientôt, il allait être nommé à un poste encore plus prestigieux. Dans une cour d'appel fédérale, voire plus haut. Il respire l'assurance et la compétence.

Melissa soupira :

– On s'en est rendu compte.

– Sa femme s'appelle Kellie, rappelai-je. Garrett a dit que c'était sa belle-mère. Que sa vraie mère est morte.

Brian se carra dans son fauteuil en faisant la grimace.

– Je l'ai vue. C'est une bombe.

– Je me demande ce que les Sureños 13 ont à voir là-dedans… dit Cody.

– En tout cas, dit Brian, je peux commencer à poser des questions dans les milieux que je fréquente. C'est fou ce qu'on peut apprendre sur les gens dans les hautes sphères. Aux cocktails et aux galas de bienfaisance… Il suffit de les faire boire pour qu'ils révèlent toutes sortes de noirs secrets. C'est comme à Helena, les gars… mais en plus grand. Je peux peut-être découvrir qu'il n'est pas aussi parfait qu'il en a l'air, et on aura des armes pour s'attaquer à lui.

Je hochai la tête, sachant que Brian était une excellente commère qui pouvait démolir n'importe qui sur terre. Des épouses séduisantes – comme Melissa, d'ailleurs – avaient tendance à lui dévoiler des choses confidentielles, parce que son plaisir à les écouter était valorisant en soi.

– Veille quand même à ne pas parler à tort et à travers, que ça ne retombe pas sur Jack et Melissa, dit Cody, ou sur moi. Je travaille pour la Ville et il m'arrive de témoigner au tribunal de Moreland. Je l'ai connu lorsqu'il était procureur fédéral et que je bossais pour des groupes d'action interservices.

Cody s'était plaint à moi au fil des ans d'être souvent affecté à des missions conjointes avec diverses forces de l'ordre : le FBI, les enquêteurs de l'État et la police de Denver. Il était en conflit avec les Fédéraux parce qu'il supportait mal leur bureaucratie, leur suprématie et leurs méthodes. Mais comme c'était un bon flic qui n'avait rien d'un arriviste, il les laissait parfois s'attribuer le mérite d'affaires qu'il avait éclaircies à condition qu'ils lui fichent la paix. Cody n'avait jamais été un homme d'équipe.

– Comment est-il au tribunal ? lui demandai-je. Il s'est présenté comme un juge équitable et coriace. Et, visiblement, l'idée que les hommes doivent assumer leurs actes lui tient à cœur, au point qu'il nous inflige cette épreuve, à nous et à sa famille.

Cody hocha la tête.

– Tous les juges s'attribuent ces qualités-là, donc c'est très relatif. Mais, à ce que je crois savoir, il aime son métier, peut-être trop. C'est parfait de l'avoir comme juge si on a un accusé qu'il déteste d'emblée, parce qu'il lui collera le maximum. On peut sentir dès le départ de quel côté penchera la balance d'après ses artifices de procédure pour orienter l'issue du procès. Tous les juges sont censés écouter les débats, s'appuyer sur la loi et rendre un jugement fondé sur les faits. Moreland aussi, mais il préjuge l'affaire et la plupart des flics pensent qu'il se croit au-dessus des lois. C'est très bien s'il va dans notre sens, mais très dur dans le cas contraire. En tout cas, il nous soutient le plus souvent, et c'est tout ce qu'on veut. Je vais témoigner à son tribunal demain, dans l'affaire Coates, ajouta-t-il. Tu sais, le Monstre du Desolation Canyon… Tu devrais peut-être venir dans la salle pour voir le juge en action. Le procès commence à treize heures.

– Et ça m'apprendra quoi ? demandai-je.

– Qui tu as en face de toi, dit-il d'un ton qui ne me rassura pas.

Il y eut quelques instants de silence pesants. Brian y mit fin en disant :

– Je crois, moi, que c'est à son fils qu'il faut s'attaquer, Melissa. Il a forcément des antécédents s'il se conduit comme vous l'avez dit. Enfin… toi, Jack, tu dis qu'il respire le mal, et en plus il s'est pointé chez vous avec un gangster… Peut-être que si on en savait plus sur lui on pourrait convaincre un tribunal qu'il n'a vraiment pas l'étoffe d'un père, malgré ce que dit son papa juge.

Cody secoua la tête.

– Ça pourrait être difficile à faire. S'il a déjà un casier judiciaire, personne ne doit y avoir accès.

– Même un flic ? s'étonna Brian avec un sourire malicieux. Même le fameux enquêteur qui a arrêté le Monstre en se passant du FBI ? Je parie que ce gars-là a les moyens d'y jeter un coup d'œil.

Je regardai prudemment Cody. Je ne voulais pas lui forcer la main.

– Je passerai quelques appels discrets, répondit-il. Mais je dois me tenir à l'écart d'une enquête sur le juge lui-même. Il me faut absolument rester irréprochable. Vous imaginez ce qui m'arriverait si le bruit courait que j'enquête en solo sur un juge fédéral ? Merde, on me renverrait dans le Montana, ou pire…

Brian frissonna. C'était le dernier endroit où il voulait aller.

– Bon, d'accord, dit-il, les yeux brillants, en se levant d'un air résolu. On a un plan et moins d'un mois pour le réaliser. Je vais voir ce que je peux trouver sur le juge, et Cody se renseignera sur le gosse. Jack et Melissa, continuez à vous défendre. Engagez un bon avocat pour combattre ces salauds aussi longtemps que vous pourrez tenir. Entre-temps, vous devriez porter plainte contre Luis et Garrett pour le coup qu'ils ont fait ici ce soir.

Cody leva la main.

– Si vous faites ça, mon nom ne doit pas être cité. En plus, je pense que c'est une idée stupide.

– Pourquoi ça ? dit Brian, blessé.

Melissa répondit avant Cody :

– Parce qu'on ne doit pas se mettre Garrett à dos. Pas encore. Il faut d'abord tenter de le convaincre.

Brian me regarda d'un air découragé.

Quand Brian et Melissa montèrent à l'étage pour voir si Angelina dormait bien, Cody sortit de la cuisine avec une autre bière.

– Tu es sûr d'en avoir envie ? dis-je. Tu dois témoigner demain matin, non ?

Cody haussa les épaules et fit sauter la capsule de la canette.

– On va confondre ce salaud de Coates. Le Monstre du Desolation Canyon est fichu. Son procès ne me fait pas peur, même si les Feds m'en veulent de l'avoir épinglé seul. J'espère juste que Moreland ne m'a pas reconnu devant chez vous. S'il sait qu'on est amis…

– Quoi ?

À nouveau, il haussa les épaules.

– Ça ne serait pas très bon…

Il but une longue gorgée de bière, et nous restâmes un instant sans rien dire. Puis il se pencha en avant et me chuchota :

– Je sais que ça part d'une bonne intention, mais… Enfin, je vois déjà Brian ouvrir sa grande gueule devant tous ses copains de la haute. Ils boiront ses paroles. Et si Moreland apprend qu'on essaie de salir sa réputation ou celle de son fils, il risque de vous serrer vraiment la vis… et à moi aussi.

– Ce qui veut dire ? sifflai-je, un peu irrité.

– Qu'il va peut-être revenir sur sa proposition de vous trouver un autre bébé… C'est une offre très généreuse, Jack.

– Melissa ne veut pas en entendre parler. Et moi non plus.

– Quelquefois, il faut se contenter du meilleur compromis, c'est tout ce que je veux dire. Tu sais que j'ai moi-même un fils ?

– Quoi ? !

Il s'essuya la bouche avec sa manche.

– Ouais… Le fruit d'une nuit d'ivresse à Fort Collins, lors d'une mission d'infiltration. Avec une serveuse de bar qui s'appelle Rae Ann. Aujourd'hui, elle a un mari, mais je lui envoie de l'argent tous les mois pour le petit Justin. Ça fait un trou dans mon salaire, mais tant pis.

– Tu ne nous l'avais jamais dit.

– Ce sont des choses qui arrivent, dit-il avec philosophie. Mais il ne s'agit pas de ça. Ce que je veux dire, c'est que Justin et moi, on est plus proches depuis qu'il a six ans. Les cinq premières années, c'était juste un bébé. Ça aurait pu être n'importe quel moutard, pour être franc. Mais maintenant, c'est une vraie personne, tu comprends ? Il aime l'escalade, le base-ball… Avant, c'était juste une sorte de petite… chose joufflue. Les bébés deviennent des gens seulement quand ils grandissent.

Je secouai la tête.

– Je ne te suis pas.

Il termina sa bière.

– Je veux dire, j'imagine que, pour un homme, les bébés n'ont pas de caractère. Vous pourriez en avoir un autre, qui deviendrait quelqu'un en grandissant. Merde, peut-être que vous l'aimeriez plus qu'Angelina. En fait, vous ne le savez pas. Si vous avez la chance d'en avoir un nouveau, il aura gagné le gros lot.

Un éclair rouge passa devant mes yeux.

– Cody, je crois qu'il est tard et que tu es soûl. Alors ferme-la.

Il leva la main.

– Je disais juste…

– Je sais ce que tu as dit. Arrête. Ce n'est pas une solution.

– Tu devrais peut-être y réfléchir, Jack.

– C'est hors de question.

Il se mit à ergoter encore plus quand Brian et Melissa descendirent l'escalier.

– Ça suffit… grondai-je.

– Bon, d'accord… Donc, je te vois demain ?

Là, j'avais envie de ne plus jamais le revoir.

– Appelle-moi, dit Brian à Melissa lorsqu'il l'embrassa avant de partir.

– Promis, lui souffla-t-elle.

Elle était aussi épuisée que moi, et cela se voyait. À nouveau, ses yeux s'embuaient de larmes.

– Dommage qu'on ne puisse pas appeler oncle Jeter pour qu'il vienne régler tout ça, dit Cody en riant. Il adorerait débarquer du Montana pour distribuer quelques bons coups de pied au cul.

Je souris à cette idée. Jeter Hoyt était une légende quand nous étions ados à Helena. Qu'il soit l'oncle de Cody était pour beaucoup dans le fait que personne n'osait jamais s'en prendre à son neveu, à Brian ni à moi. Et les histoires qu'on racontait sur lui étaient de celles qu'on se murmure toujours en cachette après avoir jeté un coup d'œil derrière soi.

Après leur départ, Melissa dit :

– Tu as vraiment de bons amis.
– *Nous* avons de bons amis, rectifiai-je.
Mais je passai sous silence ce qu'avait dit Cody.

Nous étions couchés depuis une heure. Juste avant, Melissa avait bordé Angelina en lui glissant quelques mots à l'oreille pour qu'elle ait un sommeil paisible. La bande-son de notre chambre était formée par le souffle du bébé endormi. Je dormais par à-coups.

À quatre heures du matin, j'entendis vrombir le moteur d'une voiture qui rôdait dans la rue. Je reconnus le bruit du Hummer de Garrett.

Je l'imaginai dehors avec Luis, matant notre maison en passant lentement devant elle, la photo entre eux sur le siège.

Lundi 5 novembre

Plus que vingt jours

5

Angelina nous réveilla tôt le lundi matin, mais le plus agréablement du monde.

– Écoute-la, murmurai-je. Elle chante…

– Elle ne chante pas vraiment, observa Melissa, elle est seulement heureuse.

Par le talkie-walkie, nous l'entendîmes gazouiller et dire des mots dénués de sens.

– Tu as pu dormir un peu ? dis-je à Melissa.

– Pas vraiment…

– Moi non plus.

La salle d'audience du juge Moreland au tribunal Alfred Arraj, dans la 19e Rue, était spacieuse, lambrissée de bois blond et éclairée par des spots encastrés qui donnaient une atmosphère de solennité. J'entrai dans la salle bondée et me trouvai un siège à l'avant-dernier rang. D'immenses peintures fanées, datant de la Grande Dépression et évoquant l'histoire du Colorado – des ouvriers des mines d'or et d'argent, des cheminots, le Pikes Peak[1] –, ornaient les murs. Ces scènes me rappelèrent que cet État avait eu des débuts prospères, drainant les ambitieux – imités par la dernière vague des nouveaux arrivants – qui venaient ici non pour rejoindre une famille ou attirés par la culture locale, mais parce qu'il y avait des occasions à saisir.

1. Montagne de l'État du Colorado, haute de 4 301 mètres.

L'acoustique de la salle était incroyable. Malgré la taille de la pièce et le nombre des assistants, je pouvais entendre le cliquetis étouffé du clavier du greffier, l'adjointe du procureur froisser les pages de son bloc en révisant ses notes, et la respiration laborieuse du prévenu, Aubrey Coates, quarante-trois ans, accusé d'avoir enlevé, violé et tué Courtney Wingate, une fillette de cinq ans qui avait disparu du camping de Desolation Canyon où il était employé comme animateur. Le camping étant situé dans une forêt nationale, le procès avait lieu dans une cour fédérale.

J'avais beau être un familier des salles d'audience pour avoir fréquenté celles de Billings quand j'étais journaliste – notamment pour couvrir le procès tristement célèbre de quatre Indiens à moitié camés qui avaient abattu un couple dans un ranch –, celle de Moreland était à part. Elle sentait le procès rondement mené, sans doute à cause de la manière sèche et carrée dont il procédait. Il ne criait pas et ne gesticulait jamais, mais quand il parlait, tout le monde l'écoutait. Il respirait l'autorité et maîtrisait pleinement les choses. Il retenait le regard, comme un grand acteur qu'on ne peut pas quitter des yeux même lorsqu'il garde le silence ou qu'il n'est pas le centre de l'attention. Je n'étais pas le seul à éprouver cette fascination. Si Moreland haussait un sourcil quand un avocat posait une question, l'homme avait des vapeurs et les procureurs ricanaient. Je l'observais pour voir si je pouvais mieux le percer, le jauger, lui trouver une faiblesse. Mais s'il m'avait vu pénétrer dans la salle, il ne le montra pas. J'étais toujours sous le coup des événements de la veille et l'angoisse me nouait l'estomac.

J'étais assis à côté d'une grosse Noire élégante, en robe à motif floral, au grand visage charnu, qui ne semblait pas liée aux acteurs du procès. Je parcourus des yeux la salle d'audience. Il y avait des policiers, des reporters que j'avais vus sur les chaînes de télé locales et beaucoup de spectateurs attirés par l'horreur de l'affaire, parmi lesquels, supposai-je, se trouvait cette femme. Je me surpris à fixer la nuque de l'accusé, assis à une table face au juge.

– Ça, c'est le Monstre, chuchota ma voisine en se penchant à mon oreille. (La chaleur de son bras chocolat me gagna quand elle le pressa contre moi, et son haleine sentait la menthe et les cigarettes.) Il regarde régulièrement derrière lui pour voir qui est dans la salle. Je pense qu'il aime avoir l'attention du public parce que c'est un malade. Quand il m'a vue, je lui ai jeté un de ces regards…

Elle prit aussitôt une pose théâtrale et me lança un coup d'œil meurtrier.

– Ça a le don de vous glacer sur place. Mais lui m'a souri, sans se démonter.

J'avais vu des photos d'Aubrey Coates dans le journal. Bien sûr, c'était avant qu'on lui rase les cheveux et la barbe. À présent, il était voûté sur son siège, serré dans une veste étriquée. Des touffes de cheveux gris retombaient sur ses oreilles et, quand il tourna la tête pour murmurer quelques mots à son avocat, je vis un nez en bec d'aigle, des lèvres saillantes et un menton pointu. Lorsqu'il se retourna de l'autre côté, son crâne chauve refléta la lumière des murs, formant un motif à damiers. Je songeai à la nature du mal, en pensant que, parfois, on peut la sentir et la voir.

– Il l'a fait, dit-elle en hochant la tête. Pour moi, il n'y a pas de doute. Et il en a tué bien d'autres.

Je lui tendis la main.

– Je m'appelle Jack.

– Moi, c'est Olive, dit-elle, enveloppant ma main dans les siennes. Posez-moi des questions, si vous voulez. Je connais tout le monde dans cette salle. Je passe mon temps à ça… assister aux procès.

– Vous connaissez l'avocat d'Aubrey Coates ? demandai-je, avisant un gros homme au sourire dégagé à côté de l'accusé.

Elle hocha la tête en ouvrant grands les yeux.

– C'est le meilleur. Bertram Ludik. J'ignore comment ce minable a pu se l'offrir. Je crois que si Charles Manson[1] avait engagé Bertie, il serait toujours en liberté à poignarder des gens !

1. Célèbre meurtrier, qui commandita notamment le massacre qui coûta la vie à Sharon Tate, actrice américaine et femme de Roman Polanski.

– Allez…

– Vous verrez… me dit-elle. Sauf que le juge Moreland ne laissera pas Bertie déployer ses talents.

– Ce type-là, je le connais, dis-je en montrant Cody, qui s'approchait de la barre.

– L'inspecteur Hoyt… souffla-t-elle avec compassion. Cet homme-là, j'aimerais le serrer dans mes bras pour lui dire de ne pas s'inquiéter, que tout va s'arranger.

– Pourquoi ça ? demandai-je, perplexe.

– C'est un homme tourmenté. Regardez-le. C'est un grand policier, mais une âme angoissée.

Il a seulement la gueule de bois, me dis-je.

Cody portait un costume bleu qui tirait sous les bras, une chemise blanche et une cravate rouge sobre, mais défraîchie. Il paraissait à l'aise dans ce tribunal, mais un peu débraillé. Il marchait en traînant les pieds, en se passant la main dans les cheveux. Quand il s'assit sur le siège des témoins, ses yeux embrassèrent la salle avec lassitude, l'air de dire : « Je suis flic. Laissez-moi juste faire mon boulot. » Je lui fis un signe de tête, mais je ne suis pas sûr qu'il me vit.

– Je rappelle au témoin qu'il est toujours sous serment, dit le juge Moreland.

– Je ne l'oublierai pas.

– Mademoiselle Blair, dit Moreland au procureur adjoint, une rousse séduisante qui consultait son patron à la table du parquet, vous pouvez continuer à interroger le témoin.

– Merci, Votre Honneur, dit-elle en se levant, son grand bloc à la main, pour s'approcher de l'estrade. Je n'ai plus que quelques questions à lui poser.

D'un geste impatient, Moreland lui fit signe de commencer.

– Inspecteur Hoyt, dit-elle en feuilletant son bloc, vous avez dit vendredi, avant la suspension d'audience, que lorsque vous avez arrêté l'accusé, le 8 juin dernier, il était en train de détruire des preuves…

Voilà ce que je savais sur Aubrey Coates, le Monstre du Desolation Canyon.

Chaque été, des enfants disparaissent. Les dix années précédentes, des gamins s'étaient volatilisés alors qu'ils étaient en vacances avec leurs parents dans les États de l'Ouest.

Ça arrive pas mal dans les montagnes. Souvent, des gens organisent des pique-niques et soudain quelqu'un réalise qu'un des enfants ne s'est pas montré pour dîner. Les gamins se perdaient, le courant d'une rivière les emportait, ils « s'enfuyaient » après une dispute ou se trompaient de voiture. La plupart étaient retrouvés. Je me rappelle le jour où je m'étais porté volontaire avec mon père pour chercher un petit garçon près des Gates of the Mountains Wilderness[1]. Nous avions pris des chevaux, et ça avait été pour moi une grande aventure de fouiller les berges de la rivière en criant « Jarrod ! » pendant deux jours. Jusqu'à ce qu'on le retrouve à moins de huit cents mètres de l'endroit où il avait disparu, avouant qu'il s'était endormi après avoir tourné en rond dans la forêt. En plus, il admit s'être caché des membres de l'équipe de secours quand ils étaient passés près de lui parce qu'il ne les connaissait pas et que sa mère lui avait appris à ne pas parler aux inconnus – même à ceux qui l'appelaient par son nom.

Mais dans certains cas isolés les enfants n'étaient jamais retrouvés. Ils disparaissaient dans des coins reculés du Colorado (Grand Junction, Pueblo, Trinidad), de l'Utah (Wasatch, St. George) ou du Wyoming (Rock Springs, Pinedale). Des garçons ou des filles, tous de moins de douze ans. Dans presque tous les cas, les parents disaient les avoir vus juste avant qu'ils s'égarent. Les endroits où ils avaient été aperçus pour la dernière fois étaient des aires de jeux, des berges de rivière, des pistes de randonnée. Et puis, pfuit… ils s'étaient envolés.

1. Soit « les Portes des montagnes sauvages » : expression inventée par l'explorateur Lewis en 1805, tandis que l'expédition qu'il menait avec William Clarke remontait péniblement le Missouri dans les terres inconnues du futur Montana, pour désigner les grandes formations rocheuses apparemment hostiles, mais qui leur cédèrent finalement le passage.

Rétrospectivement, quand on examinait toutes ces disparitions au fil des ans, on repérait une constante, et certains accusèrent les autorités de n'avoir pas vu ce qui aurait dû leur sauter aux yeux. Mais Cody m'avait expliqué que ce n'était pas juste. Ces enfants avaient disparu dans trois États sur une période de dix ans. La seule « constante » était que ça s'était produit dans des campings ou des régions sauvages. Le ravisseur n'avait pas laissé de carte de visite, de traces ni d'indices à l'endroit où il les avait kidnappés. On n'avait jamais fait appel au FBI, car le lien entre toutes ces affaires n'avait été découvert qu'après coup. Aucun parent n'avait jamais été harcelé par un maniaque ni n'avait reçu de demande de rançon. Nul n'avait avoué ni dénoncé personne. Et aucun corps n'avait jamais été retrouvé.

Aubrey Coates, qui travaillait comme animateur temporaire dans des campings, avait été interrogé à quatre reprises parce que sa caravane était garée dans les zones des disparitions. Il avait répondu à toutes les questions et s'était montré coopératif. Il avait même offert d'aider à rechercher les enfants perdus. Il n'avait pas d'arrestations à son actif, et son nom ne figurait sur aucune liste de prédateurs sexuels. Les employés des services des forêts le connaissaient comme un solitaire excentrique, avec sa caravane cabossée hérissée d'antennes Internet et paraboliques, mais ils le tenaient pour un homme d'expérience et digne de confiance. Chaque fois qu'un animateur tombait malade ou partait en vacances, Coates était contacté pour le remplacer. Son travail consistait à faire payer les nuitées, à garder les terrains propres, à s'assurer que les campeurs ne débordaient pas de leurs emplacements, et à leur fournir aide et conseils dans les États où le camping était monnaie courante. En vingt ans d'exercice, les directeurs des campings n'avaient eu à se plaindre que deux fois de lui : des parents avaient cru qu'il lorgnait leurs enfants et il avait insulté une famille sans sortir de sa caravane (« Mais qu'est-ce qu'il y faisait ? ») quand elle avait voulu lui emprunter une pompe à vélo. Mais ces incidents, très mineurs, s'étaient produits à six ans d'écart dans deux États distincts.

Coates avait l'art de brouiller les pistes. Trois des gamins disparus avaient été kidnappés *après* le retour des animateurs réguliers du camping, de sorte qu'il n'avait pas été soupçonné.

Le pire, m'avait dit Cody, était que les sept disparitions avant celle de Courtney n'étaient qu'un nombre hypothétique. En fait, les enfants qu'avait enlevés Coates pouvaient être dix, vingt ou cinquante. Dans les États de l'Ouest, lors des trois décennies précédentes – des années sur lesquelles il ne s'était pas encore expliqué –, il y avait eu plus de soixante-dix disparitions non éclaircies du Nebraska à la Californie. Et plusieurs douzaines d'autres dans l'ouest du Canada.

Pourquoi juste sept enfants ? Parce que la police avait trouvé des photos de sept des disparus sur son ordinateur portable. S'il y en avait eu d'autres – et Cody pensait qu'il avait réussi à détruire l'essentiel des données de son disque dur, plus des fichiers électroniques sur un serveur qu'il avait dans sa caravane –, Cody et son équipe d'experts en informatique n'avaient pas pu les découvrir.

Après avoir inculpé Coates de la disparition de ces sept enfants dans l'espoir qu'il tenterait de négocier – qu'il avouerait les crimes et l'emplacement des corps pour obtenir une peine plus légère –, le procureur fédéral s'était heurté à un mur, car l'homme avait tout nié et clamé son innocence. Au bout de quelques mois, l'accusation avait été forcée de réduire ses charges à la dernière disparition, celle de Courtney Wingate dans le Desolation Canyon, où Coates avait fait un remplacement dans un camping. Des photos numériques de la fillette avaient été retrouvées sur son portable, et ses parents avaient déclaré l'avoir vu rôder près de leur tente la veille de sa disparition.

Quand Cody et le procureur firent voir au jury une présentation PowerPoint des photos trouvées sur le portable de Coates – la preuve qu'il avait repéré la petite fille depuis quelque temps –, qui la montraient sur un tricycle dans un lieu indistinct avec des pins à l'arrière-plan, je regardai ses parents derrière la table du procureur. Il était pénible d'imaginer ce qu'ils traversaient. Crystal Wingate, la mère, était mince, les traits tirés, avec le visage flétri d'une femme qui a déjà connu bien des épreuves, mais jamais rien de tel. Donnie Wingate, qui travaillait sur des chantiers, avait une grosse moustache, des rouflaquettes, et ne semblait pas supporter de rester longtemps enfermé. Il était si tendu quand on passa les photos que je vis saillir les muscles de son cou. Il avait l'air assez costaud pour pouvoir enjamber la balustrade et étrangler Coates avant que l'huissier puisse l'en empêcher. J'aurais aimé qu'il le fasse. Il fixait la nuque de l'accusé avec rage pendant que Cody décrivait les autres photos qu'il avait trouvées sur son portable et la batterie considérable – mais sabotée – de fichiers découverts dans sa caravane.

Cody témoigna encore pendant une heure et demie, en résumant pour l'essentiel les éléments qu'il avait présentés toute la journée du vendredi. J'étais fasciné. En termes clairs et avec une attitude qu'il avait affinée dans les tribunaux au fil des ans, il se laissa guider par Mlle Blair, l'adjointe du procureur fédéral. Le procureur lui-même – grand, chauve, athlétique – le regardait d'un air visiblement approbateur.

Cody exposa ses arguments de façon méthodique, depuis l'appel des Wingate pour signaler la disparition de leur fille jusqu'à ses soupçons quand il était arrivé sur les lieux à la demande du shérif et avait vu pour la première fois la caravane du suspect, bardée de matériel électronique.

– L'aspect du véhicule, déclara-t-il, m'a fait penser à ces unités de communication dont nos militaires se servent à l'étranger. Vous savez, celles qui transmettent des données audiovisuelles à un commandant basé au Nevada ou en Floride, pour qu'il puisse donner des ordres en temps réel sur le champ de bataille. Il y avait des paraboles et des antennes sur toute la caravane, et un générateur dehors au cas où le bloc d'alimentation de son campement n'aurait pas suffi. Là, je me suis demandé pourquoi un homme qui voulait tellement être relié à Internet préférait vivre dans un camping isolé plutôt qu'à Denver, ou dans une autre ville. Ça a commencé comme ça.

Sans consulter ses notes, il dit au jury comment, avec cette question à l'esprit, il s'était lancé dans son enquête. Plus il en apprenait sur les habitudes de Coates, ses allées et venues et les disparitions correspondant aux endroits où il se trouvait, plus il le soupçonnait d'avoir enlevé Courtney. Les archives de son fournisseur d'accès à Internet avaient révélé une activité massive, des transferts de données atteignant parfois des milliers de mégaoctets. L'essentiel de cette activité avait lieu la nuit, entre deux et six heures du matin.

– Ces téléchargements cadraient avec le profil d'un homme trempant dans la pornographie infantile, déclara-t-il. Et il ne se contentait pas de recevoir de grosses vidéos et des fichiers lourds, il en transmettait.

Aubrey Coates resta parfaitement immobile pendant ce témoignage accablant. Il ne secoua pas la tête, ne leva pas les yeux au ciel. Au contraire, il avait l'air d'observer et d'écouter avec attention. Mais ce n'était pas lui qui m'inquiétait. Ludik semblait regarder Cody avec amusement et un dédain non dissimulé. Plus Cody distillait ses arguments – de manière convaincante, estimais-je, et ma voisine aussi –, plus Ludik s'agitait. À un moment donné, il soupira bruyamment et le juge lui jeta un regard qui le réduisit au silence.

Blair jeta un coup d'œil sur son bloc.

– Donc, quand vous êtes entré dans la caravane de l'accusé le 8 juin avec le mandat de perquisition fédéral, qu'avez-vous observé ?

– Nous avons trouvé Coates en train de détruire ses fichiers électroniques, répondit Cody. Les vidéos de sa caméra avaient été effacées et les barrettes de mémoire de ses appareils photo avaient disparu. Il avait déjà brûlé un tas de revues dans une poubelle près de sa caravane, plus des documents qui se sont révélés être des photos et des bandes dessinées pédopornographiques. Visiblement, il avait été averti de notre arrivée, mais on a quand même pu réunir assez de preuves pour l'arrêter.

Blair présenta les pièces à conviction : des photos et des pages de revues carbonisées dans des enveloppes en plastique. Les membres du jury les regardèrent. Plusieurs parurent visiblement écœurés, dont une femme qui baissa ses lunettes sur son nez en fusillant Coates d'un regard de mépris.

– Et les ordinateurs ? demanda Blair, revenant vers Cody. Qu'y avez-vous trouvé ?

– Les photos de Courtney que nous avons montrées aux jurés, répondit-il, plus celles de sept autres enfants disparus.

À ces mots, on entendit des gens suffoquer dans la salle. Toutes les têtes des jurés se tournèrent vers Coates, qui resta impassible. C'était un moment décisif. J'ignore comment Donnie Wingate arriva à se contenir.

Blair suspendit ses questions, mais obtint du juge le droit de réinterroger Cody plus tard. Quand elle regagna sa table, elle marchait d'un pas alerte. Je pense que, si on avait fait voter tous les spectateurs du procès – jurés inclus –, ils auraient décidé d'aller chercher une corde pour pendre Coates séance tenante.

Enfin, jusqu'à ce que Ludik se lève, s'éclaircisse la voix, regarde tristement Cody en secouant la tête comme s'il allait gronder un enfant, et marche vers l'estrade bras et jambes écartés, comme un ours.

Au début, je ne l'écoutai pas attentivement, car je ne compris pas où il voulait en venir. Le témoignage de Cody avait déstabilisé tous les spectateurs du procès – moi compris. Je laissai mon esprit vagabonder… Les questions de Ludik portaient sur la procédure : à quel moment le mandat de perquisition avait été demandé, quand il avait été accordé ; l'heure exacte de la descente de police ; comment les objets trouvés dans la caravane de Coates avaient été catalogués ; combien de policiers avaient pris part à l'opération, quelles étaient leurs fonctions respectives. Plusieurs fois, Ludik mélangea leurs noms et Cody dut le reprendre. Sa patience avec Ludik était impressionnante, me dis-je. Il était discret et professionnel, et je vis bien qu'il plaisait aux jurés. Ludik semblait confus et désorganisé. Ses questions partaient dans tous les sens et il marquait une pause après les réponses de Cody, comme s'il cherchait sur ses notes quoi lui demander ensuite. Je regardai Olive d'un air amusé, curieux de savoir ce qui l'avait tellement impressionnée chez lui par le passé, mais elle me jeta juste un coup d'œil en haussant les épaules.

Je consultai ma montre, espérant que Moreland ne tarderait pas à mettre fin à l'audience. Je ressassais ma rencontre avec Julie Perala et, à nouveau, l'angoisse me noua l'estomac. Mes pensées retournèrent à la journée de la veille.

Je fus soudain sorti de mes ruminations quand Mlle Blair se leva d'un bond en disant :

– Objection, Votre Honneur ! La question posée par M. Ludik est dénuée de fondement !

Je regardai Olive. Elle avait entendu la question et tendait l'oreille.

– Que se passe-t-il ? murmurai-je.

– Il a demandé quelque chose à Cody au sujet du portable.

– Approchez-vous de la cour, dit Moreland, visiblement agacé par l'avocat de la défense.

Le juge eut une vive discussion avec Blair et Ludik. Il couvrit son micro d'une main pendant qu'ils débattaient. Le procureur fédéral en entendit suffisamment de sa table pour aller les rejoindre. Je n'avais, bien sûr, aucune idée de ce qu'ils se disaient.

Comme Cody se trouvait dans le box des témoins, il put entendre à l'évidence des bribes de la dispute. Son visage ne changea pas d'expression, mais il perdit ses couleurs, fixant apparemment un point au-dessus de nos têtes comme s'il voyait sa vie défiler devant ses yeux. Je lui avais déjà vu cet air-là et c'est pour ça qu'il m'effraya. Un jour, quand nous étions au lycée ensemble, le père de Brian nous avait réunis tous les trois dans son bureau en nous faisant asseoir pour savoir lequel d'entre nous avait forcé son bar pour y prendre deux bouteilles de bourbon. Je savais que ce n'était pas moi et ça ne ressemblait pas à Brian. Cody était le coupable, ça se voyait, et il avait fini par avouer.

Mais de quoi, me dis-je alors, était-il coupable aujourd'hui ?

Le juge Moreland renvoya les avocats à leur place. Le procureur fédéral, qui avait l'air furieux, se rassit avec humeur. Son adjointe paraissait tendue comme un arc et regardait Cody avec colère, les mâchoires serrées. Ludik, lui, sourit au jury en regagnant l'estrade. Son numéro de désorganisation avait été une ruse, une façon de prendre Cody au dépourvu. À présent, ses questions étaient sèches et son ton méprisant.

– Inspecteur Hoyt, j'aimerais que vous clarifiiez quelque chose…

Cody hocha la tête. Puis, avant que le juge lui rappelle qu'il devait répondre pour que le greffier puisse l'entendre, il dit :

– Oui.

– Votre rapport indique que, lors de la descente dans la caravane de mon client, cent huit prétendus éléments de preuve ont été saisis.

– Je pense que c'est exact, répondit Cody.

– Ce que vous pensez ne suffit pas, inspecteur. Vous pouvez vérifier vos notes ou lire votre dossier. Ne vous inquiétez pas, je peux attendre.

Je connaissais assez bien Cody pour savoir qu'il était furieux, mais qu'il intériorisait sa colère. Il avait l'air qu'il prenait autrefois, quand il était linebacker central[1] au lycée, juste avant de percer la ligne offensive pour écraser un adversaire. Il feuilleta les pages de son dossier de preuves jusqu'à ce qu'il ait trouvé ce qu'il cherchait.

– Oui. Il y en avait bien cent huit.

– Et ces pièces à conviction ont été répertoriées dans un ordinateur de la police de Denver, non ?

– Tout à fait.

– Pourquoi n'ont-elles pas été portées au bureau du FBI, comme le veut la procédure dans ce genre d'enquête ?

Cody s'éclaircit la gorge et lança à Ludik un regard furibond.

– Parce que les Feds n'ouvrent que de neuf à cinq. Je savais que notre service serait ouvert.

– Donc, non seulement vous avez arrêté mon client sans informer

1. Joueur de l'escouade défensive au football américain (*NdÉ*).

ni faire intervenir vos partenaires fédéraux, mais vous avez aussi porté ces prétendues preuves à vos amis en ville ?

– Oui, répondit Cody.

– Intéressant... Maintenant, revenons aux preuves elles-mêmes. Au département de police de Denver, chaque objet se voit donner une description et attribuer un numéro précis, je me trompe ?

– Non.

– Chaque objet sans exception ? Chacun des bouts de papier carbonisés sortis de la poubelle ?

– C'est ça.

– J'ai parcouru cette liste à de nombreuses reprises, inspecteur, et, apparemment, le disque dur du serveur trouvé dans la caravane de mon client ne s'y trouve pas.

Cody leva les yeux vers Ludik.

– Quelque chose m'a-t-il échappé ? demanda l'avocat.

– Non. Il n'y avait pas de disque dur.

– Pardon ?

– Je dis qu'il n'y avait pas de disque dur. Coates a dû le détruire ou le cacher avant qu'on ait pu le faire analyser.

Ludik se frotta le visage.

– Inspecteur, je n'y comprends rien en informatique – ma femme m'appelle l'Ordinul. (Des petits rires fusèrent dans le jury.) Donc, pardonnez-moi si je vous demande de m'expliquer certaines évidences...

Heureusement, le juge l'interrompit à ce moment critique :

– S'il vous plaît, monsieur Ludik, venez-en au fait ou renoncez à poursuivre, dit-il d'un ton sévère.

– Oui, Votre Honneur. Désolé. Inspecteur Hoyt, corrigez-moi si je me trompe, mais un disque dur est comme le cerveau d'un ordinateur, non ? C'est là que tous les fichiers, toutes les mémoires sont conservés ?

– Oui.

– Sans lui, un ordinateur ne peut pas fonctionner ?

– C'est exact.

– Donc, sans le disque dur du serveur de mon client, il n'y a pas moyen de savoir à quoi il a utilisé son ordinateur ni où il allait lors de ses incursions nocturnes sur le Net ?

– Oui.

– Pareil pour les barrettes de mémoire introuvables de ses appareils photo numériques ?

– Voilà.

– Donc, tout ce que vous êtes censé avoir pour relier mon client à la disparition de Courtney Wingate, ce sont des photos d'elle venant non pas du disque dur disparu dont il se serait servi en pleine nuit ou des appareils photo trouvés dans sa caravane, mais de son ordinateur portable, c'est ça ?

– Oui, dit Cody d'une voix morne.

– Et les photos de la pauvre Courtney projetées tout à l'heure, elles viennent de ce portable ?

– Exactement.

– Et celles des autres enfants disparus aussi ?

– Oui.

– Y avez-vous trouvé d'autres choses qui relient mon client à la pornographie infantile ? Des films, ou d'autres photos compromettantes ?

– Non.

Blair se leva à nouveau.

– Votre Honneur, cela ne va nulle part. Des preuves de pornographie infantile ont bien été trouvées dans la poubelle proche de la caravane de l'accusé !

Ludik dit au juge :

– Nous ne contestons pas cela, Votre Honneur. Mais personne n'a témoigné dans cette salle avoir vu mon client brûler quoi que ce soit. Les magazines ne portent pas d'étiquettes d'adresse et aucune trace d'abonnement n'a été présentée pour prouver qu'il possédait ou utilisait ces documents. Ils auraient très bien pu avoir été jetés par quelqu'un d'autre dans la poubelle voisine de sa caravane. Ou bien… ajouta-t-il en faisant un pas théâtral vers Cody dans le box des témoins, y avoir été placés par un tiers et brûlés juste avant la descente de police.

– Objection ! (Cela venait du procureur fédéral, qui, jusqu'ici, n'avait pas pris part aux débats.) Ce sont des spéculations impudentes !

– Venez ici, dit le juge avec irritation aux avocats. Tout de suite !

La discussion fut vive. Moreland s'échauffa. Il eut l'air de chapitrer Ludik, puis il dit au procureur fédéral de « le laisser tranquille », assez fort pour que je puisse l'entendre. Je me surpris à admirer la manière dont il menait le procès. Et je me demandai ce qui pouvait bien se passer.

Quand Ludik revint sur l'estrade, il ne perdit pas de temps :

– Inspecteur Hoyt, revenons au portable. Il figure sur la liste sous le nom de « Pièce à conviction n° 6 », n'est-ce pas ?

– Oui, dit Cody.

– Laissez-moi poser une question à l'enquêteur chevronné que vous êtes : avez-vous trouvé quelque chose d'étrange dans les photos elles-mêmes ?

Cody hésita.

– Je ne vois pas ce que vous voulez dire.

Mais il le savait très bien. Cela m'avait frappé quand il les avait passées, mais je venais juste de faire le lien. Mon cœur se serra. Olive, qui venait aussi de comprendre, me saisit par la manche.

– Les photos des enfants, insista Ludik. Sur chacune d'entre elles on les voit chez eux ou dans leur famille. C'est le genre de photos que tous les parents prennent de leurs gamins. Nous avons tous cette sorte de photos sur nos bureaux. Pas vrai, inspecteur ?

– Je ne sais pas trop, répondit Cody.

– Venez-en au fait, réclama Moreland.

– J'y arrive, Votre Honneur, dit Ludik avec déférence.

Pourtant, il hésita, baissant les yeux comme s'il reprenait des forces avant de faire une chose qui allait lui coûter. Mais je vis bien que c'était de la mise en scène.

– Inspecteur Hoyt, reprit-il, avant de revenir sur ce point, laissez-moi encore attirer votre attention sur la liste des prétendues preuves relevées dans la caravane de mon client. Nous sommes d'accord pour dire qu'il y en a bien cent huit ?

– Oui.

– Examinons à présent, je vous prie, un autre document qui figure dans votre dossier. C'est une feuille d'enregistrement de la salle des preuves du département de police de Denver, datée du 8 juin. Vous pouvez la trouver ?

Cody prit son temps. Puis il poussa un grognement.

– Regardez-la bien, inspecteur Hoyt. C'est presque une copie de l'autre page, mais il y a un numéro à droite de chaque preuve, correspondant à l'ordre où elle a été officiellement reçue par le brigadier responsable. Lorsqu'une preuve est listée dans l'ordinateur, on lui attribue une date et un numéro d'inventaire, non ?

Nouveau grognement.

– Quand je lis ce document, inspecteur Hoyt, je constate qu'il y a un objet qui n'a pas été répertorié le 8 juin par le brigadier. Il figure sur la liste, mais il n'a pas été consigné avant le 12 juin – soit quatre jours plus tard. Voyez-vous cet objet, inspecteur Hoyt ? Je parle de la pièce à conviction n° 6, le portable. Il semble qu'il ait été recueilli le 8 juin dans la caravane de mon client, mais qu'il n'ait pas été remis aux autorités avant le 12. Est-ce ce que vous voyez vous-même, inspecteur Hoyt ?

– Oui… dit Cody, d'une voix à peine audible.

– Et quelles sont les initiales tracées près de l'entrée du 12 juin, inspecteur Hoyt ?

– Les miennes.

– Donc, le brigadier responsable de la salle des preuves a-t-il fait une erreur stupide, ou y a-t-il vraiment eu quatre jours d'intervalle entre le moment où le portable a été recueilli et celui où il a été enregistré ?

Cody fixait Ludik avec un regard vide.

– Inspecteur Hoyt, avez-vous répondu à ma question ?

Cody marmonna quelques mots que je ne pus entendre, car ils furent couverts par les murmures des journalistes et des assistants.

Le juge Moreland réclama le silence. Lorsque la salle se tut, il se tourna vers Cody.

– Inspecteur Hoyt, je vous prie de répondre à la question.

– J'avais le portable sous ma garde, déclara Cody.

– Ah bon ? dit Ludik, faussement étonné. C'est normal ? Ce n'est pas contraire au règlement du service ?

– Je voulais voir ce qu'il y avait dessus, répondit Cody. Je faisais mon travail.

– Votre travail… répéta Ludik d'un ton sarcastique. Ainsi, vous êtes un spécialiste en informatique ? Vous êtes qualifié pour fouiller seul dans l'ordinateur d'un suspect pendant quatre jours ? Quatre jours pendant lesquels de vrais experts auraient pu l'analyser ! Et où faisiez-vous ce travail technique ? Dans votre labo secret hypersophistiqué ?

Blair bondit.

– Monsieur le juge, ce sont des arguments spécieux ! Il harcèle le témoin.

Olive me souffla :

– Le juge laisse Bertie dire des choses incroyables. Je suppose qu'il doit être vraiment furieux contre l'inspecteur Hoyt.

Oh oh…

J'essayai d'attirer l'attention de Cody, mais il gardait la tête baissée.

Puis il lança à Ludik un regard incendiaire. Ses yeux crachaient des flammes, il avait les lèvres crispées.

Ludik s'excusa, avant de poursuivre :

– Je vais reformuler mes questions, Votre Honneur. Inspecteur Hoyt, où étiez-vous le week-end des 9 et 10 juin, juste après la descente au Desolation Canyon ? Et puis le lundi 11, où, d'après le fichier de la police de Denver, vous n'avez pas pris votre service ?

Cody détourna les yeux, regardant Blair et le procureur fédéral comme s'il espérait quelque chose, peut-être de l'aide. Ils ne lui en donnèrent pas. Tous deux se considéraient avec colère, se demandant à l'évidence à qui avait échappé ce détail, si tant est qu'il fût vrai.

– Inspecteur Hoyt ? dit le juge, l'incitant à répondre.

– À Evergreen, dit Cody.

Une ville qui se trouvait dans les montagnes.

– Y a-t-il un hôtel là-bas ? demanda Ludik d'un air innocent.

– Non, répondit Cody.

– Où étiez-vous, alors ?

– Où donc, à votre avis ? rugit Cody en lui montrant les dents. Vous avez l'air de tout savoir, mais ça vous plaît de me tirer les vers du nez.

– Dans la prison de la ville, n'est-ce pas, inspecteur Hoyt ? Arrêté pour ivresse sur la voie publique, le soir du vendredi 8 juin. Vous étiez dans la prison d'Evergreen jusqu'au lundi matin, c'est ça ?

– Oui. Je fêtais l'arrestation d'Aubrey Coates : le contrôle de la situation m'a peut-être échappé.

– Peut-être ?

– Non, il m'a échappé…

Olive me chuchota à l'oreille :

– Mon Dieu… Ils ne le savaient pas !

Blair se leva et demanda une suspension d'audience. Que Moreland refusa.

Ludik secouait sombrement la tête, comme s'il regrettait que le travail de l'accusation – toutes ces heures de préparation, toutes ces conférences de presse annonçant la capture du Monstre, tous les témoignages menant à cet instant – n'ait été qu'une triste perte de temps.

– Donc, où était le portable pendant votre séjour en prison, inspecteur Hoyt ?

– Dans ma voiture. Enfermé dans le coffre.

– Vous en êtes sûr ? Pouviez-vous voir le véhicule de la fenêtre de votre cellule ?

– Votre Honneur ! s'écria Blair d'une voix stridente en se levant. Il harcèle encore le témoin.

– C'est une question légitime, répondit le juge, le visage marqué par la déconvenue qu'avait causée Cody. (Il avait l'air le plus déçu de tous.) Le témoin devra y répondre.

Pas « l'inspecteur Hoyt » : « le témoin ».

– Je ne pouvais pas le voir, bien sûr, dit alors Cody.

– Donc, reprit Ludik, pendant deux jours et demi, l'élément de preuve capital – celui sur lequel compte l'accusation pour envoyer mon client en prison pour le restant de ses jours – se trouvait dans le coffre de votre voiture, dans un parking de bar à Evergreen ?

Cody tenta péniblement d'accuser le coup.

– Personne n'y a touché, murmura-t-il.

– Ah oui ? Comment pouvez-vous en être sûr ?

Cody détourna les yeux.

– Il n'a pas été fracturé, dit-il d'une voix blanche.

Ludik s'avança pour le coup de grâce :

– Inspecteur Hoyt, laissez-moi revenir sur un point que j'ai déjà soulevé – une chose qui ne cesse de me tracasser depuis que j'ai vu les pièces à conviction fournies contre mon client. Vous dites que vous êtes un spécialiste des pédophiles, que vous l'avez traqué pour cette raison. Mais ne trouvez-vous pas étrange que les photos des sept enfants disparus qu'il avait soi-disant sur son portable ne soient en rien pornographiques ni suggestives, mais juste des clichés innocents presque tous pris par leurs parents ? Que ce soient, en fait, *les mêmes photos que celles qu'a fait circuler la police dans ses alertes de disparition* ?

Malgré elle, Blair laissa échapper un petit cri étouffé. Le procureur fédéral se tourna sur le côté, s'écartant de Cody. Aubrey Coates se détendit lentement sur son siège et jeta un regard à la famille Wingate, l'air de dire : « Vous voyez ? »

– Inspecteur Hoyt, demanda Ludik quand le juge eut donné des coups de marteau pour refaire taire la salle, avez-vous téléchargé vous-même ces photos à partir de vos fichiers de police sur le portable de mon client ?

– Non !

Cody bondit de la barre. L'huissier fit un pas vers lui et le juge lui ordonna de se rasseoir.

– Peut-être lundi après-midi, après votre libération de prison et avant de « transférer » la garde de cet ordinateur à la salle des preuves ? reprit Ludik.

– J'ai dit non… grommela Cody.

– Mais vous ne pouvez pas vraiment dire que quelqu'un n'a pas pu le prendre dans votre voiture et les télécharger pendant le week-end ?

Cody secoua la tête.

– Qu'y a-t-il, inspecteur Hoyt ?

– Je ne peux pas le dire avec certitude, mais…

– Inspecteur Hoyt, pouvez-vous vous rappeler une seule affaire criminelle où la préservation de la preuve essentielle a subi un préjudice aussi grave ? asséna Ludik.

Cody bredouilla :

– On retrouvera ce disque dur… Et quand on le fera, ça n'aura pas d'importance. Cet homme, dit-il en se levant à nouveau pour tendre le doigt vers Coates, qui lui décocha un sourire, a kidnappé et tué au moins sept enfants innocents. Vous n'allez quand même pas le relâcher pour qu'il recommence !

Le juge Moreland, furieux, ordonna :

– Inspecteur, asseyez-vous et taisez-vous, ou je vous fais arrêter sur-le-champ pour outrage à la cour.

Il se tourna vers le jury pour ajouter :

– Ne faites pas attention aux dernières paroles du témoin. Elles étaient excessives et ne pourront pas être prises en compte dans votre verdict.

– Plus de questions pour l'instant, Votre Honneur, déclara Ludik en fermant son bloc-notes.

– Et vous, mademoiselle Blair ? demanda Moreland.

L'adjointe du procureur semblait abasourdie. Elle dit d'une voix faible :

– Nous en aurons peut-être ultérieurement, Votre Honneur. Pour le moment… enfin, il se fait tard.

– C'est à moi de décider de suspendre l'audience ! dit le juge d'un ton brusque. Je n'ai pas besoin de votre aide pour cela. Maintenant, avez-vous, oui ou non, d'autres questions à poser au témoin ?

– Pas pour l'instant, dit-elle d'un air de chien battu.

– Huissier, conclut le juge, les dents serrées, faites sortir le témoin, je vous prie.

Quand Cody, escorté par l'huissier, traversa la salle d'audience, tous les yeux de l'assistance étaient fixés sur lui. Lorsqu'il passa devant moi, nos regards se croisèrent et il secoua la tête avec irritation.

– Sainte Marie… dit Olive. C'est la première fois que j'assiste à une chose pareille.

Je suivis Cody dehors, dans le couloir. Quelques-uns de ses collègues s'approchèrent pour tenter de lui remonter le moral. Il les chassa en aboyant :

– Laissez-moi tranquille !

Puis il fonça vers les portes vitrées.

– Cody !

Il ne se retourna pas, dévalant l'escalier vers la rue.

– Cody !

Il fit une pause sur le trottoir et je le rattrapai. Je ne l'avais jamais vu aussi furieux. Il avait le visage froissé, les yeux plissés et les mâchoires serrées.

– L'enfoiré !… siffla-t-il. Je ne sais pas ce qui me retient de retourner là-bas pour le flinguer !

– Ludik ?

– Non, dit-il en m'écartant. Moreland. Il m'a baisé. Jusqu'au trognon. Moi et les familles de tous ces enfants.

– Cody, dis-je quand il arracha ma main de sa manche. C'est Ludik…

– Tu ne comprends rien ! Tu ne sais pas comment ces choses marchent… Le juge aurait pu m'épargner ou accorder cette suspension d'audience pour laisser l'accusation se ressaisir. Il n'a pas levé le petit doigt alors qu'il aurait pu empêcher ça. Les procureurs étaient si ébahis qu'ils n'ont rien pu trouver à dire. Moreland peut faire tout ce qu'il veut, et il a laissé courir…

Je me retrouvais dans la situation grotesque de vouloir défendre l'homme qui voulait nous prendre notre fille.

– Fous-moi la paix ! glapit Cody quand je tentai de le rattraper.

Pendant un instant, je crus qu'il allait me flinguer, moi. Je le regardai traverser la rue sans faire attention aux voitures qui freinaient dans Bannock Street pour ne pas le couvrir de boue, lui qui venait d'être couvert de honte.

*

Il faisait noir et le ciel crachait de gros flocons quand je rentrai à la maison. J'avais appelé Melissa pour lui dire ce qui s'était passé au tribunal, mais elle m'avait interrompu par ces mots : « Tout le monde en parle aux actualités. On dit qu'il a été suspendu. » Elle avait ajouté que Brian avait passé presque tout l'après-midi à la maison et qu'ils avaient suivi le procès ensemble pendant des heures, passant de chaîne en chaîne. La démolition de Cody avait fait sensation.

Je me garai dans l'allée près de la Lexus de Brian et coupai le moteur. La neige faisait un bruit de sable en rebondissant sur le toit de ma Jeep. Je restai assis un moment, épuisé et dérouté.

Je me sentais très vieux. Je dus me forcer à ouvrir la portière pour sortir dans l'allée. La neige me fouetta le visage. J'étais si engourdi que je ne fis pas attention au martèlement rythmique du hip-hop dans la rue ni à un ronflement de moteur qui aurait dû m'avertir par son bruit.

Tandis que je saisissais la poignée de la porte d'entrée, le hip-hop, brusquement, redoubla de volume. Plus tard, je pris conscience que c'était parce que la voiture s'était arrêtée au bord du trottoir et que le passager avait baissé sa vitre pour sortir un fusil.

La neige étouffa les détonations, et je sentis deux impacts dans mon dos. Quand je me retournai, je fus frappé au visage, les yeux éclaboussés et aveuglés par un liquide chaud.

J'entendis des rires par-dessus le vrombissement qui emplit mes oreilles pendant que la voiture partait à toute allure.

6

Des billes de paintball. J'avais été frappé par un fusil paintball. La couleur de la peinture : jaune. Celui qui m'avait tiré dessus ? Garrett, Luis, ou Stevie. Je ne savais pas trop.

Melissa appela la police pendant que je m'essuyais le visage avec un torchon. Il fallut un moment pour que mon cœur ralentisse et que l'adrénaline qui s'était déchargée en moi se dissipe. Mes mains tremblaient quand je me tamponnai les yeux. Ma terreur passa, faisant place à la rage.

Le flic qui arriva, un jeune Latino avec une fine moustache et un ventre qui tendait sa chemise d'uniforme, prit ma déposition et photographia les marques de peinture sur mon manteau. Il secoua la tête en disant que je n'étais pas le premier.

– Il y a eu plusieurs cas l'été dernier, m'apprit-il. Des gosses font ça pour s'amuser, ils rivalisent pour voir combien de gens ils peuvent « tuer » en un temps donné, et se donnent plus de points pour un « meurtre » dans un bon quartier, comme le vôtre. On en a attrapé quelques-uns. Certains jouent les gangsters, mais la plupart sont juste des petits crétins.

Je me mordis la langue et échangeai un regard avec Melissa.

Il continua :

– Mais vous ne les avez pas vraiment vus, non ? Vous ne pourriez pas décrire le véhicule ni donner le numéro de sa plaque ?

– La peinture m'a aveuglé, affirmai-je. Je vous l'ai déjà dit.

– On va suivre l'affaire et on vous préviendra si on trouve

quelque chose, conclut le policier d'un ton qui suggérait que l'on n'entendrait plus jamais parler de lui.

Pendant que nous mangions des plats chinois à emporter que Brian était allé chercher, notre ami recula sa chaise et tira son portable de sa poche de poitrine.

– J'ai appelé Cody tout à l'heure et je lui ai laissé un message pour lui dire de venir ou de me rappeler. Mais il ne répond pas.

– J'espère qu'il n'a pas fait de bêtises, dis-je.

Je reparlai du procès et Melissa secoua tristement la tête.

– Pauvre Cody… Tu crois que Ludik pense vraiment qu'il a monté un coup contre le Monstre ?

– Difficile à dire, répondis-je. Mais il a semé pas mal de doutes dans l'esprit des jurés. Je ne vois pas comment l'accusation pourra faire condamner Coates après ça. Je me suis même demandé si Cody ou un de ses collègues avait pu fabriquer lui-même une partie des preuves. Ce n'est pas que je croie à l'innocence de Coates – je suis sûr qu'il est coupable. Simplement, je ne sais pas si le jury a assez de preuves solides pour l'envoyer en taule.

Melissa frissonna.

– S'il sort libre du prétoire, aucun parent du Colorado ne pourra plus dormir.

– Et tout le monde haïra l'inspecteur Hoyt, dit Brian avec une pointe de joie perfide.

– Mais je doute que Coates pourra encore s'approcher d'un enfant, dis-je, feignant de ne l'avoir pas entendu. Tout le monde se méfiera de lui.

– Ce n'est pas si certain, reprit-il. Si les jurés l'acquittent, il n'y aura rien dans son casier judiciaire. Il se peut même qu'il intente un procès pour retrouver son poste. On ne peut pas empêcher un homme d'avoir du travail sous prétexte que les flics l'ont soi-disant piégé.

– Cody n'a pas fait ça, j'en suis sûre, dit Melissa avec un petit rire.

Brian joignit les mains sur la table et la regarda droit dans les yeux.

– Cody est capable de faire des choses qui pourraient te faire tiquer. Pour moi, il est possible que lui et d'autres flics aient voulu coincer Coates en s'arrangeant pour étoffer l'accusation. Cela s'est déjà vu. Et on sait que notre Cody n'est pas blanc comme neige.

– Brian ! s'écria Melissa, furieuse.

– C'est vrai, insista-t-il. Excuse-moi, Melissa. Mais il tient tellement à mettre les bandits à l'ombre que ça ne le dérange pas de forcer un peu le trait. Il me l'a dit. Un jour, il m'a montré un pistolet au numéro de série effacé qu'il lui arrive de planquer chez des suspects.

Melissa secoua la tête et me regarda pour que je la soutienne.

Je haussai les épaules. Cody m'avait fait le même aveu.

Des choses se passaient dans la rue, chez les flics comme chez les voyous, qui échappaient à la justice. Il m'en avait un peu parlé. D'après lui, depuis que Halladay avait été élu maire de Denver et avait construit des logements pour les sans-abri en déclarant la ville cité refuge, nous avions été envahis par les indigents et les travailleurs sans papiers, surtout des Mexicains. Les gangs harcelaient cette nouvelle population pour lui vendre de la drogue et leur protection. La police, disait Cody, faisait tout pour contenir la situation en gardant le silence sur la forte hausse de criminalité, et quand Denver avait été choisie pour accueillir une grande convention politique, le bureau du maire avait fait passer le mot « de vider les rues de cette engeance ». Des mesures de répression officieuses avaient été prises. La tension entre les nouveaux arrivants, les gangs, la police et le bureau du maire augmentait. La police, si tant est que Cody soit représentatif de la force publique, d'un côté protégeait la « diversité » et, de l'autre, donnait des ordres en sous-main pour se débarrasser de la racaille. Tout en obéissant au maire, certains policiers savaient que si une accusation de violence était prononcée, ou si un portable photographiait un flic tapant sur un sans-abri ou un membre d'une minorité, Halladay prendrait parti pour la victime présumée parce que, d'après ses porte-parole, il était le champion des opprimés. Brian avait été très proche de Halladay avant son élection, son partenaire dans des projets immobiliers, mais depuis ils s'étaient brouillés.

– Cody fait peut-être des entorses au règlement, dis-je, mais il ne chercherait jamais à piéger un innocent. Et s'il a franchi la ligne jaune dans cette affaire, c'était dans l'idée de punir un monstre qui pourrait se remettre à tuer. Voilà pourquoi il était furieux contre Moreland. Ce n'était pas personnel : il enrageait à l'idée que Coates puisse être libéré et faire souffrir d'autres enfants.

– À propos de Moreland, dit Brian en tirant une liasse de papiers de la poche de sa veste, Melissa et moi avons fait notre petite enquête.

– Je vous écoute.

– Je vais mettre Angelina en pyjama, dit Melissa. Je reviens dans cinq minutes.

Pendant qu'elle était à l'étage, Brian déclara :

– C'est étonnant tout ce qu'on peut trouver sur Google et grâce à des amis bien placés. En plus, je connais deux ou trois commères de la haute qui adorent bavasser.

Sur ce, il entama un bref historique de la vie professionnelle et conjugale de Moreland.

– En 1980, lut-il sur ses papiers, il a eu son diplôme au lycée Ridgeview à Asheville, en Caroline du Nord. C'était un élève remarquable, le premier de sa classe. Président de l'équipe des débats[1], quarterback, et cetera… Enfant unique, d'après ce que j'ai pu trouver. Ses parents sont décédés.

– Vraiment ? Il n'a pas l'air si vieux que ça.

– Il a quarante-cinq ans. Il en avait dix-huit quand ses parents sont morts dans un accident de voiture. J'ai lu quelques coupures de presse. Son père a heurté un arbre de plein fouet un soir en rentrant chez lui. D'après la police, il avait dû s'endormir au volant. Il est mort sur le coup et la mère aussi, qui a été projetée

1. Le débat est une activité pratiquée dans les facultés américaines, destinée à compléter le programme et à développer la citoyenneté. Il fait l'objet de concours interuniversitaires.

à dix mètres à travers le pare-brise. Certains ont supposé qu'on les avait peut-être forcés à sortir de la route, mais personne n'a jamais été inculpé.

– John a été suspecté ?

– J'y ai pensé tout de suite. Mais apparemment non. Il était à la maison avec sa petite amie, attendant leur retour. La fille, une certaine Dorrie Pence, l'a confirmé. Rappelle-toi bien ce nom, Dorrie Pence.

Je hochai la tête.

– Je vais continuer à creuser, poursuivit Brian. Les journaux disent seulement que c'était un accident tragique. Toute la ville est venue aux obsèques, il y a eu une collecte pour le fils, ce genre de trucs. J'ai deux ou trois contacts dans l'immobilier en Caroline du Nord, et j'ai tâté le terrain pour voir s'ils ont jamais entendu des rumeurs. D'après mon expérience, les marchands de biens sont au courant de tout, dans leur secteur – qui va déménager et vendre sa maison, ce genre de choses… Très souvent, ils en savent plus sur les affaires locales que les flics du coin. Moi-même, j'en sais plus sur ce qui se passe à Denver que ce petit nul qui était là tout à l'heure, si tu vois ce que je veux dire…

– Continue, dis-je, voyant qu'il y prenait plaisir.

– D'accord… John est venu dans le Colorado juste après son départ d'Asheville. Il est entré à la fac de Boulder grâce à une bourse d'études, mais il avait touché une fortune en assurance vie à la mort de ses parents – il n'a jamais été un étudiant pauvre, ça c'est sûr. Là, il a suivi un cursus en sciences politiques. Et puis il est parti faire son droit à Harvard, d'où il est sorti avec mention très bien – on s'en serait douté – à l'âge de vingt-quatre ans. Ensuite, il est retourné à Denver, pour se marier avec sa chérie du lycée, Dorrie Pence.

– Ah… dis-je. Dorrie lui a fourni un alibi et il l'a épousée.

– Voilà… Garrett est né en 1989. Fils unique, comme papa. Suite à quoi, Moreland a exercé au pénal à Denver pendant quelques années. C'était un avocat de la défense très prisé avant de passer au droit civil. Il a été cité parmi les dix meilleurs avocats conseils de la nation, etc., etc. D'après ce que j'ai pu trouver, il fait partie de ces hommes qui brillent dans tout ce qu'ils font. Ensuite, il a été nommé procureur fédéral et l'est resté cinq ans. Mais c'est là où ça devient intéressant…

Melissa revint au rez-de-chaussée avec Angelina en combinaison pyjama jaune. Elle était adorable et semblait imiter Brian avec son babil. Je la pris dans mes bras pendant qu'il poursuivait :

– En 2001, Dorrie meurt tragiquement dans un accident de montagne. Son fils et son mari étaient avec elle. Il semble qu'ils gravissaient une piste dans un canyon quand la terre a cédé sous ses pieds. Elle a fait une chute de vingt mètres et s'est cogné la tête sur des rochers. John et Garrett ont tout vu, sans pouvoir la sauver. En plus, il s'avère qu'elle était enceinte de six mois, de son deuxième enfant.

J'échangeai un regard avec Melissa.

– La presse est sûre que c'était bien un accident ? demandai-je.

Brian hocha la tête.

– Il n'y a rien dans les articles de l'époque qui suggère le contraire. En fait, Moreland y est décrit comme un homme déchiré et anéanti. Enterrement en grande pompe, des tas de politiciens, de notables et tutti quanti…

– Donc, sa femme, comme ses parents, meurt dans un accident, observai-je. C'est quand même étrange… On connaît combien de gens qui ont connu une fin pareille ? Moi, je ne vois personne.

– Ton oncle Pete, je crois, suggéra Melissa. Il ne s'est pas noyé dans un accident de bateau ?

J'opinai :

– Ça fait un.

– Est-ce qu'on sait quelque chose sur Dorrie ? reprit-elle. Il y avait des gens qui la connaissaient bien ?

– Pas beaucoup, dit Brian. Le juge Moreland était – et il est toujours – de toutes les soirées caritatives et mondaines de Denver. Je l'ai vu moi-même : c'est vraiment un pilier. Mais apparemment, d'après ce que j'ai pu glaner, Dorrie n'aimait pas se faire remarquer. D'ailleurs, elle allait de plus en plus à l'église. Elle était catholique quand ils se sont mariés et, là, elle est devenue très pieuse. Elle suivait la messe tous les matins, une vraie dévote. Physiquement, elle était, disons… assez quelconque d'après la photo de mariage parue dans le journal. John avait l'air d'une star et il a épousé une fille sans charme. Mon meilleur contact l'a décrite comme une boulotte timide, mal à l'aise dans le monde. Le juge et elle étaient mal assortis.

– Ça devait être un boulet pour un ambitieux comme lui, pouffa Melissa.

– Il y a mieux, ajouta Brian. Moreland a épousé Kellie Southards, l'ex-mannequin héritière d'un groupe de cosmétiques, près de douze mois après la mort de Dorrie. Ils ont fait un mariage grandiose. Et cette même année – en 2002 –, il a été nommé à la cour fédérale pour le district du Colorado.

– Un an, ça semble un peu rapide, jugea Melissa, pour un homme aussi déchiré et anéanti.

– Intéressant… dis-je, l'esprit en ébullition. Mais n'oubliez pas que, pour l'instant, on ne fait que brasser des hypothèses. Et on parle d'un juge qui paraît très aimé et avoir le bras long. On tire peut-être des conclusions hâtives.

– Maintenant, on va passer à Garrett, dit Brian. Je laisse Melissa prendre le relais.

– Le fils Moreland a l'air d'être un garçon très brillant et très perturbé, dit Melissa. Ça n'a rien d'étonnant. J'ai appris aussi qu'il est très difficile d'obtenir les antécédents d'un jeune par des voies officielles.

– Mais comment as-tu fait, dans ces conditions ? lui dis-je, impressionné.

– Une amie d'une amie avec qui je travaillais en ville est psychologue dans son lycée, à Cherry Creek. On a bu un café ensemble en fin de matinée. Au début, elle n'était pas très chaude à l'idée de parler d'un élève, parce qu'elle n'a pas le droit. Mais quand je lui ai raconté ce qui nous arrivait (elle désigna du menton Angelina dans mes bras) elle s'est mise à me faire des confidences. Je lui ai juré le secret, bien sûr. Mais ce qu'elle m'a dit sur Garrett m'a encore plus convaincue de me battre contre les Moreland.

– Tu n'hésitais pas vraiment avant…

– Non. Mais je pense que nous avons affaire à un gosse très malade.

– Et que t'a-t-elle appris ? lui dis-je en frissonnant.

– Qu'il avait mauvaise réputation avant même d'entrer au lycée, dit-elle en sortant son carnet de courses d'un sac de couches à ses pieds. Il avait déjà fait parler de lui au collège. Un incident s'était ébruité à l'époque et elle l'avait appris par son collègue là-bas. Il semble que ce dernier connaissait assez bien Garrett parce qu'il lui avait parlé un an après la mort de sa mère. C'était, pensait-il, un garçon inconsistant et il n'avait pas pu l'amener à faire son deuil. Après ça, Garrett est revenu le trouver pour se plaindre que ses amis ne voulaient plus le voir, et il a réclamé que l'école les punisse. Il lui a donné une liste de quatre garçons. (Je secouai la tête, ébahi.) Le psychologue lui a demandé pourquoi il fallait les punir et Garrett a dit qu'ils ne voulaient plus aller à l'école avec lui, qu'ils l'évitaient ouvertement.

– Des trucs de mômes… dis-je, me rappelant à quel point les ados peuvent faire preuve d'une cruauté désinvolte.

– À côté de leurs noms, reprit Melissa, Garrett avait écrit des suggestions de punitions. On devait en marquer deux au fer rouge, forcer un autre à s'habiller en fille pendant un mois et castrer le dernier…

Brian siffla.

– Le psychologue s'est inquiété et a montré la liste au proviseur adjoint, poursuivit-elle. Rappelez-vous, c'était trois ans après le massacre de Columbine, les responsables scolaires étaient ultrasensibles à tout ce qui pouvait faire figure de menaces. Mais le proviseur adjoint connaissait le juge Moreland et ils se sont entendus pour arranger les choses sans faire de vagues. Ils ont réuni Garrett et ses amis et leur ont demandé de mettre les choses au clair, de régler leurs problèmes. En fait, ces gosses fuyaient Garrett parce qu'ils le trouvaient bizarre et effrayant. Il a été grondé pour avoir dressé sa liste, mais n'a pas été sanctionné. Le psychologue était furieux que les choses se soient arrêtées là et il en a parlé à sa collègue – la femme avec qui j'ai pris un café – quand Garrett est entré au lycée. Une fois en seconde, il y a eu des écrits troublants. Garrett s'intéressait – et s'intéresse peut-être encore – à la création littéraire : il a écrit des pièces de théâtre et des nouvelles d'une grande violence. La psychologue que j'ai vue les a trouvées excessives, tout comme le prof d'anglais qui les lui a fait lire : des tortures, des décapitations, des trucs comme ça… Garrett se passionnait pour les conduites criminelles. Elle lui en a parlé, mais il a répondu qu'il avait le droit de s'exprimer librement, et cela d'autant plus qu'il était un artiste. Puis il a ajouté qu'il préviendrait son père si l'école voulait l'empêcher de développer ses talents littéraires.

– Je croyais que c'était le genre de choses qui vous faisaient virer, de nos jours, m'étonnai-je, rapportant une histoire qu'on m'avait racontée : l'expulsion d'un élève qui n'avait fait qu'introduire au lycée un couteau en plastique dans sa boîte à sandwichs.

– C'est vrai, dit Brian, mais apparemment ça dépend des élèves. Et de la position sociale de leur père.

Melissa reprit :

– Garrett, m'a dit la psychologue, lui a montré des livres hyper violents qu'il avait trouvés à la bibliothèque du lycée et des films aussi crus que ses propres textes, qu'il avait loués au vidéoclub. Tout cela pour prouver que son œuvre n'était pas pire que ce qu'on pouvait trouver presque partout.

– Un futur avocat de la défense… dis-je, songeant à la prestation de Ludik.

– Donc, on a laissé Garrett tranquille, reprit Melissa. Il semble que ça ait renforcé son arrogance. Ça, et aussi son argent, qu'il étale au lycée tout le temps. Il a toujours la plus belle voiture, les plus beaux habits, le plus bel ordinateur… Il a été le premier gosse de Cherry Creek à avoir un iPhone – ce genre de choses. D'autres gamins ne l'aiment pas trop, mais le fréquentent quand même parce qu'il est toujours prêt à offrir des casse-croûtes, des tours en voiture ou des bouteilles d'alcool.

– Et c'est là qu'interviennent ses liens avec les truands, dit Brian.

Melissa acquiesça.

– D'après la psychologue, quand il était en première, il s'est mis à venir aux matchs de basket avec des caïds de la ville. C'était une sorte de garde rapprochée, il s'en servait pour frimer. Ses rapports avec eux lui donnaient du pouvoir. Donc, voilà un gosse qui a trop d'aplomb et d'argent au lycée, mais personne – pas même ses professeurs ou la psychologue – n'ose rien dire. Pendant cette même année, le lycée a eu de graves problèmes de drogue et la psychologue a soupçonné ses copains gangsters de vendre des amphètes et de l'herbe aux élèves.

– Chef de gang et avocat de la défense, observa Brian. Un mélange détonant…

– Mais peut-on le prouver ? demandai-je.

– Tu veux dire, au tribunal ? répliqua Melissa. Devant un juge si on peut obtenir une audience pour défendre nos droits sur Angelina ?

– Oui, dis-je, reprenant espoir pour la première fois.

– Il y a pas mal d'élèves dans ce lycée qui diraient les mêmes choses que m'a confiées cette psychologue.

Brian hocha la tête avec enthousiasme.

– Avec un avocat musclé et un défilé de profs et d'élèves qui connaissent bien Garrett, je suppose qu'un juge vous en laisserait la garde.

J'eus envie de le croire.

– Penses-y, me dit Brian. Voilà un homme dont les parents et la première femme sont morts mystérieusement, et dont le fils a l'air d'être un petit Scarface. Quel tribunal voudrait leur confier un bébé pour un simple vice de forme ?

– Ce n'est peut-être pas la peine d'aller jusque-là, dit Melissa. On peut aller trouver Moreland pour lui dire ce qu'on sait. Ça suffira peut-être à le faire reculer.

Nous discutâmes longtemps après avoir couché Angelina. Brian entretint notre espoir jusqu'à une heure tardive. Ses blagues réussirent même à faire rire Melissa, et ce fut merveilleux d'entendre le rire de ma femme. C'était comme si elle évacuait des jours et des nuits de peurs accumulées.

Brian enfilait son manteau avant de nous quitter lorsqu'on frappa à la porte. Il se figea et me regarda. Je jetai un œil à la pendule. Il était une heure vingt.

La rage qui n'avait cessé de couver en moi éclata. Les garçons étaient-ils revenus ? Si oui, je ne me laisserais pas humilier, cette fois. Je courus à l'étage et pris le .45.

– Jack ! s'écria Melissa en me voyant descendre avec ce revolver.

– Ils ont peut-être un fusil pour rire, grondai-je, mais moi, j'ai un vrai Colt.

– Oooh… dit Brian en secouant la tête. Je ne sais pas si…

Mais j'avais déjà ouvert la porte à toute volée, ne demandant qu'à le pointer sur Luis ou sur Garrett.

Cody s'effondra sur le seuil, les joues rouges et les yeux humides. De la neige parsemait sa tête et ses épaules.

– Vas-y, bégaya-t-il, tire-moi dessus…

Je posai le revolver et l'aidai à entrer. Nous le guidâmes vers le canapé, car il pouvait à peine marcher. Il sentait le bourbon. Il tomba sur le divan comme une masse.

– Cody, dit Melissa, tu es couvert de sang… Tu es blessé ?

Je ne l'avais même pas remarqué, mais soudain je les vis : des taches de sang, pareilles à des fleurs sombres, maculaient son blouson et son pantalon. Les articulations de ses doigts étaient ensanglantées et sa peau écorchée.

– Oh, moi, ça va au poil, dit-il. Mais ce gosse dehors, dans le Hummer avec le fusil paintball, lui, ne va pas très fort.

7

Tout comme dans les montagnes Rocheuses au printemps, les tempêtes de neige de fin d'automne à Denver sont souvent si fortes qu'elles parviennent à distraire les gens de leur vie quotidienne et à les faire regarder autour d'eux en disant : « On a assez de provisions à la maison ? »

Cette nuit-là, pourtant, quand Cody arriva chez nous couvert de sang, la neige ne détourna pas notre attention, mais elle nous arracha à notre espoir fugace et modifia notre vision, soudain plus précise et plus dure.

Brian était sur le siège passager de ma Jeep. Nous faisions lentement le tour du pâté de maisons à la recherche du gamin ou du véhicule qu'avait décrits Cody. La neige tombait dru, par vagues de flocons grands comme des jetons de poker. Ses bourrasques étouffaient les bruits des rues et nimbaient la lumière des lampadaires. Il ne faisait pas encore assez froid pour qu'elle tienne, mais elle tombait si vite et si fort qu'elle n'avait pas le temps de fondre. Des boules cotonneuses s'agglutinaient sur le capot et les essuie-glaces.

Dans les maisons du voisinage, quelques lampes étaient allumées derrière des rideaux fermés, et trois ou quatre lumières brillaient sous les porches. Les flocons de neige, telles des noctuelles[1], tour-

1. Papillons de nuit, généralement de taille moyenne et de couleur terne.

billonnaient dans leur lueur. Mais, soudain, le noir se fit dans le quartier.

– Oh oh… dit Brian. Que se passe-t-il ?

– Une panne de courant, grognai-je. La neige a peut-être fait tomber une ligne.

– Super ! C'est la série…

– Mince… Qu'a dit Cody avant de tomber raide ?

– Qu'il avait dû emboutir l'arrière d'une voiture qui descendait la rue tous phares éteints, répondit Brian. Puis il a reconnu ses occupants et les a suivis.

– Il a dit où ? râlai-je, la voix étranglée.

Il n'y avait pas de voitures inconnues au bord des trottoirs ni dans les allées de mes voisins. Tous les véhicules étaient couverts d'au moins quinze centimètres de neige, ce qui n'aidait pas à reconnaître leur modèle dans le noir.

– J'ai eu du mal à le comprendre, dit Brian. Il était complètement dans les vapes. Ce que j'ai entendu, c'est qu'il a forcé la voiture à s'arrêter, que les jeunes dedans ont voulu s'enfuir, mais qu'il en a rattrapé un. Cela dit, il était tellement rond que je me demande s'il n'a pas eu des hallucinations.

– Le sang qu'il a sur lui n'a rien d'une hallucination.

– Mais on ne sait même pas si ça s'est passé ici… Et je persiste à croire qu'on aurait dû appeler les flics, pour les laisser chercher la voiture et le gosse.

– Et arrêter Cody, rappelai-je.

– Il a peut-être *besoin* de se faire arrêter.

– Tu as entendu ce qu'a dit Melissa…

Brian soupira.

– Qu'en ne les appelant pas, on avait déjà enfreint la loi ?

– Oui. Mais j'hésite un peu…

– Pourtant, on sait bien qu'on le *devrait*, hein ?

– Je suppose.

– Mais on ne va pas le faire ?

– Non.

Je longeai lentement la rue de mon lotissement et pris à gauche au pâté de maisons suivant, en passant sous un lampadaire éteint. Sous la neige et dans les ténèbres, mon quartier me semblait inconnu. J'avais la même sensation bizarre que le dimanche, quand Moreland était venu à la maison et l'avait plus ou moins transformée en un lieu que je ne connaissais pas et où je ne me sentais pas très à l'aise.

– Là… dit Brian, le doigt tendu vers le pare-brise.

À mi-hauteur de la rue suivante, le Hummer de Garrett était garé, moitié sur le trottoir et l'arrière tourné vers la chaussée. Les phares de ma Jeep le balayèrent, révélant qu'il n'y avait personne à l'intérieur. Je continuai au ralenti.

– Il a l'air vide, dit Brian. Où sont-ils partis ?

– L'un d'eux s'est envolé, d'après Cody. Mais alors, où est l'autre ?

Je n'avais pas envie de m'arrêter en pleine rue, les phares braqués sur le Hummer, au cas où un voisin regarderait dehors. Dans le noir, je ne pourrais pas le voir, mais lui pourrait me reconnaître, moi ou ma Jeep. Je me demandai si quelqu'un avait remarqué le véhicule de Garrett – ce n'était pas vraiment un modèle qui se fondait dans le décor – et appelé la police. En tout cas, un riverain avait déjà dû contacter la compagnie d'électricité.

Arrivé en haut de la rue, je fis demi-tour et revins vers le Hummer.

– Pas trop vite, dit Brian, je regarde…

– Le voilà, dis-je en tendant le doigt.

– Où ça ?

– Là…

Le tas de vêtements gisait à trois mètres du trottoir, sur la pelouse d'une maison discrète. C'était un tas sombre, mais grand et moucheté de neige. Je l'aperçus juste en passant, mais je crus voir un visage en sang avec une fine moustache. Un panneau immobilier, portant les mots À VENDRE, était planté dans l'herbe. Malgré la coupure de courant, il n'y avait pas de signe de vie dans la maison et il était probable qu'elle était vide.

– C'est Luis, murmurai-je. Pas Garrett, Luis…

– Mon Dieu… dit Brian en m'agrippant le bras. Qu'est-ce qu'on va faire ?

– Je ne sais pas.

– Il est mort ? S'il ne l'est pas encore, il va mourir de froid.

– Je sais.

– Où est passé Garrett ?

Je le cherchai des yeux et secouai la tête.

– Laisse-moi me garer. Il faut que je réfléchisse…

– Doux Jésus… dit Brian, usant d'une expression que je n'avais pas entendue dans sa bouche depuis le lycée. Si jamais les lumières se rallument… si la police se pointe… et si Garrett revient…

– Je sais !

J'allai au bout de la rue, puis refis demi-tour et nichai la Jeep au bord du trottoir en éteignant mes phares et en coupant le moteur. Le Hummer de Garrett était à cinquante mètres. Luis ne bougeait pas – on eût dit une traînée de suie sur la neige. Quand mes yeux se furent habitués à l'obscurité, je distinguai des traces dans le manteau blanchâtre, qui partaient du véhicule côté conducteur et remontaient la rue en s'enfonçant dans l'ombre. Là où Garrett avait pris la fuite.

– Et s'il vivait encore ? siffla Brian d'une voix aiguë en pointant le menton vers le garçon dans l'herbe.

J'aurais aimé trouver en moi un peu de compassion, mais tout ce que je savais de Luis, c'était qu'il avait saboté mes toilettes et m'avait bombardé de billes de peinture. En plus, il trafiquait avec le gosse qui voulait me prendre ma fille. L'idée même de ce type me rendait malade. Dans une ville prospère comme Denver, dont l'expansion offrait aux ambitieux des occasions en or, Luis avait choisi de faire partie d'un gang qui vendait de la drogue. Ce n'était pas comme s'il n'avait pas eu le choix. Je me fichais pas mal qu'il meure. Mais pouvais-je rester les bras croisés à le regarder crever ?

Oui.

Mais je ne voulais pas que Cody ait des ennuis.

Juste avant d'ouvrir ma portière, je vis une lueur dans la tempête de neige tout au bout de la rue. Je restai immobile. La brume des flocons s'illumina, comme traversée par des étincelles. Des phares… Une voiture arrivait…

– Baisse-toi… murmurai-je.

Nous nous voûtâmes sur nos sièges.

– Mon Dieu… souffla Brian. Qu'est-ce qu'on dira si c'est les flics ?

– S'ils ne nous voient pas, on n'aura rien à dire.

– Je suis connu à Denver, geignit-il. J'ai des tas d'amis et d'ennemis. Si je me fais prendre ici, ça fera forcément la une des journaux.

– Je sais. Et n'oublie pas pour qui je travaille, moi.

– Oui, mais…

– Mais quoi ?! aboyai-je. Tu es plus important ? Tu gagnes plus d'argent ?

– Franchement, oui. Mais aussi je ne pourrai plus vous aider, Melissa et toi.

Belle répartie, me dis-je.

Je levai la tête juste assez pour pouvoir regarder par une fente entre le tableau de bord et le haut du volant. Et soudain je me dis que ma Jeep était peut-être la seule voiture de la rue à ne pas être enfouie sous la neige, qu'elle devait détonner. La neige redoublait. Les flocons commençaient à coller aux vitres et à couvrir le capot. Et pourtant, ma Jeep était moins enneigée que les autres.

La voiture qui approchait surgit et pila derrière le Hummer, en gardant ses phares allumés. C'était une berline d'un modèle plus ancien, sûrement pas une voiture de police. Le genre d'américaine tape-à-l'œil très prisée de certains Latinos. Trois portières s'ouvrirent en même temps et le plafonnier s'alluma. Garrett occupait le siège passager. Le chauffeur et le type à l'arrière étaient mexicains, vêtus de longs manteaux et chaussés de boots délacées.

– Garrett et les truands… chuchotai-je à Brian. Ils reviennent pour Luis.

– Ils nous ont vus ?

– Pas encore.

Le .45 était posé près de ma cuisse, et j'avançai la main lentement sur le siège jusqu'à ce que j'aie trouvé la poignée en bois lisse. Puis je baissai un peu ma vitre pour pouvoir les entendre.

Garrett et le chauffeur coururent jusqu'à Luis et lui crièrent de se lever.

– Mais putain, lève-toi, mec ! dit le Latino en le poussant du bout de sa botte. Lève-toi donc, bordel !...

Le deuxième gangster était resté près de la voiture, pour faire le guet. Il gardait les mains dans les poches et, d'instinct, je me dis qu'il avait plusieurs armes sur lui. Ses yeux parcoururent longuement la rue et balayèrent ma Jeep. Son visage était morne, impassible, en forme de moule à tarte avec des paupières lourdes et une petite barbe.

Tirant sur Luis de toutes leurs forces, Garrett et le chauffeur le mirent debout tant bien que mal. Ils le soutinrent par les épaules et le guidèrent vers la berline. Je crus voir ses jambes remuer d'elles-mêmes, mais je n'en étais pas sûr. Sa tête s'effondra sur son manteau lorsqu'ils le hissèrent sur le siège arrière. Et, juste à cet instant, j'aperçus, à la lueur du plafonnier, du sang sur sa figure et ses vêtements. J'avais l'impression qu'il était vivant... mais à peine.

Je vis alors très bien le visage de Garrett : il était hideux, déformé par la rage. Il parla d'un fusil paintball et le guetteur s'éloigna. Il le trouva sur la pelouse et le rapporta. C'étaient bien eux qui m'avaient agressé.

– OK, dit Garrett en claquant la portière et en reculant d'un pas.

Le chauffeur sauta dans sa voiture et le guetteur bondit à ses côtés. Garrett se dirigea vers le Hummer, ses clés à la main.

Mais, juste avant d'ouvrir sa portière, il se figea soudain et se tourna vers nous en plissant les yeux.

– Oh non... murmurai-je.

– Quoi ?

– Je crois qu'il nous a vus.

Je levai le .45 et le posai sur mes genoux. Brusquement, stupidement, je ne pus me rappeler si c'était un revolver à simple ou double action. Fallait-il l'armer ou presser seulement la gâchette ? Merde…

La berline fit lentement demi-tour dans la neige et commença à descendre la rue dans la direction d'où elle était venue. Ses feux arrière paraissaient roses dans le brouillard de neige.

Garrett était toujours debout près de sa portière. Je le vis réfléchir, regarder un instant ses amis s'éloigner, puis contempler ma Jeep. Ses renforts étaient partis et il hésitait. J'imaginai ma voiture garée le long du trottoir, brillante, noire, bien moins couverte de neige que les autres dans la rue, et qui crevait les yeux. Garrett avait-il fait attention à ce que je conduisais ? Avait-il remarqué la Jeep dans mon allée ?

Il marcha vers nous au milieu de la chaussée comme un tireur d'élite. S'arrêta à vingt pas. Passa une main derrière son dos pour tirer un objet de sa ceinture. Puis, de l'autre, il ouvrit son portable et le leva vers sa joue. Je pus voir la lueur de l'écran ombrer ses traits. Il devait rappeler la berline.

J'armai le revolver et fis tourner le barillet, poussant une grosse balle dans la chambre. Vise la partie la plus épaisse de son corps, me dis-je, me rappelant une chasse au wapiti dans le Montana, et, s'il le faut, tire encore et encore…

À présent, il était à dix pas, mais il ralentissait et se penchait en avant, pour tenter de voir dans l'habitacle…

Juste à cet instant, le courant fut rétabli et les lampadaires des trottoirs se rallumèrent en grésillant. Les ampoules sous les porches clignotèrent partout dans la rue. Des lampes intérieures s'allumèrent.

– C'est Noël… souffla Brian.

Après l'obscurité totale, les lumières nous semblaient plus intenses qu'elles ne l'étaient vraiment.

– Tu peux le dire… lâchai-je quand Garrett pivota sur lui-même, fonça vers son Hummer et démarra à toute allure.

Brian se redressa avec un long soupir. Je sentais mon cœur battre la chamade et cogner dans ma poitrine.

– Tu t'en serais servi ? demanda-t-il en désignant mon Colt.

– Oui.

– Je suis content que tu ne l'aies pas fait, conclut-il.

Je n'en étais pas si sûr.

La neige tombait toujours quand je me glissai entre mes draps. J'étais fatigué, épuisé, et j'avais pris un Advil pour combattre un mal de tête qui s'annonçait. Brian partit dès que nous eûmes rallié la maison, en espérant, dit-il, que ses mains cesseraient de trembler pour qu'il puisse conduire. Cody ronflait au rez-de-chaussée sur le divan. Melissa lui avait ôté son blouson et ses chaussures et l'avait enveloppé dans une couverture.

Je tentai de ne pas la réveiller, mais, bien sûr, elle ne dormait pas.

– Que s'est-il passé ? demanda-t-elle.

Je lui racontai tout, sans rien lui cacher.

– Je le déteste, dit-elle en parlant de Luis, mais je ne souhaite à personne de mourir de froid, même s'il paraît que c'est comme si on glissait dans le sommeil. On ne souffre pas.

Je ne sus trop quoi lui répondre.

– Tu crois que Garrett fera le rapprochement entre Cody et nous ? reprit-elle. Il sait qu'il est notre ami ? Il pourra nous tenir responsables de cette histoire ?

– Je n'en sais rien. Ça dépend si Cody leur a dit quelque chose ou s'il a seulement frappé Luis.

– Je parie qu'il les a insultés…

– On pourra lui demander demain… pour peu qu'il s'en souvienne.

– Oh, Jack… ça va de mal en pis.

Je fis oui de la tête, même si elle ne pouvait pas me voir dans le noir. Elle se tourna vers moi sous les couvertures et posa sa main chaude sur mon torse.

– Tu as repris une douche, murmura-t-elle. Pourquoi ?

– Je me sentais sale, je crois.

– Quelle heure est-il ?

– Presque trois heures.

– Tu vas travailler demain ?

– Il le faut bien.

Elle posa la tête sur mon épaule. Ses cheveux sentaient bon.

– J'aimerais que tu puisses rester à la maison. On pourrait cocooner sous la neige… juste tous les trois.

– Tu oublies Cody, chuchotai-je.

– C'est vrai…

Elle pouffa.

Je regardai par la fenêtre. La tempête s'était un peu calmée.

– On pourrait rester au chaud chez nous, répéta-t-elle.

Je l'embrassai sur la bouche. Elle répondit à mon baiser et puis elle s'arrêta.

– Non, pas ça, dit-elle, pas maintenant. Je veux juste que tu me prennes dans tes bras.

Je le fis.

Nous entendîmes notre fille remuer et pousser un cri par le talkie-walkie.

Melissa réagit aussitôt, dégagea sa tête de mon bras et balança les jambes hors du lit.

– Qu'est-ce qu'il y a ?

– Sûrement un mauvais rêve, dit-elle en passant son peignoir. Elle en fait depuis que les Moreland sont venus ici. Je ne sais pas si elle sent mon inquiétude ou quoi. Je vais la chercher.

Elle sortit, Angelina gémit et ça me brisa le cœur. Par le talkie-walkie, j'entendis grincer les ressorts de son berceau quand Melissa la prit dans ses bras et la dorlota.

– Je vais la laisser dormir un peu avec nous, souffla-t-elle en rentrant dans la chambre.

Je fis de la place et Melissa l'installa entre nous. Angelina sommeillait. À la lumière de la lune, elle avait l'air paisible. Ses longs cils étaient d'une beauté exquise et sa bouche en forme de bouton de rose esquissait un sourire. Son souffle était léger, de fines bouffées d'air. Je frôlai sa joue ronde du dos de mes doigts. Douce comme la soie. Elle était si petite…

– Ne l'écrase pas en te retournant, me dit Melissa.

Je m'écartai un peu plus – j'avais toujours peur de le faire.

– Nous avons trois semaines, reprit-elle, mais tu seras parti toute la deuxième.

– Pas si longtemps que ça. Je reviendrai dès que j'aurai pu voir Malcolm Harris.

– Quand même…

– Je suis plus optimiste après ce que vous avez découvert ce soir, Brian et toi. Le juge et son fils sont loin d'être parfaits…

– J'en ai parlé à Cody pendant que tu étais sorti avec Brian. Il était peut-être dans les vapes, mais il ne s'est pas montré très encourageant.

– Que veux-tu dire ? demandai-je avec inquiétude.

– Je l'ai mis au courant de ce qu'on a trouvé, et il a ricané : « Juste des ragots merdiques… Rien de tout ça ne marcherait au tribunal. »

Elle avait tenté d'imiter le rythme particulier de son ton sarcastique.

– Mais on vient juste de commencer !

– Et si on n'y arrive pas ? Les rumeurs ne valent pas grand-chose. Prouver qu'elles sont fondées, c'est une autre paire de manches.

– On n'a pas à prouver que les parents et la femme de Moreland sont morts mystérieusement, objectai-je.

– Mais au fond, ça ne tient pas. Pour autant qu'on le sache, le juge n'a jamais été accusé ni soupçonné de quoi que ce soit. Et son fils a juste l'air d'un ado maussade. En quoi est-ce si bizarre ?

– C'est Cody qui a dit ça ? dis-je en prenant la mouche.

– Non, répondit-elle. Non, ça, c'est mon avis. Mais je suis d'accord avec lui. On ne s'appuie que sur des rumeurs. On ne peut pas s'attaquer à un juge très puissant avec des bruits de couloir. D'une manière ou d'une autre, on doit prouver quelque chose… n'importe quoi.

Les minutes s'écoulèrent. Plus j'y réfléchissais, plus je me rendais compte qu'elle avait raison. Les derniers espoirs que j'avais pu avoir sortaient furtivement de la chambre, comme s'ils avaient honte.

– Chérie, dis-je, ça ne sert à rien de chercher un avocat pour leur faire un procès. On trouvera peut-être quelque chose sur eux, mais là, Garrett a tenté de nous tuer !

Elle soupira.

– Peut-être que Brian glanera des indices plus sérieux. Il a dit qu'il continuerait à creuser.

C'était comme si elle n'avait pas entendu ce que je venais de dire.

– Et moi, je peux exploiter ces incidents scolaires, reprit-elle. Mais là, tout ce qu'on a, c'est ce qu'une psychologue dit avoir entendu de la bouche d'un collègue. Je suis sûre que si j'étais juge je n'écouterais même pas nos arguments.

– J'aurais dû tuer ce salaud… murmurai-je.

– Jack, ne dis pas ça. Si tu l'avais fait, on te mettrait en prison. La petite a besoin d'un père, et moi d'un mari.

Mais quand même…

– J'ai eu une drôle d'idée, dit Melissa au bout d'un moment. Un jour, Luis a été le bébé de quelqu'un. Et Garrett a été un enfant, lui aussi.

– Vraiment une drôle d'idée…

– Je t'aime, Jack.

– Moi aussi, je t'aime.

– Qu'est-ce qui va nous arriver ?

– Je ne sais pas, répondis-je.

– Il faut qu'on protège Angelina.

– Oui.

– Tu as eu beaucoup de cran, ce soir.

Cela me fit plaisir de l'entendre parce que je ne m'étais jamais trouvé particulièrement brave. J'avais envie qu'elle me voie comme un type courageux et je me jurai de ne pas lui donner de raison de changer d'avis. Je n'y avais encore jamais réfléchi, bien que tout homme, je pense, doive se demander un jour ce qu'il ferait s'il avait jamais à choisir entre le combat et la fuite.

– Je vais te laisser avec la petite, dis-je en me levant. Je suis trop tendu pour pouvoir dormir. Je tâcherai de ne pas vous réveiller en revenant me coucher.

Melissa s'endormait déjà, un bras légèrement posé sur Angelina. Sur le seuil de la chambre, je m'arrêtai et regardai derrière moi. Ma femme et ma fille dans mon lit, qui mêlaient leurs souffles.

Je laissai les lumières éteintes dans le salon et, comme notre télécommande avait été flinguée, j'allumai la télé à partir du poste. Il était branché sur CNN. Je m'assis dans mon fauteuil, trop fatigué pour surfer sur d'autres chaînes en pressant les boutons sous l'écran. La lumière de l'appareil dansait sur Cody, blotti sous sa couverture. De temps en temps, il me faisait sursauter par un grognement ou un pet tonitruant. Une odeur de vieux bourbon montait dans la pièce, comme si elle suintait par les pores de sa peau. Je souris en le comparant à Angelina, et je me demandai pourquoi l'âge rendait les odeurs aussi désagréables.

Derrière l'épaule du présentateur sur l'écran s'affichait la photo anthropométrique de Coates, avec en bandeau la légende : « Le Monstre du Desolation Canyon ». L'image disparut pour faire place à une correspondante locale nommée Erin Trucmuche, filmée devant le tribunal dans la soirée, lorsque la neige s'était mise à tomber.

« Les poursuites engagées contre l'accusé ont subi aujourd'hui un coup majeur dans la salle d'audience du juge Moreland à Denver, dit la brune séduisante, quand… »

J'écoutais à moitié. La caméra montra Cody sortant à pas lourds de la salle, et grondant devant l'objectif. Je ne pus m'empêcher de lui jeter un coup d'œil sur le canapé.

Le sujet s'acheva quand la reporter dit :

« Je vous parie un sac de beignets que si les procureurs ne sortent pas de leur chapeau un argument massue Aubrey Coates sera acquitté. À vous l'antenne, Anderson.

– Ces images ont été prises il y a quelques heures, dit Anderson aux spectateurs. Au fait, Erin, des beignets au sucre glace… »

– Salaud… grogna Cody dans son sommeil, en se retournant violemment.

Vendredi 9 novembre

Plus que seize jours

8

Trois jours avaient passé. Les journaux ne parlaient pas de Luis. J'ignorais complètement s'il était mort ou vivant. Nous n'avions pas reçu de visite de la police, ni d'appel de Moreland, père ou fils. C'était comme si cette sale nuit n'avait jamais existé. Je pourrais dire que je me sentais soulagé au fil des jours, mais en fait pas du tout. Au contraire, je sentais monter la tension, m'attendant à la prochaine agression en me demandant si, cette fois, elle serait avec de vraies balles. Et je ne doutais pas qu'elle viendrait.

Si les femmes sentent en général mieux que les hommes les sentiments subtils et les motivations des autres, les hommes savent d'instinct une chose : quand ils sont en guerre. Ce qui me choqua fut le calme avec lequel je glissai de la berge au milieu du courant.

Le vendredi, j'allai tôt au bureau pour régler des points de détail. Je n'étais pas le seul dans le service, malgré l'heure matinale. Jim Doogan, le chef du personnel du maire, passa très vite dans le couloir, mais s'arrêta ostensiblement devant ma porte pour regarder dans mon bureau. Je le saluai de la main.

– Je prends un café et j'arrive, dit-il.

Puis il fila au bout du couloir.

Je souris. Jim ne pouvait même pas dire bonjour avant d'avoir bu un café.

Doogan était un homme curieux. Son nom lui allait comme un

gant[1]. C'était un Irlandais bien en chair, rougeaud et quinquagénaire, aux cheveux ras, roux et teintés de gris. Un homme très direct, bien différent du maire, qui était jeune, mince, beau et si plein d'énergie qu'on s'attendait à voir les étincelles de son enthousiasme embraser la corbeille à papier. Mais on ne pouvait pas se passer de Jim. Quelqu'un devait faire fuir les flatteurs et les groupes d'intérêt qui dévoraient le temps du maire, un sous-fifre devait s'interposer et arranger les choses loin des yeux du public. Doogan était l'homme qu'on envoyait dire à un type qui avait vu le maire et prétendait qu'il lui avait promis quelque chose que ce n'était pas vrai : le maire avait simplement « reconnu » le problème. Je l'avais toujours trouvé sympathique. Il n'avait rien d'hypocrite. Il me rappelait certains hommes du Montana : des acheteurs de bétail, des flics de la campagne qui, lorsqu'ils vous battaient aux cartes, jetaient un bras sur votre épaule et vous offraient de vous payer une bière.

Apparemment, le maire prenait son petit déjeuner mensuel avec le président de notre service, « Rex » Jones. Avant d'être nommé à ce poste, Jones avait été son directeur de campagne et principal collecteur de fonds. C'était un homme grand, tiré à quatre épingles et, d'après ce que m'avaient dit les anciens du service, beaucoup plus supportable que ses prédécesseurs. Jones venait de la banque et n'avait aucune expérience du tourisme, ce qui ne le démontait pas. Dans les réunions du personnel, il parsemait ses phrases de slogans accrocheurs et de termes branchés – « paradigme », « ensembles de compétences » et « vision du monde » –, mais en s'en servant souvent de façon impropre. Il nous exhortait à « innover », à « repousser les limites »... Derrière son bureau s'élevaient des piles de livres de management qu'il semblait n'avoir jamais ouverts.

Finalement, Doogan revint avec son café et entra dans mon bureau en fermant la porte derrière lui. C'était la première fois

1. Nom d'origine irlandaise, également dérivé du vieil anglais, où il veut dire « utile ».

qu'il faisait ça. Je levai les yeux, mais les effluves de son après-rasage me firent reculer dans mon fauteuil.

Je le vis secouer la tête et pincer les lèvres, comme si ce qu'il s'apprêtait à me dire l'attristait.

– Brian Eastman... dit-il simplement. Ce n'était pas une bonne idée.

Là-dessus, il sortit avant que j'aie pu lui demander comment il avait su si vite et, surtout, comment le *maire* savait.

Plus tard, Linda entrouvrit ma porte après une réunion de cadres pour me lancer :

– Enfin, tu as fait quoi pour emmerder le maire ?

– Je ne comprends pas...

Rex Jones, m'apprit-elle, lui avait dit que Halladay l'avait interrogé sur moi.

– Il a demandé si tu étais un type capable ou si tu lui tirais dans les pattes. Si, en fait, tu ne pouvais pas nuire à son travail. Rex a répondu qu'il t'avait défendu, toi et notre service, mais je pense que c'est des conneries. Je crois qu'il (elle imita de manière irrésistible la voix de cadre de Jones) *a exprimé sa consternation et lui a assuré qu'il s'en occuperait.* Traduction : il y a des chances pour que tes jours soient comptés. Ce qui me ramène à ma première question : tu as fait quoi pour emmerder le maire ?

Je me sentis soudain glacé. J'avais affreusement besoin de mon poste.

– Rien. Mais il se peut que Moreland lui ait glissé un mot, fis-je.

Je me posais des tas de questions : Garrett avait-il dit à son père ce qui s'était passé lundi soir ? Ou avait-il inventé une histoire, prétendant être venu chez nous pour voir Angelina et avoir été agressé par un fou, qui avait laissé son ami pour mort dans un terrain vague ? Était-ce notre amitié avec Cody, le flic déshonoré, ou avec Brian, dont les relations avec le maire s'étaient dégradées, qui avait éveillé ce soudain intérêt pour moi ? Les recherches de

Brian avaient-elles touché des points sensibles ? Ou bien le juge était-il seul derrière tout ça ?

Je pris alors conscience que les Moreland n'avaient pas besoin de balles, ni de billes de peinture, pour passer à l'attaque. Un petit déjeuner avec le maire possédait la même force de frappe.

– Tu as intérêt à te tenir à carreau… dit Linda en me scrutant avec attention. Je ne peux pas me permettre de te perdre en ce moment. Vu les menaces qui pèsent sur notre budget, je ne suis pas sûre qu'on pourrait engager quelqu'un d'autre. Même si c'était possible, cela prendrait des mois, et on n'a pas le temps. Ça va être la période des salons.

– Je ferai de mon mieux, promis-je. Comme toujours.

Elle acquiesça d'un hochement de tête, mais garda le même air. Celui d'un propriétaire de pur-sang qui jauge un poulain prometteur qui s'est soudain mis à boiter…

Je devais m'envoler pour Berlin le dimanche soir, deux jours plus tard, et arriver à Tegel le lundi matin. Ma valise était presque prête dans notre chambre à l'étage, et mon porte-documents était archiplein : outre mon ordinateur portable, il contenait un tas de prospectus et de cartes de visite, plus un pack de bières Coor que j'avais pris pour Malcolm Harris, qui adorait cette marque. Je devais rentrer le dimanche suivant et serais donc absent toute une semaine. Mais dans ma tête, je dois le reconnaître, j'étais déjà à moitié parti.

J'avais essayé de convaincre Melissa d'aller chez sa mère avec la petite pendant mon absence, mais elle avait refusé. Elle ne s'était pas encore remise du divorce de ses parents et n'aimait pas le nouveau mari de sa mère. Ça avait beau être plus prudent, elle n'avait pas envie de la voir « en extase », comme elle le disait, devant son beau-père.

Cody était resté chez nous. La nuit, il dormait sur le canapé et dans la journée il regardait la télé et donnait un coup de main dans la maison. Il était meilleur bricoleur que moi… et il avait le temps. Il rescella les gonds d'une porte, arrêta une fuite dans les W.-C. et peignit la cuisine. Melissa me dit qu'il ne s'interrompait que pour suivre le procès de Coates à la télé et sortir fumer sur la véranda. Il lui confia qu'il ne se rappelait pas ce qu'il avait dit à Luis la nuit du grabuge, mais il avait l'impression de « lui être tombé dessus, comme Dirty Harry[1] ». Il nous avait demandé s'il pouvait rester chez nous jusqu'à ce que les reporters qui campaient devant sa maison finissent par se lasser, et nous avions accepté. Melissa appréciait son aide et sa compagnie, et moi, j'étais content qu'il soit là, avec ses armes et sa violence latente, au cas où Garrett et ses potes reviendraient.

1. Policier de San Francisco incarné par Clint Eastwood dans la série « Inspecteur Harry », flic taciturne aux méthodes de travail aussi efficaces que moralement contestables.

Samedi 10 novembre

Plus que quinze jours

9

Après le départ de Brian, la nuit de l'affrontement entre Luis et Cody, nous ne le revîmes pas de la semaine. Il partit à New York, Chicago, St. Louis et la Bay Area[1] pour ses affaires. Il restait en contact avec Melissa en lui envoyant des textos entre deux avions. Elle les gardait et me les montrait quand je rentrais du bureau. Je les relus le samedi matin en buvant mon café.

> J'APPRENDS DES TAS DE CHOSES SUR MORELAND. SUIS IMPATIENT DE VOUS RACONTER.

> J'AI PARLÉ À UN AMI QUI TREMPE DANS LE MILIEU. D'APRÈS LUI, IL Y AURAIT PEUT-ÊTRE DES PHOTOS QUI POURRAIENT FAIRE TOMBER LE JUGE. JE M'EN OCCUPE. ÇA NOUS COÛTERA SANS DOUTE UN PEU D'ARGENT.

– Des photos de quoi ? fis-je.

– Je lui ai demandé, répondit Melissa. Il n'a pas répondu. (Elle soupira.) Tu sais à quel point il peut être théâtral. Il ne se contentera pas de les décrire, il veut nous les montrer.

Cody s'encadra dans la porte de la cuisine dans un tee-shirt éclaboussé de peinture. Il avait entendu.

1. Région située autour de San Francisco, incluant aussi Oakland et San José, qui compte autant d'habitants que le Québec.

– Viens avec moi dans le centre-ville, me dit-il.

– Ça ne te dérange pas ? demandai-je à ma femme.

– Non, répondit-elle, à condition que tu rapportes le dîner et que tu ne boives pas trop. Rappelle-toi, tu pars demain très tôt.

Comme si je ne le savais pas…

Dans plusieurs études nationales Denver est citée comme la plus verte des grandes villes du pays, généralement à égalité avec Portland. Les loisirs et la santé y sont une religion. Je le sais, car je vends ce discours à l'étranger. Cody incarnait tout le contraire quand il tira sur sa cigarette avec une passion de junkie, se carra dans son siège, ferma les yeux, puis exhala lentement la fumée. Il fumait avec un plaisir si gourmand qu'il me faisait regretter de ne pas fumer moi-même.

En semaine, il y a de la circulation. Beaucoup de circulation. Ces jours-là, je comparais notre rue de la banlieue ouest à un minuscule ruisseau saisonnier, comme celui qui traversait le ranch qu'avait géré mon père aux abords de Great Falls. Pareille à ce cours d'eau, ma rue/ruisseau se jetait dans une rue plus passante (ou une rivière, dans mon analogie), qui se déversait dans l'affluent (la C-470) d'un grand rapide (l'I-70, puis l'I-25) coulant vers le centre-ville. Dès que je m'élançais dans ce fleuve, dévalant la vallée vers les gratte-ciel, les stades et les quartiers pauvres, je me changeais en un poisson craignant pour sa vie. Des courants de circulation inondaient les ruelles quand le fleuve tout entier prenait de l'ampleur et de la vitesse. Les embouchures (ou sorties) n'atténuaient que provisoirement la pression, car d'autres affluents (les rampes d'accès) créaient des flux plus grands. J'étais du menu fretin dans un océan de poissons. Le soir, tel un saumon regagnant sa frayère, je remontais le courant puissant des voitures vers le lit sableux de mon petit ruisseau, où m'attendaient Melissa et mon bébé de neuf mois, pour retrouver le calme de ses eaux.

Le samedi matin, la circulation est fluide sur l'autoroute inter-États qui entre dans la ville, mais c'est différent à l'ouest, vers les montagnes. Plusieurs pistes de ski étaient déjà ouvertes à cause de la neige précoce ou artificielle, et je n'avais jamais vu autant de Land Rover et de Volvo aux galeries couvertes de skis et de planches de snowboard. J'imaginai que leurs occupants écoutaient Dave Matthews s'ils avaient moins de quarante ans et sans doute John Denver au-delà.

Nous prîmes l'I-25 jusqu'à la sortie du Speer Boulevard, passâmes devant les lofts embourgeoisés près du Pepsi Center[1] et du Coors Field[2], puis plongeâmes dans le centre, où il n'y avait personne, à part les sans-abri du centre commercial de la 16e Rue.

Nous nous garâmes dans un parking à 5 dollars dans une partie minable de la ville que les promoteurs n'avaient pas encore atteinte. Cody, toutefois, ne paya pas. Il montra juste son insigne au gardien en passant rapidement devant sa cabine. Le gardien – couvert de tatouages, de piercings et sentant la fumée – recula à la vue de son badge comme un vampire devant un crucifix. Je suivis mon ami au Shelby's Bar sur la 18e Rue. Je savais que c'était un repaire de flics.

La serveuse le connaissait et s'inclina comme un sujet devant son roi, mais avec un petit sourire moqueur :

– Votre trône est prêt, Majesté.

Cody grogna et s'assit lourdement dans le box le plus sombre. Je m'installai en face de lui.

– Whiskey pour tous les deux ? lança-t-elle.

– Du Jameson, répondit-il. Trois.

– Trois ? m'étonnai-je.

Quand elle regagna le bar, Cody me glissa en sortant son paquet de cigarettes :

– J'ai un gars qui doit passer. Vu mon prestige dans le service par les temps qui courent, j'espère qu'il va venir.

– À propos, dis-je, comment va le procès ?

– Tout est fini, on n'attend plus que le verdict. La défense

1. Bâtiment construit en 1997, accueillant des concerts et des rencontres sportives.

2. Stade de base-ball.

a conclu sa plaidoirie sans appeler de témoins. Les jurés sont séquestrés tout le week-end, et lundi ils reviendront acquitter ce salaud.

Je secouai la tête.

– Alors il n'y avait rien d'autre contre lui ?

– Nous, on avait, dit Cody en allumant une cigarette. Et même plus qu'assez.

Il inhala et rejeta une grande bouffée vers le panneau DÉFENSE DE FUMER qui surmontait le box. L'interdiction valait pour tout l'État.

– Tu aimerais savoir si j'ai cherché à le faire tomber… reprit-il.

Je ne dis ni oui ni non.

Et il n'ajouta rien.

Son portable vibra et il sacrifia à un rituel comique, tapotant toutes ses poches tandis que sa cigarette dansait dans sa bouche, avant de le trouver dans sa poche de poitrine.

– Ouais, on est là, dit-il dans l'appareil. J'ai déjà commandé, alors dépêchez-vous.

Il ferma le téléphone et le posa sur la table pour ne pas le reperdre.

– Jason Torkleson vient de passer inspecteur, m'expliqua-t-il. Il a été affecté à mon équipe. Il est tout feu tout flamme, comme tous les flics qui débutent. Avant qu'il s'enlise dans une affaire ou que le lieutenant le récupère, je lui ai demandé de se renseigner sur Luis, Garrett et Sur 13, et de me faire un rapport.

La porte s'ouvrit et le soleil ruissela dans le bar sombre quand un jeune homme entra, mince, le teint pâle et les cheveux châtains, portant un dossier en papier kraft. Il était en survêtement et semblait détendu, comme s'il venait d'achever sa séance d'entraînement.

– C'est lui ? murmurai-je.

Cody passa la tête par le côté du box et lui fit signe.

– Apparemment, les collègues m'adressent encore la parole, marmonna-t-il.

Après les présentations, Torkleson s'assit de mon côté pour pouvoir lui montrer ce qu'il avait trouvé. Il plaça la chemise sur la table. La serveuse apporta les trois verres et Cody lui prit le sien des mains avant qu'elle ait pu le poser. Il but longuement, fit « Aaah… » et le baissa avec lenteur. Je sirotai mon whiskey. Il brûlait agréablement.

– Vous commencez tôt, hein ? lui dit Torkleson.

Cody chanta alors « *What's the use of getting sober, when you're gonna get drunk again*[1]… », puis éclata de rire. Je l'imitai. Cela faisait dix ans qu'il nous sortait ça.

– Je vais peut-être m'abstenir, dit le jeune homme.

Les yeux de Cody devinrent froids et le considérèrent sous leurs paupières lourdes.

– Quoi, pour rester en forme ?

– En fait, oui.

– « En fait », déclara Cody, est une expression galvaudée aujourd'hui et, quand on l'utilise, c'est de façon impropre. Vous les jeunes, vous dites ça presque aussi souvent qu'« au fond » ou « comme ». Vous en faites un usage incorrect, aurait dit mon professeur d'anglais au lycée de Helena. Pas vrai, Jack ?

J'acquiesçai juste pour qu'il en vienne au fait.

Il grogna au visage de Torkleson :

– Et maintenant, buvez votre foutu whiskey…

Le jeune homme se redressa, comme si on l'avait frappé. Il hésita un peu, mais il leva son verre et le but précautionneusement. Le goût le fit grimacer.

La chemise kraft était restée sur la table.

– Vous ne voulez pas la voir ? demanda-t-il.

– Plus tard, répondit Cody. Dites-moi l'essentiel.

Torkleson me jeta un coup d'œil.

– Pas de problème, assura Cody. Il peut entendre tout ce que vous me direz.

Torkleson tapota la chemise.

– Je n'ai pas trouvé grand-chose, mais il n'y avait pas tellement d'infos accessibles. Garrett est le fils du juge Moreland, mais je pense que vous le savez.

1. Soit : « À quoi ça sert de dessoûler (quand on va encore s'enivrer) ? »

– Oui, répondit Cody, ses doigts tambourinant sur le bord de la table comme un joueur de black jack espérant qu'on lui servirait une main gagnante. Donnez-m'en un peu plus.

– La mère de Garrett…

– On sait ça aussi. Continuez.

– D'après ce que j'ai pu voir, il n'a pas de casier judiciaire.

– Merde…

– Tout ce que j'ai pu trouver sur lui, c'est qu'il est apparu par recoupements dans quelques dossiers – en tant qu'associé de deux ou trois truands. Ça m'a semblé étonnant.

– Continuez…

– À propos de Sureños 13, j'ai imprimé toutes les infos que j'ai pu glaner sur ses membres dans nos fichiers. *Sureños* est un mot espagnol qui veut dire « gars du Sud »…

Cody leva la main.

– Inutile ! Je sais tout sur Sur 13 : ce gang est né dans les prisons de Californie, puis il s'est répandu partout aux États-Unis, et le 13 renvoie à la treizième lettre de l'alphabet, M, comme « Mafia ». Sur 13 a pris le bleu pour emblème, ses membres ont trois points tatoués sur les phalanges et contrôlent presque toute l'héroïne et les amphètes du Colorado.

Torkleson acquiesça.

– Ce qui nous intéresse, c'est comment et pourquoi un bon garçon du lycée de Cherry Creek s'est mis à fréquenter ces gangsters, ajouta Cody.

– Ça, je ne peux pas le dire. Mais on a quand même une demi-douzaine de photos de lui entrant et sortant du Club Appaloosa, dans Zuni Street. Vous connaissez cette boîte ?

Cody hocha la tête. Même moi j'avais entendu parler de l'Appaloosa. Il était dans une rue du centre où j'avais pour consigne de ne pas emmener nos clients ni les journalistes. Pour une raison quelconque, la zone avait échappé aux promoteurs de la ville et leur resterait encore inaccessible pendant quelque temps. Ses bâtiments étaient délabrés : des salons de tatouage, des bars et quelques magasins de vins et spiritueux aux vitrines garnies de barreaux. Au milieu se trouvait l'Appaloosa, facile à repérer la nuit car les habitués avaient brisé la plupart des vieux néons au-dessus de la porte, si bien qu'il ne restait plus que les lettres P et OO. J'avais appris par Cody que les flics en patrouille ne passaient jamais devant le club pour éviter que les briques ne pleuvent sur leurs voitures.

– On a aussi quelques photos clandestines de votre gars à l'intérieur, dit Torkleson. Il a l'air dans son élément. Il ne détonne pas, comme certaines Blanches qui y vont quelquefois pour se donner le frisson. Mais si Garrett est à l'aise à l'Appaloosa, ça veut dire qu'il est vraiment complice de ces types-là.

– C'est tout ? dit Cody. Une poignée de photos ?

– J'en ai peur.

Cody soupira. Je m'attendais à ce qu'il engueule le jeune homme, mais il garda le silence. Torkleson avait l'air d'avoir réuni tout ce qu'il avait pu trouver, même s'il ne nous avait pas appris grand-chose.

– J'aurais aimé vous en dire plus… reprit-il en voyant la mine de Cody. J'ai beau avoir quelques copains au centre, il n'est pas facile d'obtenir par la bande des dossiers de mineurs. En fait, j'ai l'impression qu'il n'y avait vraiment rien – que ce Garrett ne s'est pas compromis. Et l'autre nom que vous m'avez donné, Luis, eh bien, vous pouvez jeter cette partie du dossier.

Cody le regarda, inquiet.

– Qu'est-ce que vous voulez dire ?

– Si le sujet sur lequel vous vouliez des infos est bien Luis Cadena, complice notoire de Garrett Moreland et vice versa, il est mort. Son corps a été trouvé il y a deux ou trois jours dans la South Platte. Il avait été salement tabassé. Le coroner a dit qu'il était mort avant d'être jeté dans la rivière.

Je regardai fixement Cody, l'adjurant intérieurement de me rendre mon regard. Mais il ne bougea pas. Il avait le visage fermé. Je compris qu'il ne voulait pas alerter Torkleson. Je sentis un petit coup de botte sous la table – pour me dire de baisser les yeux et de la boucler. J'obéis.

– On a des suspects ? demanda-t-il.

Torkleson secoua la tête.

– Aucun. Cadena a un casier long comme le bras. L'homicide a été considéré comme un règlement de comptes et transmis au groupe d'action interservices.

– Je n'en avais pas entendu parler, dit Cody.

– Vous n'étiez pas là, répondit Torkleson en détournant les yeux pour éviter une gêne mutuelle. D'ailleurs, par ces temps, la mort d'un gangster n'est pas vraiment la nouvelle du siècle.

Cody vida son verre et fit signe à la serveuse d'en apporter un autre. Il ne semblait pas avoir entendu la dernière phrase.

– Alors, demanda-t-il, qu'est-ce qu'on dit de moi par ces temps chez les flics ?

Torkleson sauta sur l'occasion pour se lever, prêt à partir.

– En fait, aux yeux de la hiérarchie, vous êtes foutu, mon pote.

Quand nous regagnâmes ma Jeep après son deuxième verre – Torkleson était parti depuis longtemps –, Cody me dit qu'il protégerait lui-même Melissa et la petite pendant mon absence.

– Tu vas pouvoir le faire ? demandai-je.

Il me jeta un regard blessé.

– Je ne parle pas de l'alcool, dis-je, sur la défensive. Je voulais dire, pour tes horaires.

– Je n'ai strictement plus rien à foutre jusqu'à mon conseil de discipline, répondit-il.

Nous montâmes dans la voiture et fermâmes les portières. J'étais accablé et j'avais l'impression d'étouffer.

– Tu ne démarres pas ? s'étonna Cody.

– On est passés entre les mailles du filet… murmurai-je.

Cody regarda droit devant lui.

– Cody…

Il se tourna vers moi.

– J'ai entendu. Et, Jack, c'est une chose dont on ne reparlera plus. *Jamais*. Ce qui est fait est fait. Dis-moi que tu n'as pas dit à Melissa ce qui s'était passé.

– Pas vraiment, mentis-je.

– Bien. Alors ne le fais pas… Oui, bon, on se fait des illusions… Tu lui dis tout, n'est-ce pas ?

– Oui.

Il poussa un long soupir.

– Tu devrais peut-être y réfléchir à deux fois.

Nous passâmes dix minutes sans rien dire pendant que je roulais vers la maison. Cody était blême de rage et réfléchissait, la clope au bec.

– La fin de Luis est éclairante, dit-il finalement. Elle en dit long, tu ne trouves pas ? Le fait que Garrett ait choisi de jeter son corps, de faire croire à un règlement de comptes… c'est intéressant. Surtout quand on pense à ce qu'il aurait pu faire : appeler les flics ou en parler à la presse. Moi, ce que j'y vois, c'est qu'il n'a pas voulu qu'on sache qu'il rôdait dans ta rue avec Luis.

Je secouai la tête : je ne le suivais pas.

– Si Garrett avait signalé la raclée que je lui ai mise, on aurait commencé par lui demander ce qu'il faisait là. Il aurait été forcé de parler d'Angelina et ça aurait entraîné son père dans cette histoire. Soit il n'a pas voulu le compromettre – ou qu'il sache qu'il était à cet endroit –, soit le bon juge n'a pas voulu ébruiter l'affaire. Donc, ils ont décidé de la couvrir.

– Je ne comprends pas, marmonnai-je.

– Certaines choses ne sont pas claires. Mais ce que ça nous dit, c'est qu'on est loin de savoir tout ce qui se trame. Ils ont une raison – peut-être même plusieurs – de prendre le risque de jeter le corps de Luis au lieu de se retrouver sous le feu des projecteurs. Ce qui me porte à me demander ce qu'ils peuvent bien vouloir cacher, d'autant plus qu'ils prétendent être dans leur bon droit dans cette affaire d'adoption.

– Peut-être que Moreland et son fils ne se parlent pas, avançai-je. Peut-être qu'ils opèrent séparément.

Cody secoua la tête.

– Je ne crois pas. Moi, je parie qu'ils communiquent, qu'ils agissent en tandem.

Je réfléchis à cette hypothèse.

– En plus, ce que ça signifie, c'est qu'ils ont choisi de ne pas faire appel à la police, exactement comme nous. Maintenant, on n'agit plus en pleine lumière. Donc, on est vraiment en terrain dangereux.

Nous retraversâmes lentement le centre, vers le quartier des industries et des vieux entrepôts. Les trottoirs étaient vides et il y avait peu de voitures. C'était la zone où Kerouac traînait dans les années 50, quand il « se documentait » pour le roman de la Beat Generation qui allait devenir *Sur la route*. Les grues des promoteurs qui planaient sur LoDo[1] comme des mantes religieuses ne s'étaient pas encore perchées par ici, mais ce n'était qu'une question de temps. Les anciens entrepôts de tabac, de tissu et de laine laisseraient bientôt place à des boutiques et des appartements.

– J'ai conscience de ce que tu fais et j'y suis sensible, lui dis-je. Tu ne sauras jamais à quel point. Tu t'impliques beaucoup plus que je ne l'aurais cru.

– Je sais, répondit-il, les paupières mi-closes. Mais tu es mon meilleur ami. Si je ne peux pas t'aider, à quoi puis-je bien servir ? Toi, Brian et moi… on doit veiller les uns sur les autres. On est juste des gars du Montana dans la grande ville, même si Brian joue les mecs intégrés.

Cette attention me surprit et me toucha.

– C'est l'alcool qui te fait dire ça ?

– En partie.

– Ça me fait quand même chaud au cœur.

Il poussa un grognement.

– Tu es vraiment cynique… soupirai-je.

Il tira une grande bouffée sur sa cigarette.

– Tu ne sais pas à quel point.

1. « Lower Downtown », quartier historique de Denver.

Cody se laissa aller sur son siège, la nuque contre l'appuie-tête, et il ferma les yeux.

– Encore une chose, dit-il.

– Quoi ?

– Tu te rappelles quand je t'ai dit que je n'allais pas m'en prendre au juge, que je ne pouvais pas m'attaquer à lui ?

– Oui.

Il fit une pichenette, comme s'il chassait un moustique.

– Oublie. Maintenant, je m'en fous. Je vais faire la guerre à ce fumier.

Sur quoi, il somnola et sa tête dodelina pendant que je conduisais. Et c'est lui, me dis-je, qui va protéger ma femme et ma fille ? !

Quand nous entrâmes dans mon allée, Cody dressa soudain la tête, l'air complètement sobre et lucide.

– Je crois que je tombais de fatigue, dit-il d'une voix claire.

– Tu veux manger un peu ? (J'avais oublié que je devais rapporter quelque chose pour le dîner.) On peut commander une pizza.

– Nan, ça va. Il faut que j'arrive à m'introduire chez moi pour prendre de quoi me changer.

– Donc, je dis à Melissa que tu seras là toute la semaine prochaine ?

– Dis-lui ce que tu veux. Demande-lui simplement si ça ne l'ennuie pas.

– Cody…

Il m'écarta d'un geste.

– Ne t'inquiète pas.

Je l'accompagnai jusqu'à sa voiture.

– Tu rentres bien dans huit jours ? reprit-il.

J'acquiesçai et il déclara :

– La prochaine fois que je te verrai, j'aurai parlé à mon oncle Jeter.

Ça me laissa sans voix.

– Relax… Je veux juste vérifier qu'il est toujours à Helena, prêt à intervenir au cas où.

– Tu ne connais personne ici qui pourrait nous aider sur ce coup ? dis-je.

J'étais gêné d'avoir accepté qu'il fasse appel à lui, que tout cela paraisse vraiment inévitable.

– Si, admit-il. Mais pour un truc comme ça, je ne peux faire confiance qu'aux membres de ma famille. Je ne dois pas courir le risque que quelqu'un parle, et toi non plus.

– Quand même… j'hésite.

– Je verrai juste s'il est disponible, promit-il. Je n'irai pas plus loin. Si tu veux parler à Jeter, tu devras prendre cette décision toi-même.

J'opinai.

Cody sourit, puis me tendit la main.

– Bon voyage. Et ne t'inquiète de rien. Elle sera plus en sécurité avec moi qu'avec toi.

Je crois qu'il voyait ça comme une blague.

Tard ce soir-là, Brian téléphona.

– Dis à Melissa de prendre l'autre appareil, lança-t-il. Il faut qu'elle entende tout ce que j'ai à dire.

– Où es-tu ? demandai-je pendant qu'elle courait vers le téléphone dans la pièce voisine.

– À San Diego. Il fait vingt-deux degrés en permanence. Je me demande à quoi la météo peut bien servir dans cette ville.

Melissa décrocha et Brian commença, nous mitraillant de paroles comme à son habitude :

– J'ai parlé à un ami d'ami qui a été au lycée avec Moreland à Asheville. Il ne m'a pas brossé un tableau très heureux de son enfance. Apparemment, John a été le fils non désiré d'une ado volage, qui l'a confié à sa sœur aînée et à son mari, les Moreland. Elle le leur a *tout simplement* donné… Donc, John grandit entre ce ménage répressif et coincé, où sa « mère » est en réalité sa tante et son « père » son oncle. Ils l'adoptent et lui donnent légalement leur nom – j'ignore comment il s'appelait avant et ça n'est pas important. Quoi qu'il en soit, John déteste ses parents. Il ne dit pas grand-chose sur eux au lycée, à part qu'ils « essaient de le contenir », ce qui est plutôt vague, mais mon informateur pense que c'était lié à son ambition. Peut-être qu'ils ne voulaient pas faire de demandes de bourse ou un truc comme ça – mais c'est juste une hypothèse de ma part. Toutefois, quand ils meurent dans ce fameux accident de voiture, non seulement John touche deux grosses assurances vie, mais toute la voie des bourses s'ouvre devant lui. C'est comme ça qu'il a pu quitter Asheville pour aller à la fac au Colorado. Après ça, à ce que j'ai cru comprendre, il a tout bonnement fait une croix sur son enfance. Il n'est jamais retourné en Caroline du Nord pour revoir des amis ou des relations. Et, d'après son condisciple, il n'est jamais revenu sur la tombe de ses parents. Donc, conclut Brian, on a affaire à un salaud sans cœur.

– Mais il avait un alibi le soir de l'accident, objectai-je. C'est toi qui nous l'as dit.

– Et il a emmené son alibi au Colorado avec lui, convint-il. Puis il l'a épousée. Et, plus tard, elle est morte aussi.

BERLIN

LUNDI 12 NOVEMBRE
Plus que treize jours

10

L'aéroport de Tegel était semblable à lui-même : trop petit, agité et déroutant. La lumière gris-blanc du matin filtrait par des fenêtres, leur donnant un faux air sale, et j'attendis mes bagages devant un tapis roulant qui s'arrêtait sans cesse, dans une foule si dense qu'on était constamment bousculé par les gens qui passaient. J'étais encore perdu dans la confusion du décalage horaire. C'était comme si j'étais enfermé dans ma tête, regardant dehors par des yeux secs et injectés de sang. J'avais la peau irritée. Il me fallait un endroit pour me reprendre et me doucher.

Les passagers à l'arrivée étaient un mélange d'hommes d'affaires de tous les pays d'Europe, de Maghrébins en robe flottante, de familles de Turcs élargies. Çà et là, dans la foule, j'apercevais des groupes de quatre ou cinq personnes, venues probablement comme moi pour le Salon du tourisme : des Thaïs, des Jamaïcains, des Argentins et des Cubains qui se pressaient pour atteindre non seulement leurs bagages, mais leurs stands d'exposition et des caisses de brochures imprimées en allemand. Les Cubains, de surcroît, avaient apporté leur matériel de fabrication de cigares, pour en rouler à la main pour le gratin des voyagistes germaniques. Chaque tour-opérateur du monde recherchait la clientèle aisée des Allemands. Nous voulions tous attirer ces gens qui avaient cinq à six semaines de congés payés par an, qui considéraient le voyage comme un droit, non comme un privilège, et qui, bien souvent, en savaient plus sur nous, notre culture et notre géographie que nous-mêmes.

C'était facile de nous repérer, les Américains, avec nos visages francs et animés, nos voix trop fortes comme si nous étions les seuls à comprendre l'anglais, notre allant insouciant qui agace tant les autres. Un contingent de Las Vegas – des bruns bronzés aux cheveux lissés en arrière et des girls qui, sans leur costume et leurs plumes, n'étaient que des filles trop grandes, trop pâles et trop minces – avait l'air de mafieux en goguette qui se seraient trompés d'avion.

Comme je regardais machinalement ma montre, je crus entendre mon nom et je levai la tête. Ne voyant pas de visage connu, j'en conclus que c'était juste un mot aux sonorités proches glapi dans une autre langue. Puis une voix s'éleva, avec un accent britannique :

– Jack ! Vous êtes perdu, mon gars ?

Malcolm Harris, d'AmeriCan Adventures, en costume taillé sur mesure avec son trench-coat plié sur le bras, s'approcha derrière moi et me donna une tape sur l'épaule.

– J'ai failli ne pas vous reconnaître, dis-je, tâchant de m'arracher à mon état second pour me montrer sous un jour fringant devant le voyagiste le plus convoité par notre région. La dernière fois que je vous ai vu, vous étiez à cheval, et vous portiez un jean et un Stetson.

Je me rappelai qu'il avait adoré jouer les cow-boys dans un hôtel-ranch.

Harris avait le teint pâle, contrastant avec ses cheveux noirs, et un sourire nerveux qui retroussait ses lèvres, laissant voir des dents très gâtées. Son nez pointu était décoloré par les marbrures des grands buveurs et une série de gouttes de sueur perlait sur sa lèvre supérieure.

Il rit, en renversant la tête.

– Je préférerais être dans le Colorado que dans cette foutue ville.

– Moi aussi… avouai-je.

– Alors, vous êtes là depuis quand ?

Chacun pose cette question, même si, à l'évidence, je venais d'arriver.

Je répondis et ajoutai :

– J'espère juste que mes bagages ne m'ont pas lâché en route.

Puis je me rappelai la première maxime de marketing de Linda Van Gear : *Le monde tourne toujours autour d'eux, jamais autour de vous.*

– C'est un vrai plaisir de vous voir, enchaînai-je. Vous avez l'air très en forme. Vous avez un stand au salon ?

– C'est vrai, c'est important d'être vu, dit-il en aparté. Non, ici, je n'en prends jamais. Vous croyez que j'ai envie de parler à ces fichus Allemands ? (Il dit cela tout bas, mais pas assez, pensai-je.) Non, je suis là parce que c'est le meilleur endroit pour rencontrer tous les types du métier et traiter des affaires. Vous tous au même endroit, c'est idéal, même si je méprise les Berlinois. Et d'ailleurs, toute leur sale patrie. Ils n'ont aucun sens de l'humour, et ce n'est pas le pire.

Je jetai un coup d'œil autour de moi pour voir si on nous entendait. Je croisai le regard d'un *Polizist* qui me considérait d'un air menaçant.

– Vous êtes descendu où ? demanda Harris.

– Au Savoy. Dans la Fassenstraße.

Il hocha la tête d'un air approbateur.

– Un bel hôtel. Le patron est anglais. Il a toujours ce super bar à cigares ?

– Probablement.

– Génial. Si je vous y retrouvais ce soir, et qu'on aille dîner après ? C'est vous qui invitez… ajouta-t-il.

Il rit.

– Parfait, dis-je d'un air enthousiaste en pensant que j'aurais préféré me tirer une balle dans la tête – ou, au moins, dormir un peu.

– Bon, disons à sept heures, dit-il en me donnant une autre tape sur l'épaule. J'ai plein de questions à vous poser… de très gros intérêts… Toutes sur le QT, bien sûr.

J'acquiesçai d'un signe de tête, comme si je savais de quoi il parlait.

Le tapis à bagages grinça et tous les voyageurs coururent vers lui, espérant sans doute que leurs valises viendraient plus vite s'ils se jetaient dessus.

– Il faut que je sorte de ce bouge, dit Harris en jetant un regard de dégoût sur la foule et en tapotant le léger bagage qu'il avait apporté de Londres. Donc, à ce soir, sept heures.

Je m'apprêtais à lui serrer la main, mais il s'était déjà frayé un passage vers la sortie à travers une famille turque. Le *Polizist* qui l'avait entendu l'observa jusqu'au bout, en dardant sur son dos un regard meurtrier.

Je pouvais voir de fines couches de neige entre les immeubles et au bord de la Spree tandis que mon taxi crème – un taxi Mercedes : j'étais impressionné – naviguait dans la circulation en milieu de matinée. Le ciel était plombé. Par les trouées des arbres, j'aperçus des grues volantes qui dansaient dans les airs comme des oiseaux préhistoriques.

À nouveau, je consultai ma montre. Il était deux heures du matin à Denver. J'étais impatient d'appeler chez moi. J'imaginais ma femme et ma fille endormies dans leur lit, Cody se tournant et se retournant sur le canapé. Et puis – soudain, l'idée me vint – Garrett dans son Hummer au bas de la rue, fixant ma maison dans le noir.

Je me redressai en secouant la tête, pour tenter de chasser cette image.

Le chauffeur m'observait dans son rétroviseur, mais quand je croisai ses yeux il détourna le regard.

L'hôtel était rempli d'exposants de tous les pays du monde. Ma chambre n'étant pas prête, je confiai mes bagages à la réception pour sortir faire du lèche-vitrine sur le Kurfürstendamm, la plus grande rue commerçante de Berlin, surnommée le Ku'Damm, que l'on prononce « Kou-Dame ». Des boutiques de luxe, des restaurants, des trottoirs noirs de monde… Je n'arrivais pas à croire qu'il y ait encore des colporteurs pour vendre des morceaux du Mur – dont les derniers restes authentiques avaient disparu vingt ans auparavant –, et de faux calots est-allemands ou des jumelles de la Stasi fabriquées en Asie. Des hommes d'Afrique noire vendaient des bijoux et des copies de produits de marque qu'ils pouvaient remballer en un éclair si un *Polizist* arrivait dans la rue. Des femmes faisaient des courses en manteaux de fourrure, et une odeur de cigarette, planant dans l'air froid et humide, me fit penser à Cody.

Je me sentais tracassé par quelque chose d'inexplicable. Je mis sur le compte du décalage horaire le fait que je n'arrivais pas à mettre le doigt dessus, mais c'était comme un caillou dans ma chaussure dont je ne pouvais pas me débarrasser.

Berlin a gardé un petit parfum d'avant guerre – du temps où les femmes portaient des épaulettes et les hommes des chapeaux –, même si chaque année, semblait-il, il y avait de moins en moins d'Allemands et de plus en plus de Maghrébins, de Turcs et d'Arabes dans les rues.

Je marchai jusqu'au grand magasin nommé le KaDeWe, avant de traverser la chaussée pour revenir sur mes pas en me faufilant dans la foule. Contrairement à Denver, où je comptais le moindre sou depuis que nous avions adopté Angelina, ici, je pouvais tout passer en notes de frais. Mon portefeuille débordait d'euros et j'avais ma carte de crédit professionnelle. Je ne pouvais pas faire de folies, mais j'étais libre de m'offrir un déjeuner de saucisses arrosé de bière en face de la Dent creuse, une église bombardée pendant la Seconde Guerre mondiale, que les Berlinois ont tenu à garder en l'état.

Pendant que j'étais assis à manger et à boire, je tâchai de comprendre ce qui m'avait travaillé durant ma promenade, ce que j'avais pu voir qui m'avait intrigué. Finalement, alors que je m'adossais à mon siège en attendant que le serveur vienne me rendre ma monnaie, je pris conscience que ce n'était pas ce que j'avais vu dans la rue mais ce que je n'y avais *pas* vu qui me turlupinait.

Les enfants. Il n'y avait pas d'enfants... Bien sûr, les plus grands devaient être à l'école. Mais, de toute ma balade, je n'avais pas croisé une seule poussette ni une seule mère avec son bébé. C'était comme si j'avais arpenté une rue, une ville, seulement peuplée d'adultes. J'imaginai comme il serait étrange – et horrible – de vivre dans un monde sans enfants. Cette idée ne m'avait jamais effleuré jusqu'à cet instant. Là, pour une raison quelconque, il n'y avait pas d'enfants pour ponctuer le temps par leur bruit et leur gentil chaos. À la place régnait une impression de calme et d'ordre aseptisé.

Quand je glissai la note du repas dans mon portefeuille, j'en sortis une photo d'Angelina prise quelques mois plus tôt. Elle rayonnait et tendait les mains vers l'appareil pour tenter d'attraper l'objectif.

Ça avait beau n'être qu'une simple photo, c'était le seul enfant que je voyais, et on essayait de nous le prendre, de transformer notre maison – notre vie – en une sorte de Berlin froid et policé...

Malgré ce qu'avait dit Linda sur la menace qui pesait sur mon poste, je décidai de changer mon billet d'avion pour rentrer le lendemain, après mon rendez-vous avec Malcolm Harris. Je craignais pour ma femme et ma fille, elles me manquaient déjà. Linda serait furieuse, mais si je revenais en ayant décroché ce contrat avec lui elle s'en remettrait.

Quand je regagnai mon hôtel, j'y trouvai un message de Malcolm Harris. Il devait reporter notre dîner à la fin de la semaine. Un impondérable l'obligeait à rentrer quelques jours à Londres.

Je froissai le message et le jetai rageusement dans le hall de l'hôtel.

11

Pendant les quatre jours suivants, je vécus un enfer. Attendre le retour de Harris à Berlin fut une vraie torture. J'étais de mauvaise humeur, énervé par les tour-opérateurs et les reporters, par cette manie européenne du bisou-bisou (sur une ou deux joues, sur deux ou bien trois – c'était exaspérant), par la fumée des cigarettes et les bains de foule. Notre stand du Colorado avait l'air bien de l'extérieur, mais il tenait avec des bouts de ficelle et tout ce qui touchait à mon travail et à ma vie me semblait aussi faux et prêt à s'effondrer que lui.

Je parlais à Melissa tous les soirs. Elle allait bien, Angelina aussi, mais la tension montait car elle pensait comme moi que les choses pouvaient de nouveau exploser à tout moment. Elle aurait voulu m'avoir auprès d'elle. Je brûlais d'être à ses côtés. Garrett pouvait revenir chez nous. Les amis de Luis risquaient de passer. Cody pouvait s'abîmer dans l'alcool. Et Moreland penserait peut-être qu'attendre trois semaines, c'était beaucoup trop long.

Je consultais ma montre sans cesse au salon et le soir dans ma chambre d'hôtel, en tâchant d'imaginer ce que ma femme et ma fille faisaient avec huit heures de retard sur moi. Le seul temps fort de ces journées fut l'instant où Melissa mit le téléphone contre l'oreille d'Angelina. Je lui parlai et entendis un long silence avant qu'elle ne s'écrie « Pa ? » avec une telle surprise que j'éclatai d'un rire de joie.

Le soir où je devais finalement voir Malcolm Harris, Melissa ne répondit pas au téléphone.

Il était dix heures du matin à Denver, mais il n'y avait personne à la maison. Je sentis un relent acide monter dans ma gorge et je luttai contre la nausée. Je n'en savais pas assez pour paniquer.

Je ne laissai pas de message, mais m'armai de courage pour appeler son portable. Je tombai sur sa boîte vocale. Qu'est-ce qui se passait ?

Essaye Cody, me dis-je. Je recommençai alors toute la manœuvre, parlant à des opérateurs longue distance, donnant le numéro de ma carte téléphonique... pour découvrir qu'il avait lui aussi coupé son portable.

J'allais être en retard. Malgré ça, je rappelai à la maison et laissai quelques mots sur le répondeur :

– Chérie, pourquoi n'es-tu pas là ? Je cherche à vous joindre, Cody et toi. Rappelle-moi à l'hôtel et laisse-moi un message. Je vais à un dîner d'affaires, mais je te rappellerai dès mon retour. Je veux m'assurer que tout va bien. Je vous embrasse, Angelina et toi. Laisse ton portable allumé !

Je fumai un cigare cubain dans un but purement défensif – tout le monde fumait dans le petit bar sombre – au Habana Haus qui jouxtait le hall de l'hôtel, en attendant l'arrivée de Harris. Il avait une demi-heure de retard. Fumer et boire une bière Berliner Kindl me donna quelque chose à faire pendant que je me tourmentais à échafauder des hypothèses pour expliquer pourquoi Melissa ne répondait pas. J'imaginai tout : Cody et Melissa s'amusaient comme des fous, ils étaient partis faire des courses, puis ils avaient emmené la petite au zoo et avaient juste oublié d'allumer leurs portables ; Melissa avait conduit Angelina chez le pédiatre pour un check-up qu'elle m'avait probablement signalé mais qui m'était sorti de la tête, et elle et Cody avaient suivi la consigne, ÉTEIGNEZ VOS PORTABLES, affichée dans la salle d'attente (bien qu'il ne soit pas logique que Cody, pour une fois, obéisse à un règlement) ; ou encore le courant avait été coupé, mettant hors service les stations relais comme la ligne fixe.

Puis venaient les explications moins innocentes : Cody et ma femme avaient été arrêtés par la police pour le passage à tabac qui avait entraîné la mort de Luis ; Moreland et son fils avaient décidé de ne plus attendre et s'étaient pointés avec une armée de flics pour prendre la petite de force… une bagarre avait suivi, menant à l'arrestation de Melissa et Cody ; ma femme et mon ami, cédant à l'amour qui couvait en eux depuis longtemps, s'étaient déclaré leur flamme, avaient fourré Angelina dans la Honda et étaient partis pour Vegas.

Beaucoup de têtes se tournèrent lorsque Malcolm Harris entra, écartant les lourds rideaux de la porte. Au Salon du tourisme, c'était une vedette. Revenir au pays avec sa carte de visite impressionnait tous les patrons. Le voir marcher à grands pas vers moi surprit trois vieilles voyagistes de Floride. L'une d'elles, au visage en lame de couteau, bondit de sa chaise avec une prestesse étonnante pour son poids et se mit à tirer sur la manche de Harris. Je m'aperçus qu'il titubait un peu, sans doute parce qu'il avait déjà bu. Son visage devint froid quand elle le prit dans ses bras, mais il sourit hardiment, puis l'étreignit avec l'enthousiasme d'un ado embrassant une tante qu'il déteste, et je la vis suspendue à ses lèvres quand il dit succinctement :

– Alors, vous êtes là depuis quand ?

La femme l'abreuva de paroles, s'étendant sur son vol, ses bagages qui n'étaient toujours pas arrivés, son nouvel appartement et son divorce, et le fait qu'elle avait été malade, mais se sentait bien mieux et avait même perdu huit kilos.

Je sauvai la mise à Harris en lui mettant la main sur l'épaule et en désignant ma montre d'un air pressé.

– Nous sommes en retard ? dit-il, faussement surpris. On m'a offert à boire tout l'après-midi et j'ai perdu la notion du temps.

– Je crains que oui, répondis-je.

Puis je m'adressai à la femme :

– Excusez-moi, mais on a déjà commencé à servir.

Je mentais, naturellement.

Quand il se dégagea de son étreinte, elle le suivit et lui fourra sa carte de visite sous le nez jusqu'à ce qu'il la prenne. Il l'empocha et lui tendit une des siennes, ce qui calma aussitôt la voyagiste. Elle recula vers sa table avec la précieuse carte, comme si elle venait d'asséner un beau coup avec sa hache de guerre, en glissant un regard triomphant à ses collègues.

– Ouf, merci, dit Harris une fois dans la rue.

Il faisait froid et humide, ce qui me fit du bien après l'espace enfumé du Habana Haus.

– Je vous en prie, répondis-je, brandissant toujours mon cigare.

– Ces gens de Floride… dit-il en secouant la tête. Ils peuvent être vraiment odieux… Comme s'ils ne se rendaient pas compte qu'il y a autre chose au monde que leur pré carré… Malheureusement pour eux, c'est fini, la Floride. Mais certaines de ces nanas feraient n'importe quoi pour décrocher le marché britannique. Merci, j'ai déjà donné, je les ai tous baisés !

Je ris poliment. Les lumières du Ku'Damm brillaient devant nous.

– On est dans la bonne direction ? lui dis-je. Je ne sais pas où on va dîner.

– C'est vous qui invitez… rappela-t-il. Oui, le restaurant est par là. D'abord un autre verre, et ensuite, le dîner.

– Super, dis-je sans conviction en jetant le cigare dans la rue.

Et en pensant : Finissons-en, que je puisse enfin rentrer chez moi.

Le restaurant était à vingt minutes de marche. Harris, qui se flattait de l'avoir découvert quelques années plus tôt, me dit qu'il servait les meilleurs schnitzel[1] de Berlin.

1. Escalopes.

– Ils les font à l'ancienne, précisa-t-il en se frottant les mains. On les entend battre le veau dans la cuisine pour l'attendrir. Ils tapent comme des sourds.

Le restaurant, Der Tiefe Brunnen, se trouvait dans la Rankestraße. Il était vieux et sombre, éclairé aux chandelles, et évoquait beaucoup ce « puits profond » dont il portait le nom. Des photos noir et blanc de célébrités inconnues (du moins pour moi) tapissaient les murs. Un nuage de fumée de cigarettes emplissait la salle, ce qui n'empêcha pas tous les clients de nous regarder quand nous prîmes notre table près du bar. Le patron, Fritz, homme au visage sévère garni de favoris, accueillit Harris en allemand. Harris lui serra la main, puis il me désigna, à l'évidence pour lui dire que j'étais nouveau ici et que je régalais. Il nous fit envoyer aussitôt deux verres de schnaps, servis par une femme vêtue de façon à mettre en valeur son énorme poitrine : elle portait un soutien-gorge transparent sous un chemisier vaporeux. Ses cheveux arboraient une teinture German Red, un cramoisi qu'on ne trouve pas dans la nature, sauf sur la symphorine en automne, quand son feuillage change de couleur. Lorsqu'elle se pencha au-dessus de la table pour nous servir, je craignis que ses seins ne jaillissent de son corsage pour me frapper au visage en un plaisant gauche-droite. L'endroit me fit penser à une brasserie d'avant guerre, du moins d'avant la chute du Mur. Il évoquait la mentalité insulaire fataliste de Berlin avant qu'on ait abattu cette frontière.

– J'ai déjà commandé, dit Harris en s'asseyant. Des schnitzel cordon-bleu. Et deux grands bocks de bière, bien sûr. Ici, ce n'est pas comme dans la plupart des cafés : il leur faut dix minutes pour la verser dans les règles de l'art. Mais, chez Fritz, tout vaut la peine d'attendre, croyez-moi. Écoutez ça, poursuivit-il en souriant. (On entendait des martèlements dans la cuisine derrière le bar. Les coups étaient si puissants que l'argenterie et les verres sautaient sur la table.) C'est comme ça qu'ils attendrissent le veau… à l'ancienne.

Quelque chose dans la manière dont il dit ça me parut déplacé.

Il s'absenta un moment pour aller aux toilettes et, en chemin, il eut avec le patron une discussion animée que je ne pus suivre. Les deux hommes rirent, puis Harris suivit Fritz dans son bureau derrière le bar. Ils fermèrent la porte. Enfin, Fritz reprit sa place au bar, mais Harris ne reparut pas tout de suite. Peut-être était-il allé dans des toilettes privées. Je jetai un coup d'œil aux photos sur le mur et sirotai mon schnaps en luttant contre l'épuisement. J'étais sûr de m'endormir dans la seconde si je m'adossais à mon siège. Je m'en abstins prudemment et consultai ma montre.

Il était neuf heures à Berlin, une heure de l'après-midi à Denver. J'espérai que Cody et Melissa étaient revenus de leur sortie, ou du moins qu'ils avaient rallumé leurs portables.

Quand Harris regagna notre box, il était un peu rouge et de petites gouttes de sueur mouillaient sa lèvre supérieure.

– Fritz m'a prêté son ordinateur pour que je lise mes messages, dit-il, buvant une longue gorgée de bière en reprenant son siège. J'ai des affaires urgentes à Londres – c'est pour ça que j'ai dû reporter notre dîner, l'autre soir. Il y a une petite crise, semble-t-il. Les autorités me mènent la vie dure.

– Vraiment ?

J'espérai qu'il n'allait pas dire qu'il annulait son projet d'implantation en Amérique.

– Pas de quoi s'inquiéter, répondit-il, en lisant apparemment dans mes yeux. Rien que je ne puisse régler. Mais vous devez savoir qu'en Europe, c'est *1984* ! Big Brother continue à nous observer, et peut-être encore plus les hommes qui osent être différents.

Je supposai qu'il voulait parler des entrepreneurs.

Il appela Fritz :

– Une autre tournée, l'ami !

Quand le patron nous eut servis, Harris se pencha vers moi et me dit à mi-voix :

– C'est ce que je déteste en Europe, Jack : le fascisme rampant du politiquement correct. Il est partout, mais surtout à l'UE, à Bruxelles, avec tous ses décrets. Ces gens-là veulent contrôler ce qu'on mange, ce qu'on dit, ce qu'on pense et comment on vit, les salauds. Ils veulent tout contrôler, putain ! Et ce que Bruxelles ne décrète pas, c'est notre gouvernement qui s'en charge.

Harris s'échauffait en élevant la voix. J'ignorais totalement de quoi il parlait, mais je devais faire mine d'être intéressé tout en priant pour qu'il déclare ses intentions quant à son installation à Denver.

– C'est vraiment aussi grave ? dis-je, surpris par sa véhémence.

– Oui ! Aujourd'hui, en Angleterre, ceux qui souffrent le plus, ce sont les vrais Anglais. Croyez-moi, Jack, je sais de quoi je parle. J'aimerais pouvoir dire que la révolte gronde, qu'elle va exploser, qu'on va se soulever et reprendre en main notre pays. Mais la triste réalité, c'est que je ne crois pas qu'on en ait encore les couilles. Je pense qu'on va rester assis à ronchonner pendant que le gouvernement prendra tout le contrôle.

La serveuse aux gros seins apporta notre veau. Il était tendre, c'est vrai. Et même franchement superbe : d'énormes pièces de viande grandes comme la main, panées avec une croûte croquante qui grésillait encore, le tout couvert de jambon et de fromage. Je n'aurais pas dû avoir aussi faim, mais j'étais affamé. La voix de Harris était un peu pâteuse, remarquai-je. Ça allait être encore une de ces soirées…

– Vous avez sans doute entendu dire que j'envisage de déplacer mon siège, reprit-il, la bouche pleine. J'ai besoin de trouver un endroit où je puisse à nouveau respirer.

Enfin !

– Oui…

– Je pense fortement au Colorado, dit-il en m'observant de près pour voir ma réaction.

– Ce serait magnifique ! dis-je en posant ma fourchette pour lui serrer la main. Nous serions très heureux de vous avoir.

Il secoua la tête comme pour dire : « Ben voyons… »

– C'est un emplacement formidable, enchaînai-je. Avec plus de trois cents jours de soleil par an. Nous avons les montagnes, le ski, un grand aéroport et un maire qui encourage activement les affaires internationales…

Il m'interrompit :

– Je sais tout ça, vous n'avez pas besoin de me le vendre. Je connais très bien cet État et ceux qui le gouvernent. J'ai été en contact avec certains d'entre eux, mais pas officiellement.

D'autres bières arrivèrent et il but longuement avant de poursuivre. Sans essuyer la mousse sur ses lèvres, ce qui me parut vulgaire.

– C'est un endroit épatant pour élever une famille, repris-je. Les écoles sont très bonnes et il y a de nombreux loisirs. D'ailleurs, ajoutai-je, laissez-moi vous montrer…

Là, je sortis mon portefeuille pour lui faire voir ma photo d'Angelina.

Le visage de Harris s'éclaira aussitôt. La plupart des gens affichent un intérêt poli, mais lui était sincère. Il eut un large sourire en voyant notre fille.

– Une nouvelle photo, hein ? dit-il. Récente ?

– D'il y a deux ou trois semaines. Elle commence presque à marcher.

– Toujours un petit ange ! Elle porte bien son nom, dit Harris en me rendant la photo.

Je le considérai, perplexe.

– On doit vous mettre tant de photos sous le nez que vous avez tendance à les confondre.

– Mais de quoi parlez-vous ? s'étonna-t-il.

– Je ne me rappelle pas vous avoir déjà montré une photo de ma fille.

– Bien sûr que si.

Je secouai la tête.

– C'est juste que je ne peux pas m'en souvenir.

– Prenez une autre bière, me dit-il avec un rire brusque.

Il avait l'air de m'examiner, tout à coup.

Quand lui avais-je montré une photo avant cette soirée ? Je fouillai ma mémoire. Puis je me rappelai : *Ne jamais parler de soi avec un client.*

En faisant un effort sur moi-même, je pris l'air détendu et je levai ma bière. Je bouillais tout à coup d'une rage indescriptible. J'ignorais totalement d'où elle venait, et pourquoi elle était aussi vive. Harris n'avait fait que me contredire, me montrer qu'il avait meilleure mémoire que moi. Mais, grand manitou ou pas, là, j'aurais pu aisément lui envoyer mon poing dans la figure, effacer d'un revers de main la mousse de ses lèvres. Je me sentais au bord de l'explosion, pris d'une colère sans proportion avec son attitude. Peut-être étais-je rattrapé par la tension de la semaine passée, qui atteignait son comble. Toute cette attente dérisoire pendant que ma famille était vulnérable à des milliers de kilomètres... J'étais prêt à tout décharger sur un voyagiste britannique qui apportait des millions de dollars à ma ville et y implanterait peut-être bientôt son siège.

– Vous avez encore soif, on dirait, fit-il en montrant du menton mon verre presque vide.

– Ça ira, dis-je, la mâchoire crispée.

– Ce qui veut dire que vous en avez envie, lança-t-il, s'animant à nouveau. Moi aussi. Fritz !

Il me regarda.

– Ça va ? Vous avez l'air tout pâle.

– Très bien. Je suis juste fatigué.

– Reprenez-vous, mon vieux... C'est le monde du tourisme international. Il faut vous remettre en selle.

J'acquiesçai. J'étais heureux qu'il soit assez ivre, trop centré sur lui-même, ou les deux, pour ne pas avoir senti ma colère.

– Vous savez (il rit), vous, les Américains, vous avez l'air de penser que votre gouvernement restreint vos libertés civiques, mais vous ne connaissez pas votre chance. Vous n'avez pas de bureaucrates qui regardent sans cesse par-dessus votre épaule, qui vous disent comment parler, quoi penser et qui fréquenter... qui vous privent de votre liberté. Mes amis du Colorado disent qu'après tout ce que j'ai connu en Angleterre, là-bas je serai intouchable ! C'est le mot qu'ils emploient : *intouchable*. J'adore ce terme...

– Vraiment ? Et qui vous a dit ça ? m'étonnai-je.

– Oh... dit-il, évasif. Je ne révélerai pas mes sources.

Brusquement, il se tut. Il contempla son assiette vide. Je réalisai alors à quel point il était soûl. Il semblait s'être aventuré en terrain glissant et le regretter à présent.

Le restaurant se vidait, ce qui me soulagea. Je n'avais aucune envie que Harris – ou même moi – se lance dans une conversation avec qui que ce soit, surtout maintenant qu'il était d'humeur agressive. Je demandai l'addition, qui mit, comme d'habitude, bien trop longtemps à venir. Le patron l'apporta – finalement – lui-même, Harris s'extasia sur la nourriture et je renchéris.

Fritz se pencha à son oreille avec un air de conspirateur :

– Vous voulez relire vos messages ?

Harris partit d'un petit rire, lui pressa le bras et dit :

– J'en ai vu assez pour ce soir.

Ce qui me parut, sur le moment, une drôle de façon de parler.

La tête me tournait quand je m'assis sur mon lit. Quatre appels s'affichaient sur mon portable. Je me bagarrai avec les codes du service vocal, maudissant le téléphone, l'hôtel, la langue allemande et Malcolm Harris de m'avoir mis dans un tel état.

Le premier message était de Melissa :

« Oh, Jack, excuse-moi de t'avoir raté. Je suis vraiment désolée. Tu ne devineras jamais qui j'ai vu cet après-midi ! Kellie Moreland ! Rappelle-moi tout de suite ! »

Les deuxième et troisième messages disaient la même chose.

Au quatrième, elle était en colère :

« Enfin, Jack, tu es là ? Tu écoutes tes messages ? Il est deux heures du matin, alors ce n'est plus la peine de m'appeler... Mon Dieu, j'ai tellement besoin de te parler... J'ai rencontré Kellie Moreland aujourd'hui... tout ça grâce à Brian. Et devine quoi... Tu es bien assis ? Elle ne sait rien pour Angelina ! »

DANS L'AVION / À DENVER / DANS LE WYOMING

VENDREDI 16 NOVEMBRE

Plus que neuf jours

12

Le décalage horaire agit dans les deux sens.

Au cours du vol qui me ramena chez moi, dans le cocon du 737-400 aux lumières tamisées, je n'arrivai pas à dormir. J'étais préoccupé par le fait que Melissa – avec l'aide de Brian – était « tombée » sur Kellie Moreland à une réunion caritative, avait abordé la question du bébé et s'était heurtée à un regard vide. « Angelina qui ? » avait demandé Kellie. Ce qui voulait dire bien des choses… Soit elle était stupide – Melissa me jura qu'elle ne l'était pas –, soit le juge Moreland complotait avec son fils pour des raisons mystérieuses. Lorsque Melissa l'avait interrogée au sujet de Garrett, elle avait reculé comme si on l'avait frappée, comme si le seul nom de son beau-fils la remplissait d'horreur. Et quand Melissa l'avait suivie, pour tenter de lier conversation avec elle, Kellie s'était enfuie dans la foule, en prenant ses jambes à son cou. Melissa avait tenté de la rattraper, Kellie avait appelé la sécurité, et ma femme avait été interceptée par deux hommes qui lui avaient demandé quel était son problème.

– Mon *problème*… me répéta Melissa comme une litanie cette nuit-là. Comment aurais-je pu le leur expliquer ?

Brian était rentré à Denver et s'occupait activement de notre *problème*. Et, d'après Melissa, il attendait les photos dont il avait parlé.

– Il dit que dès qu'on les aura l'affaire va exploser. Pour lui, on tiendra Moreland et son fils par les couilles.

Elle dit ça d'un ton menaçant, que je n'avais encore jamais entendu dans sa bouche. Son passage à la réunion caritative et sa rencontre avec Kellie l'avaient rechargée, lui avaient redonné espoir. Si Kellie ignorait totalement que son mari et son beau-fils tentaient d'obtenir la garde d'un bébé, Melissa trouvait que quelque chose clochait vraiment dans cette histoire. Le juge cachait quelque chose à sa femme. Or, s'il faisait ça, c'est qu'il n'était pas aussi sûr de sa position et de son influence qu'il nous l'avait fait croire.

Quand j'atterris à DIA[1], l'attente des bagages fut une vraie torture. Derrière la vitre en verre dépoli devaient se trouver ma femme et ma fille, et Brian ou Cody, ou les deux. Les sols brillaient de propreté. Malgré l'heure tardive, il y avait de l'espace, de la lumière, pas de fumée de cigarettes. C'était tellement américain… Si différent de Berlin… Mon monde à moi.

Brian était là, très chic. Mais ses yeux abattus m'indiquèrent tout de suite que quelque chose n'allait pas. Melissa avait le visage bouffi et les lèvres tombantes. En me voyant, Angelina battit des mains dans sa poussette, totalement inconsciente de ce qui les affectait.

– Harry… balbutia Melissa quand je la pris dans mes bras. Il est mort.

La nouvelle me refroidit aussitôt.

– Harry ?

– Ha-hi ! s'écria Angelina en m'imitant et en applaudissant de ses mains potelées. Ha-hi, chien !

Brian me tira par le bras pour m'éloigner de ma famille.

– Les flics disent que quelqu'un a jeté de la viande hachée, truffée d'hameçons et de poison, dans ton arrière-cour. On a trouvé Harry crachant du sang près de la porte de derrière, mais quand on est arrivés chez le vétérinaire il était trop tard. Le véto a dit qu'il avait une douzaine de crochets plantés dans la gorge.

1. Aéroport de Denver.

– C'est arrivé quand ? demandai-je, hébété.

Il regarda sa montre.

– Il y a quatre heures environ. On a quitté le véto pour venir te chercher, mais c'était déjà fini. Melissa a accepté de le faire piquer parce que sa mort n'était plus qu'une question d'heures.

– Alors, j'étais quelque part au-dessus du Michigan lorsque mon chien est mort…

– Je suppose.

De chaudes larmes me montèrent aux yeux. Je les essuyai avec colère. Je ne suis pas du genre à pleurer et ma réaction me surprit, mais la nouvelle m'avait frappé comme un coup de massue.

– On sait qui a fait ça, dit Brian. Tu te rappelles comment Garrett a réagi en le voyant ?

– Harry n'avait jamais fait de mal à personne, répliquai-je. Il en était incapable.

– Garrett s'est vengé de toi. Et il ne s'arrêtera probablement pas là.

– Mon Dieu, soupirai-je, c'est tellement… dépravé.

Je m'essuyai le visage, pour éviter qu'Angelina – ou Melissa – ne me voie dans cet état. J'avais du mal à croire que je pleurais, d'autant plus que je n'avais pas versé une larme depuis le début de cette histoire. Mais Harry… Pourquoi lui ?

– Je sais que c'est dur, dit Brian en me prenant par l'épaule. Mais Cody est prêt à partir pour le Montana dès qu'on arrivera chez toi. Tu t'en sens le courage, malgré la fatigue ?

– On y va tous ensemble ?

– Sauf moi. Je ne peux pas me permettre de quitter la ville, au cas où mon informateur m'appellerait pour les photos. Il peut le faire d'un instant à l'autre, ajouta-t-il, brandissant son portable. En plus, Jeter et moi, on ne s'est jamais très bien entendus…

Il dit ce nom en baissant la voix.

– Tu vas me dire ce qu'il y a sur ces photos ? demandai-je. J'aimerais le savoir.

Il secoua la tête.

– Je ne le sais pas moi-même. J'évite de poser trop de questions…

Mon contact semble avoir la frousse. Tout ce que je sais, c'est qu'il jure qu'elles feront tomber Moreland, ou qu'au moins elles le dissuaderont de s'acharner à te prendre ta fille.

– Tu es sûr que c'est vrai ?

– On ne peut être sûr de rien. Mais je lui ai dit que je ne le paierais qu'après avoir vu les photos et si elles en valent la peine. Et, crois-moi, elles ne sont pas données. C'est pour ça que je ne veux pas être loin quand il appellera.

J'acquiesçai.

– Alors, tu es prêt à prendre la route ? demanda-t-il.

– Tout de suite ?

– Oui.

– D'accord.

– Tu veux présenter tes respects à Harry pour pouvoir faire ton deuil ?

Sa question me heurta, sans doute à cause de sa politesse outrée, et tellement convenue…

– « Faire son deuil » ! Je déteste cette formule, répliquai-je en m'écartant de lui. Comme si c'était juste une pilule qu'on avale pour ne plus souffrir. Il est minuit. On brise la serrure du véto pour que je puisse pleurer, c'est ça ? C'est ça qui me fera *faire mon deuil* ?

Il haussa les épaules.

– Excuse-moi, Jack. J'essayais juste de te soulager.

– Je sais, dis-je. Et je ne veux pas me défouler sur toi.

Je m'arrêtai pour que Melissa puisse nous rattraper. Elle me regarda, cherchant dans mes yeux un conseil que je me sentais incapable de lui donner.

– Je pense qu'on va partir, dis-je. Tu te sens d'attaque ?

– Oui, j'ai passé la journée à faire nos bagages. Avant que cette chose arrive à Harry, j'étais en train de me préparer. Tout est dans la Jeep. Je crois qu'on ferait mieux d'y aller.

Je me tournai vers elle et la pris dans mes bras. Quand elle s'amollit contre mon épaule, je sentis qu'elle était épuisée. J'enfouis mon visage dans ses cheveux. J'aimais tant son odeur…

– Mon Dieu, tu m'as manqué… murmurai-je.

Je m'accroupis et embrassai Angelina.

– Toi aussi.

Quand nous quittâmes l'aéroport, je pensai à Harry. Je voulais me venger. Et je voulais du sang.

Nous fonçâmes vers le Wyoming en pleine nuit dans ma Jeep. À quatre heures du matin, nous traversions Casper. J'étais à l'avant avec Cody, qui était au volant. Melissa occupait l'arrière avec Angelina dans son siège pour bébé. Il n'y avait pas de lampadaires, pas de circulation vers le sud. Par moments, je sombrais dans l'inconscience. Quand je m'assoupissais, je dormais comme une masse et je me réveillais groggy. Cela me rassurait que Cody soit alerte, sérieux… et sobre. J'étais enchanté de pouvoir agir.

L'aube pointa, éclaboussant les monts Bighorn au nord de Sheridan, près de la frontière du Montana. Ses lueurs étaient si vives que Melissa tira une couverture sur le visage d'Angelina. Nous nous étions arrêtés à Ranchester pour prendre de l'essence, et du café dont l'arôme emplissait la Jeep. Le temps était froid et piquant. Des cristaux de givre installaient leurs quartiers à chaque coin du pare-brise.

– On pourra peut-être déjeuner à Billings, déclara Cody.

– Mon Dieu ! Il parle… dit Melissa depuis le siège arrière.

– J'étais plongé dans mes pensées, expliqua-t-il.

– Et même, il pense… dis-je pour me moquer de lui.

Ça ne le fit pas sourire. Il pressa le bouton du dégivrage sans changer d'expression. Le gel battit en retraite.

– Nous avons… quoi ? neuf jours avant la fin du délai fixé par Moreland ? demanda-t-il. Avant qu'il vienne prendre la petite ?

– Oui, souffla Melissa.

– Ça ne laisse pas beaucoup de temps, observa-t-il.

– Peut-être que ça suffira, répliqua-t-elle. On attend des photos d'un moment à l'autre. Et puis…

D'un geste, elle embrassa la Jeep, nous quatre, le but de notre périple…

Cody s'éclaircit la gorge et parla à voix basse pour ne pas réveiller Angelina :

– Je vais être très clair, pour qu'on soit bien d'accord. À chaque kilomètre, on franchit un peu plus la ligne jaune. Plus on s'éloigne de Denver, moins vous serez capables de recourir à des solutions légales, comme obtenir la garde d'Angelina au tribunal. Là, désormais, vous êtes suspects. Nous avons quitté la terre des innocents pour entrer de nous-mêmes dans un monde interlope. Vous comprenez ça, hein ?

J'échangeai un regard avec Melissa, pensant trouver une lueur de crainte dans ses yeux. Je ne vis rien.

– Oui, répondis-je.

– Très bien. Donc, ce qu'on cherche à faire, c'est à atteindre le juge par le biais de son fils. À effrayer Garrett pour qu'il renonce à la garde de la petite.

Après quelques instants, je dis :

– OK.

Cody hocha la tête.

– Vous vous rendez bien compte que, lorsqu'on use d'intimidation, on ne maîtrise pas toujours les conséquences.

Il marqua un temps avant d'ajouter :

– Être un criminel, ce n'est pas une science exacte.

– Cody ! s'écria Melissa.

– Je veux juste m'assurer qu'on se comprend tous bien, répondit Cody. Il vaut mieux être clair.

– Mais ce n'est pas nous, les criminels ! lança Melissa. Ce n'est pas nous qui voulons arracher un bébé à ses parents…

– Il a la loi pour lui, dit patiemment Cody. Je ne dis pas que je l'accepte. Il y a beaucoup de choses dans la loi que je n'admets pas. À commencer par le fait que Coates a été remis en liberté. Mais le juge est dans son bon droit.

– Pourtant, sa femme ne sait même pas qu'Angelina existe, objecta Melissa, donc il y a un truc bizarre. Et son fils a tué notre chien. Sans parler de ce qu'il a fait à Jack, et chez nous avec son copain !

Cody lui parla en l'observant dans le rétroviseur :

– Melissa, le fait que sa femme ne sache rien n'est pas un crime. C'est bizarre, oui, mais ce n'est pas un crime. En plus, on croit savoir qui a tué Harry, mais on n'a aucune preuve.

– Et Luis ? demandai-je.

Il eut un sourire amer.

– C'est moi qui lui ai flanqué une dérouillée. Pourquoi ? Parce qu'il rôdait dans ton quartier. Qui est le criminel dans tout ça ?

– Garrett l'a jeté dans la rivière. Ça, c'est un crime.

– Et comment le sait-on ? répliqua Cody. Qu'est-ce qui prouve qu'il n'y est pas tombé tout seul ? Je veux dire, Garrett pourrait prétendre que Luis a voulu sortir de la voiture, qu'il ne savait pas que son pote était gravement blessé, que le gosse ne voulait pas aller à l'hôpital. Donc, Luis s'égare tout seul dans le noir, et tombe en trébuchant dans la South Platte. En quoi Garrett en est-il responsable ?

Je me tus.

– Mais pourquoi dis-tu ça ? balbutia Melissa, les larmes aux yeux.

– Je veux juste m'assurer qu'on se rend tous bien compte de ce qu'on est en train de faire. C'est tout.

– Oui, affirmai-je.

– Vraiment ?

– Mais quand Brian mettra la main sur ces photos, il y a des chances pour que ça règle le problème, dit Melissa. On n'aura peut-être pas besoin d'aller plus loin.

– Tu fais vraiment confiance aux photos de Brian ? dit Cody avec une pointe de sarcasme. Réfléchis… Qu'est-ce qu'elles peuvent bien montrer ? Le juge Moreland au lit avec une fille ? Ou avec un garçon ? Et si elles étaient truquées ? Et si Moreland n'y voyait qu'une tentative de chantage – ce qui est peut-être vrai ? Ça vous mènerait à quoi ? Et où sera Brian à ce moment-là ? Envolé, j'imagine, pour un de ses voyages d'affaires. Enfin…

acheva-t-il, je ne fais qu'élaborer des hypothèses. Parce que c'est notre méthode à nous, les flics…

– Je n'aime pas ton attitude envers Brian, dit Melissa.

Il haussa les épaules.

– C'est pour ça qu'on devrait me suspendre de la police de Denver : je ne sais pas me taire.

– Mais pourquoi nous dis-tu tout ça ? redemanda Melissa.

Je tendis le bras derrière moi pour chercher sa main, mais elle tenait ses bras serrés sur sa poitrine.

– Parce que, répondit Cody, quand on aura lâché Jeter, on ne sait pas ce qui peut se passer.

Je lui demandai de s'arrêter, ce qu'il fit, et je montai avec Melissa à l'arrière. Au début, elle se raidit, mais finalement elle me laissa la prendre dans mes bras.

– On a fait le bon choix, murmurai-je. Tu verras, ça ira.

– J'ai encore une question à vous poser, nous dit Cody.

Il prit notre silence pour un assentiment.

– Si vous deviez tout recommencer, vous adopteriez encore votre fille ?

Nous répondîmes en même temps :

– Oui.

– Bien, dit-il. (Il baissa la voix.) Les enfants ont besoin d'être désirés…

Je m'aperçus que, pendant que je la serrais contre moi, Melissa agrippait le siège d'Angelina, les doigts blanchis par l'effort.

MONTANA

Samedi 17 novembre
Plus que huit jours

13

Lincoln, Montana, onze cents habitants, était un village situé dans la forêt nationale de Helena, sur la Blackfoot River. Ce petit bled a fait la une dans les années 90 quand Theodore Kaczynski, *alias* Unabomber[1], y a été arrêté dans sa cabane, qui fut plus tard expédiée par le col de Stemple dans la capitale de l'État, à cent kilomètres au sud-est.

C'était là aussi qu'habitait Jeter Hoyt.

Nous arrivâmes le samedi, à quinze heures. Après quatorze heures de route. C'était comme si on avait parcouru presque toute l'Europe de l'Ouest, alors qu'on n'avait traversé qu'un seul État.

Cody s'arrêta près d'un bar. Apparemment, la batterie de son portable était épuisée et il devait aller à l'intérieur pour téléphoner. Je sortis avec lui et murmurai :

– Tu as été un peu rude, ce matin.

Il alluma une cigarette.

– Je suis comme ça quand je ne peux pas boire ou fumer. Chaque fois que la réalité me saute à la figure.

– Quand même, merci d'avoir conduit.

– Je t'en prie.

1. Abréviation de « University and Airline Bomber » : terroriste américain, adversaire du progrès technique, qui envoya plusieurs colis piégés, notamment à des professeurs d'université et des compagnies aériennes.

– Et si ton oncle n'était pas là ?

– C'est possible : la chasse va bientôt fermer. Ça ne te rappelle rien ? me demanda-t-il, nostalgique.

– Si. Mais tu lui as parlé il y a quelques jours, non ?

Il acquiesça :

– Pour le prévenir qu'on risquait de passer. Il n'a pas dit s'il serait là ou pas. Il a juste répondu par un grognement.

Comme il entrait dans le bar, je m'adossai à la Jeep, les mains dans les poches. Il y avait de la neige au sud sur le sommet des pics, et au nord dans la réserve naturelle de Scapegoat. Une fine couche s'étalait dans l'ombre des pins derrière le bar. Ces villages de montagne manquent particulièrement de charme à deux époques de l'année : à l'approche de l'hiver, quand il y a juste assez de neige pour rendre la terre boueuse, mais pas assez pour qu'elle tienne et couvre le sol ; et au printemps, quand elle révèle, en fondant, toutes les ordures qui ont été jetées dans la nature. Mais comme pour compenser cet aspect rebutant, c'est la période où une bourgade comme Lincoln embaume le plus, un parfum enivrant où se mêlent l'odeur des pins, celles du sol de la forêt et de la fumée de bois. Chaque fois que je le respire, il me donne l'impression d'être chez moi, où que ce soit.

Quand je me retournai, je vis qu'Angelina s'était réveillée et me souriait à travers la vitre. Melissa la serrait contre sa poitrine. Ce sourire me remplit d'une joie sans bornes, si grande que j'eus la certitude que nous avions eu raison de faire ce voyage. Je frappai à la vitre et ma femme la baissa.

– Sens ça, lui dis-je.

– Ça sent, hum… le bois…

– Si seulement ces petits villages avaient du travail pour les pros du tourisme international… dis-je en me penchant dans l'habitacle pour qu'Angelina puisse me saisir le doigt. Quel endroit formidable pour vivre, élever des gamins…

– Et tu pourrais même avoir Unabomber pour voisin, répliqua Melissa.

Nous éclatâmes de rire. Angelina poussa un cri de plaisir juste parce que ses parents riaient. Ces derniers temps, pensai-je, nous n'avions pas souvent été aussi gais.

Cody sortit du bar, une clope et une bière à la main.

– Il y a quelques anciens du lycée là-dedans, me dit-il. Tu te rappelles Chad Kerr et les frères Browning ? Ils m'ont demandé comment vous alliez, Brian et toi.

– C'est vrai ?

– Ouais, confirma-t-il. Et nous qui voulions venir ici incognito… J'avais oublié que tout le monde se connaissait, dans le Montana.

– Et l'oncle Jeter ?

– Il nous attend chez lui. Il a dit qu'il désarmerait sa barrière d'explosifs pour qu'on puisse rouler jusqu'à sa maison.

– Quoi ?!

– Je plaisantais, dit Cody en jetant sa cigarette dans la boue.

La maison d'oncle Jeter était cachée dans un bouquet de trembles, et on ne pouvait y accéder que par une petite route grimpant dans la montagne, avec des nids-de-poule gorgés d'eau marronnasse.

– Je crois que je me rappelle le chemin… dit Cody.

Nous passâmes sous une voûte de branches à moitié affaissée, couverte de moisissure et de lichen blanc et d'un vert brillant. Un des poteaux qui la soutenaient portait un écriteau en bois, qui disait : JETER HOYT – EXCURSIONS CHASSE ET PÊCHE. L'autre affichait un panneau en métal rouillé, marqué de l'inscription ON N'ACCEPTE PAS LES PLAINTES. La maison de l'oncle Jeter était basse et tordue, et on aurait pu croire une bicoque des années 1880 si elle n'avait pas comporté une antenne satellite montée sur un mât, orientée au sud vers une trouée dans les nuages. Je vis deux 4 × 4, un Dodge Power Wagon des années 60 et un pick-up Ford plus récent, mais déglingué, dans un garage. Une traverse, très haut dans les arbres, supportait les carcasses d'un wapiti et de ce qui avait l'air d'être un homme très musclé.

J'allais le montrer du doigt quand Cody nous souffla :

– C'est un ours… Les ours dépecés ressemblent beaucoup à des joueurs de foot. Ça me donne toujours la chair de poule. Melissa, si j'étais toi, je ne laisserais pas Angelina voir ça.

– Heureusement, dit ma femme à l'arrière de la Jeep, elle regarde les chevaux de l'autre côté.

Trois chevaux, deux mules et une chèvre nous contemplaient du fond d'un corral.

– Quel décor… dit Melissa, pince-sans-rire.

– À peu près comme je l'avais toujours imaginé, murmurai-je.

Oncle Jeter nous accueillit sur le seuil de sa porte en nous tendant un copieux en-cas : des douzaines de cubes de fromage tranchés à la hâte dans une grande assiette ébréchée, avec des piles de crackers et des cure-dents attachés par un élastique. Je trouvai incongru et gentil que cet homme, après avoir reçu l'appel de Cody, nous ait préparé un léger repas, en coupant des petits carrés de fromage avec un couteau de chasse.

Oncle Jeter était grand et solide, mais pas autant que dans mon souvenir. En fait, il était d'une normalité confondante, à part sa longue barbe striée de gris et la queue-de-cheval qui lui pendait jusqu'au milieu du dos. Ses yeux, pourtant, étaient saisissants – bleu acier et perçants, sertis dans des orbites légèrement teintées de rouge. Son nez était grand et crochu, brouillé par un lacis de veines semblables à des cheveux. Ses mains énormes ressemblaient à des gants de base-ball. Il portait une grosse chemise de flanelle et une veste en laine, tellement vieille qu'elle brillait, et des bottes de cow-boy garnies d'éperons.

À l'intérieur, il faisait sombre, et les murs étaient couverts de peaux d'ours et de wapitis. Des bois de cerfs servaient de râteliers à une douzaine de carabines et de fusils. La cabane sentait la fumée, le solvant et la graisse. Je m'assis avec ma femme et ma fille sur un antique canapé en cuir, aux accoudoirs formés par des roues de chariot. Melissa eut du mal à tenir Angelina, qui brûlait d'envie d'en descendre. Jeter posa l'assiette de fromage à côté d'un pack de bière sur une table basse.

– Excusez-moi, dit-il à ma femme d'une voix râpeuse. Ce n'est pas un endroit pour une dame ni pour un bébé.

– C'est très bien, dit-elle en lui lançant un sourire forcé.

– Non, c'est vrai. Il y a quelque chose que je peux offrir à la petite ? Du lait ? Un biscuit ?

À notre grande surprise, il paraissait charmé par Angelina. Elle lui servit son air de petite fille sage, battit des cils, puis se couvrit le visage de ses mains, sans mettre longtemps à écarter les doigts et à pouffer en l'observant avec malice. Je m'aperçus qu'il avait du mal à consacrer toute son attention à Cody, qui lui exposait notre problème dans ses grandes lignes. Malgré ce qu'il nous avait dit dans la voiture, Cody lui mit aussitôt le marché en main en lui racontant comment Luis et Garrett avaient souillé notre maison, m'avaient tiré dessus avec un fusil paintball, et comment Garrett avait dit qu'il nous tenait. Quand il lui parla de Harry, je vis se durcir les yeux de son oncle.

Au terme de ce récit, Jeter se carra dans son siège et se caressa lentement la barbe.

– Donc, dit-il, vous avez besoin d'effrayer un gars et vous avez pensé à moi. Pourquoi ?

Cody me laissa répondre :

– Parce que vous nous faisiez peur.

– C'était il y a vingt ans, Jack…

Cody se pencha en avant pour lui tendre l'enveloppe contenant les clichés et le rapport fournis par Torkleson. Jeter la prit et regarda les photos de Garrett pendant que son neveu ajoutait :

– Parce que tu n'es pas connu à Denver, oncle Jeter. Parce que tu n'as pas d'antécédents là-bas. Je sais comment ça marche dans la police… où elle irait chercher si quelque chose tournait mal. Elle ne penserait pas à venir à Lincoln, dans le Montana, sauf si tu faisais un truc idiot, comme laisser tomber ton portefeuille.

Ou si elle interrogeait Chad Kerr et les frères Browning, me dis-je.

Jeter lui lança un regard qui me fit peur pour Cody.

– Je ne dis pas que ça pourrait arriver, dit celui-ci en battant en retraite. Ni même que Garrett avertirait les flics. Ce qu'il veut, c'est justement éviter de les prévenir. Et ce qu'on veut de toi, c'est que tu le persuades de renoncer à son droit de garde.

Jeter se caressa de nouveau la barbe, comme s'il mesurait ses chances de réussite.

– Je n'ai pas fait beaucoup de choses comme ça ces dernières années, dit-il. Il se peut que je sois un peu rouillé. Mais tu dis que ce Garrett aime fricoter avec des Mexicains, que ça lui donne l'impression d'être un caïd ?

Cody acquiesça.

– Surtout avec un gang qui s'appelle Sur 13.

Jeter se tourna vers Melissa.

– Excusez-moi, madame, vous voulez bien sortir cinq minutes pour montrer les chevaux au bébé ? J'en ai trois, là-dehors, avec deux belles mules. Et une chèvre, gentille, qui ne mord pas. Vous croyez que ce petit ange aimerait aller les voir ?

Melissa me regarda et je l'incitai des yeux à nous laisser seuls.

Dès qu'elle eut refermé la porte, Jeter dit :

– J'ai un problème avec les immigrants clandestins. Avec ces Mexicains qui envahissent nos villes, qui y font flotter leur drapeau et tout ça. Un gros problème, vous comprenez ?

Cody hocha la tête.

– J'ai appelé ma banque à Helena il y a deux ou trois semaines, reprit Jeter, parce qu'elle m'avait refusé un dépôt en espèces, versées par un client. Les banquiers ne savent plus quoi faire avec du liquide, ça leur fiche la frousse. Eh bien, quand j'ai appelé, je suis tombé sur ce message enregistré : « Pour l'anglais, tapez un ; pour l'espagnol, tapez deux. » On était à Helena, dans le Montana, les gars ! Ça m'a rendu tellement furax que j'ai foncé là-bas pour fermer mon compte. Quand le directeur de l'agence m'a demandé pourquoi, je lui ai dit : « Pour l'anglais, tapez un ; pour l'*espagnol*, tapez deux, petit con ! » Après ça, en quittant la ville, je suis passé devant l'hôpital et j'ai vu des Mexicains qui faisaient la queue – la queue ! – aux urgences. Ils portaient leurs enfants malades et attendaient en file indienne – parce que les médecins, j'imagine, sont tenus de les soigner. Et là, je me suis dit : Mais enfin, à qui est ce pays ? Qu'est-ce qui ne va pas chez nos soi-disant dirigeants pour qu'ils restent les bras croisés pendant qu'on se laisse infiltrer par nos prétendus voisins du Sud ? Et maintenant j'apprends qu'un gamin qui joue les Mexicains et ses potes d'un gang latino veulent prendre ce petit ange ! (Il nous jeta un regard furieux et pointa un long doigt vers la porte.) Ce n'est pas juste !

La rage d'oncle Jeter était si effrayante que je n'osai pas lui dire que le problème, c'était le juge.

– Descendre deux ou trois Mexicains ne m'ennuie vraiment pas, ajouta-t-il. Forcer ce pseudo-Latino à signer un bout de papier, ça serait du gâteau !

Pour mieux nous le prouver, il se leva prestement – bien plus vite que je ne l'en aurais cru capable –, cravata un Garrett imaginaire, déploya l'autre main en forme de pistolet et recula le pouce.

– Vous vous rappelez cette scène dans *Le Parrain* ? lança-t-il. « Sois tu couches ton nom sur ce papier, soit tu le signes avec ta cervelle, *señor* ! »

Il continua à parler au Garrett invisible, jouant la scène avec une vivacité troublante, comme s'il avait vraiment le jeune homme à sa merci :

– « Et si tu crois que tu peux le signer, et ensuite dire aux flics ou à ton père qu'on t'y a forcé, tu ferais mieux d'y réfléchir à deux fois, petit *señor*… Parce que, si tu le fais, je te retombe dessus et je donne tes couilles à bouffer à mes chèvres. Et ce ne sera qu'un début, petit *señor* ! » (Il leva les yeux.) Vous croyez que ça ira ?

– Peut-être de façon un peu plus subtile… dit Cody.

– Il ne reste que huit jours, rappelai-je.

Jeter hocha la tête, laissa tomber par terre le fantôme de Garrett, et respira un bon coup pour se calmer.

– Les défraiements ? demanda-t-il.

– Vous verrez ça avec Brian Eastman, répondis-je. C'est lui qui s'occupe de l'argent.

– Brian Eastman ? dit-il en se frottant le menton. Votre vieux copain ? Le fils du pasteur ?

– Oui.

– Il était pédé, non ?

Je soupirai.

– Oui. Il nous aide pour les frais. Il a bien réussi à Denver.

– C'est ça… ricana Jeter. Enfin, le fric d'une pédale vaut bien celui d'un autre.

Je me mordis les lèvres et jetai un coup d'œil à Cody, qui leva les yeux au ciel, gêné.

– Laissez-moi un ou deux jours pour me préparer. On va avoir une grosse tempête en début de semaine, donc je dois me tirer fissa. Je peux être à Denver mardi ou mercredi, au plus tard. Je n'y ai pas été depuis des années. J'ai entendu dire que cette ville avait poussé comme un champignon.

– C'est vrai, dit Cody.

Jeter se tourna vers lui.

– Tu regrettes d'avoir quitté le Montana pour t'installer dans ce genre d'endroit ?

Cody acquiesça :

– En ce moment, oui.

Jeter hocha la tête d'un air entendu.

– Ouais, ça me dépasse qu'on puisse vouloir quitter le Montana. Pour moi, ça n'a pas de sens. D'après mon expérience, toutes les villes sont pareilles… pleines d'indésirables.

Je me donnai une claque sur les genoux, puis me levai et dis :

– Cody, tu peux venir un peu dehors ?

Après avoir fermé la porte, il me souffla :

– Tu as des doutes ?

– Oui. Il est plus vieux et plus fou que dans mon souvenir. Je ne pense pas qu'on puisse le contrôler ni qu'il saura maîtriser la situation.

Lentement, Cody hocha la tête.

– C'est vrai. Ce n'est plus le même homme.

– Écoute, tu ne peux pas lui dire que j'ai hésité à la dernière minute, pour qu'on puisse se barrer d'ici ?

Melissa s'approcha de nous en portant Angelina. Elle avait entendu.

– Il semble vraiment instable, renchérit-elle.

Cody aboya un petit rire.

– Il l'a toujours été. C'est dur de trouver un homme de main qui soit stable de nos jours. Mais, de toute évidence, il ne s'est pas arrangé. Je crois que je n'avais pas imaginé à quel point il avait vieilli. (Il nous prit tous les deux par l'épaule.) Bon, montez dans la voiture. Moi, je rentre lui dire que vous avez changé d'avis.

Quand nous traversâmes Lincoln, je me tournai vers Cody.

– Alors, comment l'a-t-il pris ?

– Je pense qu'il est déçu. Ça commençait à le botter… Mais il ne l'a pas trop montré.

– On a eu raison d'annuler, lança Melissa du siège arrière. Je regrette juste qu'on n'ait pas d'autre alternative pour l'instant. Brian en a peut-être, si on le lui demande…

Cody grommela. Puis il dit :

– Moi, je regrette que le vieux schnoque ne m'ait pas rendu l'enveloppe.

14

Elle avait la voix hésitante. Qui pouvait bien appeler un samedi soir, à part des démarcheurs ou un chauffeur bloqué sur la route par des vaches ?

– Allô ?

– Salut, maman…

– Jack ! s'écria-t-elle avec enthousiasme… et une pointe d'appréhension.

J'appelais si rarement que c'était, pensait-elle, sans doute pour annoncer une mauvaise nouvelle. Ce ton m'énerva, me propulsant dans le passé.

– Je suis à Helena et j'ai Melissa et ta petite-fille avec moi. On passera par Townsend et j'ai pensé qu'on pourrait faire un saut chez vous.

– Ça alors ! Pourquoi ne nous as-tu pas prévenus ?

– Excuse-moi. Ne t'embête pas à faire un dîner ou un en-cas, d'accord ? On se disait juste que ça te ferait plaisir de voir ta petite-fille. Papa est là ?

– Bien sûr ! Il est dehors, à bidouiller un truc sur son tracteur. Je venais de commencer à préparer le dîner et… oh, tu m'as complètement tourneboulée. Je ne sais pas quoi dire. Pourquoi ne nous as-tu pas avertis plus tôt ?

– C'est une longue histoire, dis-je en me sentant rougir. Écoute, si ce n'est pas le bon moment…

Je sentis le regard de Melissa peser sur ma nuque. Comment

pouvais-je, après être parti depuis dix-sept ans, reprendre au quart de tour mon ton d'adolescent, du temps où j'avais quitté le ranch – et mes parents ? Elle sentait que j'étais sur le point de me dégonfler…

– Non, non ! Il faut que tu viennes ! Je suis seulement très étonnée que tu appelles. Je sortais juste des steaks quand le téléphone a sonné. Non non, venez. Je vous attends pour quand ?

– Disons, dans trois quarts d'heure.

– Mon Dieu !…

– Écoute, maman…

– Juste ciel, je vais sortir d'autres steaks. Vous n'êtes que tous les trois, Melissa, la petite et toi ?

– Il y a Cody aussi.

– Cody ! Cody Hoyt ?

– Oui.

– Par exemple ! Je vais prévenir ton père. Dans trois quarts d'heure, tu dis ? Peut-être même un peu moins…

– Maman, on peut manger un truc en vitesse. Ou vous emmener dîner dehors. Tu n'as pas à préparer quoi que ce soit. Vraiment…

– Ne sois pas ridicule, dit-elle, un peu irritée que j'aie osé suggérer une chose pareille.

Je fermai mon portable et jetai un coup d'œil à Melissa.

– Bon, là, tu es contente ?

– Ça ne te fait pas plaisir ? dit-elle en souriant.

– Je ne sais pas trop. Elle est dans tous ses états…

– Ça n'est pas plus mal de nous donner une sorte de couverture, dit Cody, parce que tout le monde, dans la région, sait qu'on est là. S'il le faut, on pourra toujours dire que tu as voulu amener la petite dans ta famille une dernière fois. Ça se tient parfaitement. Et moi, je vous ai conduits parce que je n'ai pas autre chose à faire.

Il ajouta d'un air revêche :

– J'espère juste que ton vieux ne me fera pas réparer une clôture ou un autre truc merdique.

Quand nous passâmes près du quartier pauvre de Helena, sur la route de Townsend, et que j'aperçus le Canyon Ferry Lake[1] – avec quelques maisons de plus sur ses berges que dans ma jeunesse, mais à peine –, je commençai à reconnaître le paysage.

– Ça n'a pas trop changé, dit Cody, comme s'il lisait dans mes pensées.

– Non.

– Ça n'est pas comme à Denver, où il y a un nouveau lotissement toutes les deux ou trois semaines, reprit-il. Ici, tout est figé dans le temps. Avant, je n'aimais pas ça, mais aujourd'hui, si.

Mon appréhension augmentait. J'étais plus nerveux que je ne l'avais été l'après-midi, en allant chez son oncle.

– On aurait peut-être dû manger dans un fast-food à Helena, bredouillai-je.

– Ta mère serait furieuse, répliqua Melissa. Venir chez elle sans goûter sa cuisine. Non mais, tu imagines ?

– Samedi soir, c'est le jour des steaks, si je me souviens bien, rappela Cody. Avec des pommes de terre au four. Côtelettes de porc le lundi, spaghettis le mardi, viande hachée le mercredi, chou farci le jeudi, rôti braisé le vendredi, biftecks le samedi et poulet sauté le dimanche…

– Ça ne changeait jamais ? demanda Melissa.

– Jamais, répondis-je. Chaque fois que maman essayait autre chose, papa faisait la moue et ne touchait pas à son assiette.

– Moi, j'aimais beaucoup les choux farcis, dit Cody. La prochaine fois qu'on reviendra engager un tueur, on pourrait peut-être venir un jeudi…

– Cody ! s'écria Melissa. Arrête… Et si Angelina se mettait à dire ces mots-là ?

Cody sourit quand il ralentit pour prendre le tournant, et nous nous retrouvâmes sur la route de gravier qui menait au ranch.

1. Zone de pêche, de voile et de camping créée en 1954, après la construction d'un barrage et d'un lac de retenue sur le Missouri.

La ferme n'avait quasiment pas changé depuis que je l'avais quittée, à quelques détails près : il y avait un plus grand réservoir à essence, un hangar plus spacieux, mais presque les mêmes bâtiments, le même agencement. Les champs étaient couverts de neige et la chaîne des Big Belt dressait toujours à l'est ses cimes enneigées. Entre le ranch et les sommets chatoyaient les contreforts des montagnes dans la lumière dorée du crépuscule, celle qui donne à la neige des allures de lave en fusion. Je vis une petite harde de cerfs mulets traîner autour du moulin et de la réserve à grain. Quelques centaines de vaches s'entassaient dans un pré, probablement en attendant la bétaillère.

Nous entrâmes dans la cour du ranch sur les chapeaux de roue. Par la vitre avant gauche, j'aperçus papa dans le hangar, travaillant sous une lumière trouble, au milieu de ses outils et de pièces de tracteurs. Le visage de maman s'encadrait dans la fenêtre de la cuisine, regardant dehors avec impatience. Dès qu'elle nous vit, elle disparut pour reparaître sur le seuil de la porte, dans le même tablier qu'elle portait dix-huit ans plus tôt, à motifs de canards.

– Melissa ! s'exclama-t-elle. Amenez ce petit chou à l'intérieur !

– Elle veut dire le bébé, me glissa Cody, pince-sans-rire.

Maman me fit un rapide baiser sur la joue et donna à Cody une tape affectueuse sur l'épaule, avant de foncer vers Angelina pour la prendre dans ses bras. Celle-ci poussa un petit cri de joie et maman l'emporta dans la maison. Melissa lui emboîta le pas avec un sac de couches et me jeta, avant d'entrer, un regard amusé.

Je marchai jusqu'au hangar avec Cody. Des vaches meuglaient dans la prairie, rompant de temps en temps le grand silence du ranch. J'avais oublié cette atmosphère de calme.

Mes parents étaient venus à notre mariage et à Denver pour voir Angelina quand nous l'avions ramenée, mais moi je n'étais pas retourné chez eux, pour éviter le tourbillon des sentiments qui m'assaillirent à cet instant. Je ne savais à quoi m'attendre, mais mon cœur battait la chamade et j'avais les mains glacées.

Papa recula de sous le tracteur, s'essuya les mains sur un torchon déjà taché de cambouis, et nous regarda venir à lui. Son visage s'était un peu rempli ces derniers temps et ses lunettes étaient si épaisses qu'elles lui grossissaient les yeux. Il avait l'air vieux et cela m'ébranla.

– Ça n'a pas bien marché pour vous dans la grande ville, hein ? lança-t-il. Alors, vous venez nous supplier de vous rendre votre boulot ?

Je me crispai, mais Cody s'aperçut qu'il blaguait.

– Non, Walt, dit-il. On veut juste notre paye. On ne veut pas avoir à *travailler* pour la toucher.

– Toi, tu n'as pas changé... dit papa avec un sourire. C'est bon de te voir, Jack, ajouta-t-il en m'ouvrant les bras.

Mon Dieu... pensai-je, il va vraiment m'embrasser ? Et il le fit ! Après une étreinte un peu rude, il me fit une bise sur la joue avant de me lâcher. Sa barbe me laissa la peau à vif et une odeur d'huile de moteur me resta dans le nez.

– Dites, les gars, reprit-il, ça vous ennuierait de ranger ces outils avant le dîner ?

– Je te l'avais bien dit... plaisanta Cody.

– Dépêchez-vous, jeta papa. J'ai hâte de rentrer à la maison pour voir ma belle-fille et surtout ma petite-fille !

– Mais, papa, tu l'as déjà vue, dis-je en ramassant par terre de vieilles clés à molette que je connaissais depuis mon enfance.

– Ouais, mais c'était il y a des mois, quand ce n'était qu'un petit bout de chou. Je ne l'ai pas vue depuis qu'elle a pris de la personnalité.

– Excuse-nous d'arriver sans prévenir. On s'est décidés à la dernière minute.

Il haussa les épaules.

– Je suis juste content que vous soyez là. D'ailleurs, après le dîner, j'ai quelques clôtures à réparer...

À nouveau, je crus qu'il était sérieux. Et à nouveau il plaisantait. Que lui était-il donc arrivé ?

– Tu es sûr que ça ne t'ennuie pas qu'on débarque pour dîner ?

– Tant qu'on aura assez de steaks, ça ira, dit-il en montrant les centaines de vaches qui beuglaient dans le pré. Oui, ça devrait aller.

Le dîner fut agréable. Non, plus que ça. Je me sentais *joyeux*. Angelina, comme avec Jeter Hoyt, passa presque tout son temps à tâcher d'attirer l'attention de papa. Il en était gaga et la faisait rire avec ses grimaces. Je regardais Melissa, qui secouait la tête, aussi surprise que moi qu'il ait autant changé.

Cody refusa de boire un verre parce qu'il conduisait, ce qui me parut admirable parce que je savais qu'il en avait envie.

Papa, entre deux bouchées, nous apprit que le ranch avait été mis en vente après le divorce de l'ancien propriétaire, et racheté peu après par un financier new-yorkais.

– Le nouveau proprio, je ne le sens pas, dit-il en agitant sa fourchette. Je ne suis pas sûr qu'on verra les choses de la même façon…

– Donne-lui une chance, Walter, lui dit maman. Ça fait très longtemps qu'on est là. Je ne sais pas si j'aurais encore le courage de déménager.

– Mais je lui donne sa chance, grommela papa. Tant qu'il ne redira pas le mot « buffle » devant moi, on pourra peut-être s'entendre. Aujourd'hui, il y a trop de foutus bisons dans le Montana, trop de Ted Turner[1].

Pour la première fois, je pensai à ce que feraient mes parents quand ils finiraient par quitter le ranch. Avaient-ils une épargne retraite ? Une assurance sociale ? C'étaient des choses dont ils n'avaient jamais parlé en ma présence. Et où vivraient-ils ? Je réfléchis à leur mariage, qui, malgré ses problèmes, durait depuis quarante ans. Seuls tous les deux, à trente kilomètres de la ville la plus proche, sur une étendue de terre si âpre et si vaste qu'elle aurait pu aisément les engloutir. Mon Dieu, me dis-je, ils sont solides…

On en vint à parler de Moreland et Garrett. Melissa exposa la situation, en laissant de côté les détails les plus pénibles. Malgré ça, ce fut trop dur à supporter pour maman, qui secoua la tête

1. Philanthrope et magnat des médias, fondateur de CNN.

comme si c'était une de ces choses de la grande ville qu'elle n'avait jamais pu comprendre.

– Dites-leur d'aller se faire voir, j'aime beaucoup celle-là, dit papa en ébouriffant les cheveux d'Angelina, qui éclata d'un rire si fort qu'il nous gagna. Gardez-la.

Comme si cela suffisait à clore le sujet…

Angelina voulut l'imiter en tendant les bras vers lui. À mon grand étonnement, il se pencha vers elle et baissa la tête pour qu'elle puisse décoiffer ses cheveux blancs.

– Ouais, dit-il en se carrant dans sa chaise pendant qu'elle riait aux éclats. Gardez cette petite-là.

– Vous êtes sûrs que vous ne pouvez pas rester ? demanda maman d'un ton suppliant. Jack, tu peux dormir avec Melissa dans ton ancienne chambre. Cody pourra prendre la chambre d'amis ou le dortoir, s'il préfère. Le vieux berceau de Jack est dans le grenier pour la petite.

En passant sur le fait qu'ils avaient gardé mon berceau pendant toutes ces années, j'expliquai qu'il me fallait travailler le lendemain : je venais de rentrer d'Allemagne et devais rendre compte de ce voyage.

– Je n'ai jamais bien compris ton boulot, dit papa. Quoi ? Tu vas dans des pays étrangers distribuer des cartes de Denver ? Et on te paye pour ça ?

En fait, je lui avais expliqué mon travail deux ou trois fois au fil des ans. Et chaque fois il avait pris un air absent.

– Pourquoi ne restez-vous pas ? répéta maman.

– Je suis sûr qu'ils peuvent se passer de toi pour une journée, râla papa.

– Je suis désolé…

Son visage s'assombrit et je m'attendis à une vive repartie : « Désolé, tu parles ! » ou quelque chose d'aussi cinglant. Mais il se retint et laissa tomber.

– J'espérais que tu n'allais pas m'enlever la petite, maugréa-t-il en la chatouillant pour la faire rire.

– Il n’y a pas une grosse tempête qui doit venir du nord ? rappela Melissa. Vous ne voudriez sûrement pas qu’on soit bloqués ici par la neige.

Ma femme avait le don de dire des choses raisonnables.

– Oh… dit papa. Ça ne me dérangerait pas.

Pendant que Melissa faisait la vaisselle avec ma mère, papa me glissa qu’il voulait me montrer quelque chose dans la grange. Mais quand nous sortîmes dans le froid juste avant le coucher du soleil, il me dit sans me regarder :

– J’ai compris quelque chose depuis que tu es parti, Jack. J’ai été dur avec toi. Je crois que je n’ai pas su être un bon père. Le mien était un salaud, et ce sont les pères qui doivent vous apprendre ces choses-là.

– Tu t’es bien débrouillé, dis-je, la gorge serrée.

Tout ce que je me rappelais de mon grand-père, c’était qu’il était grand, avec une barbe noire qui sentait le tabac et des yeux qui n’avaient rien de doux.

– Nan… Mais ça ne veut pas dire que tu ne dois pas être un bon fils. Appelle ta mère plus souvent. Merde, invite-la à Denver… Cette gamine est sa seule petite-fille. Je me débrouillerai si elle va vous voir. Je suis capable de me faire cuire un steak.

Nous marchâmes jusqu’au hangar, le gravier crissant sous nos pieds.

– Je le ferai, papa. Mais tu n’as pas entendu ce que Melissa a dit sur Angelina ?

– Si.

– Nous n’arriverons peut-être pas à la garder.

– Tout ça, c’est des conneries. Battez-vous !

– C’est ce qu’on fait.

– Bravo ! dit-il. Et si jamais ton foutu boulot te laisse un peu de temps, reviens et reste un peu. J’ai des clôtures à réparer.

Je ris.

– Je suis fier que tu t’en sois bien sorti, conclut-il. Je parlais justement de toi hier, à un marchand de bestiaux. Il a fait semblant de m'écouter, mais tu sais qu'on ne peut pas faire confiance à ces salauds. Quand même, je suis fier de toi.

Dans la voiture, alors que les lumières de Bozeman semblaient être le dernier vestige de civilisation dans la nuit sans lune, Cody me souffla :

– On ne les comprendra jamais, Jack. Ils sont comme ça. Mon vieux est un ivrogne. Moi-même, je ne suis pas loin d'être un poivrot. C'est un chouette pays, le Montana. J'espère y revenir un jour.

– Tu le penses vraiment ? murmurai-je. Ou c'est juste parce que c'est dur pour toi, en ce moment, à Denver ?

– C'est peut-être comme ça pour toi. Moi, j'espère juste que je pourrai trouver un moyen d'y retourner…

Pourquoi dit-il cela comme s'il n'y arriverait jamais ?

Je dormais quand le portable de Melissa vibra. Je me redressai, ignorant complètement où nous étions dans le Wyoming. Il était minuit.

– C'est Brian, dit-elle du siège arrière. Super ! ajouta-t-elle, puis : Sois prudent, Brian.

Elle ferma le portable et déclara :

– Brian doit voir l'homme aux photos ce soir, quelque part en centre-ville. Dès qu'on sera rentrés, on les aura !

– Alors, tout va bien, dis-je. Heureusement qu'on a annulé l'intervention de Jeter.

– On verra, dit Cody avec circonspection. Brian s'est peut-être démené pour rien. Ça lui ressemblerait bien.

On approchait de Casper quand le portable de Melissa se remit à sonner, à deux heures du matin.

– C'est encore Brian, dit-elle avant de répondre.

Quelques secondes plus tard, elle poussa un cri étouffé et dit :

– Mais qui êtes-vous ? !

– Donne-le-moi, lui soufflai-je.

Elle me passa illico le téléphone, aussi pressée de s'en débarrasser que j'étais de le prendre.

J'entendis des bruits de rue et quelqu'un rire à l'arrière-plan.

– Qui est à l'appareil ? demandai-je. Que faites-vous avec le portable de Brian ?

– Brian ? reprit la voix. (Une voix jeune, à l'accent hispanique.) *Brian ?* On lui a fait sa fête…

À nouveau, ce rire étouffé derrière le Latino, et une phrase que j'avais déjà entendue avant : « On te tient, mec. » Je fus soudain glacé.

– Brian… ajouta le jeune homme avant de couper le téléphone, juste un pédé de moins…

– Oh non… balbutiai-je. Quelqu'un nous a appelés sur le portable de Brian, et je crois avoir entendu Garrett avec lui.

– Merde ! cracha Cody.

Sur ce, il écrasa l'accélérateur.

DENVER

Dimanche 18 novembre
Plus que sept jours

15

Nous roulâmes à toute allure sur l'I-25, avec des pointes à deux cents à l'heure, pendant que Cody aboyait les noms de certains de ses collègues. Je les cherchais sur son portable, composais leurs numéros abrégés et lui tendais l'appareil quand l'un d'eux répondait. Ils avaient tous la voix ensommeillée. Cody leur demandait s'ils étaient au courant d'un homicide ou d'une tentative de meurtre dans le centre de Denver.

– OK, merci, vieux, dit-il pour la troisième fois. Pardon de t'avoir réveillé.

Puis il me rendit l'appareil pour que j'appelle un autre flic.

– Rien ? lui dis-je. Ça pourrait être une farce. Juste pour nous faire peur…

– Ils se sont servis du portable de Brian, rappela Melissa. Comment l'auraient-ils eu si ce n'était qu'une blague ?

– Elle a raison, dit Cody. Merde, qui était de garde cette nuit ? Si j'appelle le commissariat, on ne me dira rien. Je dois trouver qui a pu traiter l'agression et tenter de lui parler. Jack, refais défiler les numéros. Il y a deux autres types qui savent peut-être quelque chose.

Je trouvai rapidement leur numéro, les appelai tour à tour et mis le haut-parleur pour que Cody puisse parler et foncer en même temps. J'avais peur quand il collait le portable à son oreille en conduisant : il était incapable de parler sans s'exprimer par gestes. Le premier inspecteur ne décrocha pas et le second demanda à Cody s'il était soûl pour l'appeler à une heure pareille.

– Je n'ai pas bu, dit-il. J'ai besoin de savoir qui était de garde cette nuit.

– Le petit bleu, le nouveau. Qui d'autre accepterait de se taper la nuit ?

– Torkleson ?

Mon cœur bondit dans ma poitrine.

– Ouais…

– Tu sais si tu as son numéro de portable ?

– Putain, Cody ! Il est quatre heures du matin… Je ne sais qu'une seule chose : j'ai envie de pioncer. Ce type vient d'arriver, je ne suis pas sûr d'avoir noté son numéro.

– S'il te plaît, Dan, j'ai vraiment besoin de l'avoir.

– Ne me dis pas que tu bosses ! On ne t'a pas suspendu ?

– Si…

– Enfin, Cody, qu'est-ce que tu fiches ?

– Je veux savoir, pour un ami. Dan, je t'en prie…

L'homme soupira et grommela :

– Attends…

J'avais peur qu'on ne puisse plus capter le réseau avant qu'il ait trouvé le numéro de Torkleson. Le Wyoming est tristement célèbre pour ses vastes étendues où les appels ne passent pas. Par chance, il est aussi connu pour son manque de contrôles routiers. Finalement, Dan reprit l'appareil et donna le numéro à Cody.

– Là. Je peux me rendormir ? dit-il.

– Vas-y. Merci. Et bonne nuit… Vous l'avez noté ? nous demanda Cody.

– Moi oui, répondit Melissa, déchirant la page d'agenda où elle l'avait inscrit.

Je le tapai, le haut-parleur toujours allumé.

– Ouais ? répondit Torkleson, qui se méfiait sans doute de cet appel tardif.

– Jason, c'est Cody Hoyt.

– Merde, je n'avais pas reconnu votre numéro. Il est quatre heures du mat'. Qu'est-ce qui se passe ?

– J'ai besoin de savoir si vous avez traité un incident cette nuit. La victime est un ami à moi, Brian Eastman. Grand, mince, blanc, trente-cinq ans. Ça a dû se passer dans le centre.

Après un long silence, Torkleson répondit :

– C'est un ami à vous ?

– Oui.

– Oh... mon vieux, je suis désolé... vraiment. On a reçu l'appel il y a une heure : un poivrot a trouvé un corps dans une allée. On vient de l'envoyer à Denver General[1], en traumatologie.

Melissa réprima un cri et enfouit son visage dans ses mains.

– C'est grave à quel point ? demanda Cody.

– Très...

– Qu'est-ce qui s'est passé ?

– Eh bien... on dirait que quelqu'un a voulu lui défoncer le crâne. Les infirmiers, au début, n'étaient même pas sûrs qu'il était encore en vie. J'ai déjà vu des mecs tabassés, mais à ce point... Navré de vous le dire, vu que c'est un ami à vous et tout ça.

– Et moi, je suis navré de l'entendre, dit Cody à voix basse.

Melissa se mit à pleurer.

– Hé, qui est avec vous ? demanda Torkleson.

– Ma copine, dit distraitement Cody, ne voulant clairement pas lui expliquer notre situation.

– Ah... Il vaudrait peut-être mieux qu'elle n'écoute pas ça.

– Ne vous inquiétez pas. Dites-moi, vous avez trouvé quelque chose sur lui ?

Torkleson fut aussitôt sur la défensive.

– Comme quoi ?

– Vous savez bien... dit Cody en tambourinant des doigts sur le volant. Des documents, ses clés, son téléphone, n'importe quoi...

– Vous voulez dire : si ça a l'air d'un vol ?

– Ouais, voilà.

– En fait, ça y ressemble. Il avait ses pièces d'identité sur lui,

1. Grand hôpital de la ville, fondé en 1860.

et on a trouvé un portable dans l'allée. Rien d'extraordinaire. Quel genre de documents ?

– N'importe.

Des photos, me dis-je.

– Non. Son portefeuille était par terre, il n'y avait plus un sou dedans. Pas moyen de savoir combien il contenait.

Des milliers de dollars, pensai-je, pour payer son contact.

– Il est à Denver General, vous avez dit ?

– Affirmatif. Je suis toujours sur les lieux de l'agression. On a les mecs de la scientifique partout dans l'allée. J'irai plus tard à l'hôpital pour voir si on peut obtenir une déclaration. Mais vu son état…

– Pas de témoins ?

– Personne ne s'est manifesté, ce qui n'a rien d'étonnant. C'est un quartier merdique. Les gens ne sont pas bavards.

– Donc, ça s'est passé dans une allée, reprit Cody. Elle était éclairée ? Il y a des fenêtres qui donnent sur l'endroit où on l'a trouvé ?

La voix de Torkleson se crispa quand il sentit que Cody voulait se mêler de son enquête.

– Il y a des lampadaires, répondit-il, mais les ampoules sont mortes. Elles ont été brisées à coups de fusil. Et… ouais, il y a bien deux ou trois fenêtres, mais personne n'habite dans ces baraques.

– Ça ressemble au quartier de Zuni Street, jugea Cody.

Je sentis mes cheveux se dresser sur ma tête. C'était près du Club Appaloosa…

– C'est bien là, répondit Torkleson. Dites, j'ai une question à vous poser : comment avez-vous appris l'agression de la victime ? Je ne vous vois pas suivre les fréquences de la police la nuit chez vous avec votre amie.

Cody ricana.

– Il n'y a pas de risque…

– Alors comment êtes-vous au courant ?

– L'auteur du crime nous a appelés du portable de Brian.

– Quoi ? !

– Je vous retrouve à l'hôpital, inspecteur. Le portable que vous avez trouvé, gardez-le en sécurité et demandez à un type compétent de télécharger la liste des textos et des appels. Faites-le immédiatement ! J'espère que vous y trouverez des empreintes, parce que le salaud qui a tabassé Brian l'a tenu dans sa main.

– Cody, je peux vous demander une chose ? Vous n'êtes pas suspendu ? On a le droit de parler de ça ?

Cody fit un écart pour éviter une antilope sur l'autoroute.

– Mon Dieu, il s'en est fallu de peu… dit Melissa.

Il ne se démonta pas :

– Torkleson, c'est mon ami que vous avez trouvé. On était potes au Montana, on se connaît depuis l'école primaire. Je veux savoir ce qui s'est passé. Vous pouvez travailler soit avec moi, soit contre moi. Vous voulez vraiment que je me conduise comme un simple citoyen ? Que je vous dénonce pour incompétence ?

– Non.

– Alors retrouvez-moi à l'hôpital avec cette liste.

Nous arrivâmes à Denver General à neuf heures du matin, après avoir déposé Melissa et notre fille à la maison. Ce n'est pas que ma femme n'ait pas voulu aller voir Brian, bien au contraire. Mais elle ne pensait pas qu'Angelina pourrait tenir après avoir passé vingt-huit heures dans la voiture. La petite était grincheuse et manquait de sommeil, mais, dans l'ensemble, elle avait bien supporté le voyage.

Quand je suivis avec Cody l'enfilade des couloirs qui sentaient le désinfectant, j'étais comme en état de choc. Certes, j'étais fatigué, mais la visite chez mes parents et, surtout, la nouvelle de l'attaque de notre ami m'avaient ébranlé. À la réception, Cody demanda où se trouvait Brian et une Noire inflexible lui dit qu'il était à l'unité de soins intensifs et qu'on n'y admettait pas les visiteurs, sauf les parents proches.

– Merde, dit-il en fouillant dans la poche de sa veste, d'où il sortit sa plaque, qu'il lui montra en un éclair. Il faut absolument qu'on le voie tout de suite.

– Montez directement, dit-elle, les yeux écarquillés. C'est au septième étage. Il y a déjà un de vos hommes là-haut.

Cody hocha la tête et rempocha sa plaque. Une fois dans l'ascenseur, je dis :

– Je croyais qu'on te l'avait retirée…

Il acquiesça :

– Oui, on m'a pris la vraie. Mais tout policier qui se respecte en a deux ou trois en réserve. On peut les acheter sur catalogue. Personne ne lit jamais le nom du flic… on ne voit que la plaque.

L'homme posté au septième étage n'était pas Torkleson mais un agent en uniforme affecté à la garde de Brian. Il était assis sur un pliant devant l'unité de soins intensifs, barrée par l'inscription : STRICTEMENT RÉSERVÉ AU PERSONNEL.

– Comment va-t-il ? demanda Cody.

Le flic était jeune, avec des cheveux ras et une fine moustache.

– Je n'ai pas de nouvelles.

– C'est l'inspecteur Torkleson qui vous a envoyé ici ?

– Oui.

– Je suis l'inspecteur Hoyt, dit Cody, montrant de loin sa plaque et la rempochant aussitôt.

Il est bien entraîné, me dis-je. Il peut même tromper les flics.

Sur ce, il ajouta avec autorité :

– Nous devons entrer pour parler au blessé. Voici Jack McGuane, un de ses proches. C'est sans doute la seule personne à qui il parlera.

L'agent haussa les épaules.

– À ce que j'ai entendu dire, il est dans le coma. Vous ne risquez pas d'en tirer quoi que ce soit.

– Faites-nous entrer quand même.

Le flic soupira ostensiblement, puis appela à l'intérieur sur un téléphone mural. Les serrures bourdonnèrent et nous entrâmes dans le service.

– M. Eastman ? demanda Cody à l'infirmière d'accueil.

– Chambre 738, dit-elle. Mais il va bientôt partir au bloc. Je ne suis pas sûre que…

Je suivis Cody en m'armant de courage. Malgré ça, je n'étais pas préparé à ce que je vis quand nous pénétrâmes dans sa chambre.

– Merde… dit Cody tout bas.

Brian était méconnaissable. Un long corps sous un drap, apparemment relié à des douzaines de machines et de poches de fluides. Les faisceaux de tubes l'unissant à ces poches ressemblaient à des racines à ciel ouvert. Son visage disparaissait entièrement sous des bandes. Une fine gaze épousait son nez – avec deux taches de sang à l'endroit des narines – et un masque à oxygène lui couvrait la bouche. Sous les bandages, sa tête était difforme, écrasée d'un côté et gonflée de l'autre. Je n'arrivais pas à croire que c'était bien Brian. Impossible. Ce long sac d'os brisés et de viande meurtrie ne pouvait être lui. Je m'attendais presque à ce que mon vieil ami entre d'un pas tranquille et dise quelque chose de laconique ou de sarcastique.

Si je n'avais pas vu ses vêtements posés sur une chaise, je n'aurais pas du tout cru que c'était lui.

Je sentis quelque chose d'amer monter dans ma gorge et je restai sans voix.

Cody s'approcha du lit et chercha sa main sous les draps. Il trouva une boule de la taille d'une moufle.

– Ils lui ont même cassé les doigts, ces salauds.

Il se pencha au-dessus du lit.

– Brian, tu m'entends ? C'est Cody. Tu peux m'entendre ?

Pas de réaction.

– Brian, tu vas t'en remettre, mentit Cody. Aide-moi à coincer les mecs qui t'ont fait ça. C'était Garrett et ses potes de Sur 13, n'est-ce pas ? Aide-moi à les coffrer.

Rien.

Je m'avançai et touchai la cheville de Brian, le seul morceau de chair encore visible.

– Allez, lui dis-je, tu vas y arriver ! C'était Garrett ?

Pas un seul mouvement.

Soudain, la chambre s'emplit de garçons de salle, conduits par une infirmière furieuse de nous trouver là.

– Vous deux, dehors ! Tout de suite ! Il part directement au bloc. D'ailleurs, comment êtes-vous entrés ?

Cody ne lui montra pas sa plaque.

Je dis :

– On est ses amis.

– Eh bien, la meilleure chose que vous pouvez faire pour lui, c'est vous écarter de son lit.

Nous obéîmes.

Juste après leur départ, j'allai vomir dans la salle de bains de sa chambre.

– Brian s'est fait piéger, dit Cody alors que nous faisions les cent pas dans la salle d'attente de l'unité de soins intensifs. Je ne peux pas dire si c'est Garrett – ou son père – qui a pris contact avec lui pour ces photos bidon ou s'il est intervenu plus tard, mais quelqu'un l'a attiré là-bas et lui a sauté dessus.

– On peut prouver que c'est Garrett ? demandai-je.

– Je ne sais pas, dit-il. On peut essayer.

Il cessa d'arpenter la pièce et murmura :

– Jack, tu es au beau milieu d'une enquête policière. Tu la vois de l'intérieur, comme à travers une vitre, et c'est déroutant, non ? C'est ce qui arrive aux flics quand ils n'ont ni aveux ni témoins oculaires. Les choses sont rarement claires. Toi et moi, on est quasi sûrs que Garrett et ses *compadres* ont fait le coup parce que tu crois avoir entendu sa voix sur le portable de Brian. À cause de ça et de toutes les saloperies qu'il t'a faites. Mais nous ne pouvons pas tout révéler, hein ? Par exemple, pourquoi on revenait du Montana quand on a reçu cet appel…

Je secouai la tête, troublé. Puis je dis :

– Quand tu as montré ta plaque et menti à ces gens, ça t'a été assez facile, non ?

Il me jeta un regard noir.

– Qu'est-ce que tu veux dire ?

Je déglutis.

– Je ne crois pas que je saurais mentir aussi bien que toi.

Cody haussa les sourcils.

– Tu me déçois, Jack. Tu n'as toujours pas compris. Je viens de t'expliquer : les choses sont rarement simples. Nous voulons découvrir toute la vérité, mais la plupart du temps il nous en manque un peu. Enfin, nous savons ce que nous savons… mais il arrive qu'on ne puisse pas totalement le prouver parce que la barre est placée trop haut. Les bons flics font tout leur possible pour coffrer les méchants. Et parfois ils ont besoin d'un peu d'aide… Celle de leurs coéquipiers (ce qui voulait dire moi, en l'occurrence), ou celle d'un juge.

Visiblement, il était encore très préoccupé par l'affaire Coates.

Il s'avança vers moi, me saisit par le col et m'attira vers lui.

– Comme Margaret Thatcher l'a dit un jour, ne me laisse pas tomber, Jack… Rappelle-toi, je fais tout ça pour toi.

Ses yeux se durcirent. Je ne me sentis pas vraiment menacé. On s'était battus au lycée et, à l'époque, je lui avais mis la pâtée. Bien sûr, c'était avant qu'il devienne flic et apprenne toutes sortes de trucs.

– Je pense que c'était Garrett, dis-je.

– Tu penses ou tu sais ?

– C'était lui.

Il me lâcha.

– Voilà ce que j'avais besoin d'entendre de ta bouche : une putain de vérité !…

– Mais il y a beaucoup de choses qui ne sont pas logiques, objectai-je. Et plus j'y réfléchis, moins c'est compréhensible. Pourquoi le juge veut-il Angelina ? Est-il de mèche avec son fils ou agissent-ils chacun de leur côté ? Et comment sa femme peut-elle ne rien savoir ? Est-ce vraiment possible ? A-t-elle menti à Melissa ?

Cody haussa les épaules.

– Ne crois pas que je n'aie pas longuement songé à tout cela.

Je sais qu'il y a forcément un lien entre toutes ces choses, mais, pour l'instant, je n'ai rien trouvé.

– Et ces photos, existent-elles vraiment ? demandai-je. Le saura-t-on un jour ?

– Pour ça, il faut espérer que Brian guérira, soupira-t-il. S'il peut nous dire que Garrett était là, c'est gagné. Ça change tout. Brian témoigne, et aucun juge ne voudra confier un enfant à un truand qui a cherché à battre à mort un innocent. On n'aura plus besoin de ces photos. Alors sois optimiste : c'est incroyable ce que peut faire la médecine, de nos jours. (Il se pencha à mon oreille.) L'essentiel, c'est que Brian s'en sorte. Même s'il ne sait pas trop qui l'a agressé, s'il ne peut pas s'en souvenir. Tu vois ce que je veux dire... Si on lui parle d'abord, si on lui *suggère* que c'était Garrett, il sera assez malin pour jouer là-dessus.

Au début, je ne compris pas ce qu'il voulait me dire. Et puis si. J'aurais dû éprouver quelque chose, un vague sentiment de culpabilité...

– Je comprends.

– Voilà ! cria Cody en me frappant le bras. Voilà... De toute façon, c'est ce que voudrait Brian.

Je parlais avec Melissa sur mon portable, disant que Brian était toujours au bloc et qu'on n'avait pas encore de nouvelles de l'opération, quand je vis Torkleson dans le couloir et entendis Cody lui lancer :

– Il était temps !

Mettant fin à l'appel, je m'approchai pour les rejoindre. L'inspecteur avait l'air fatigué, hirsute et mal rasé. Il était debout depuis des heures, il n'avait pas dormi de la nuit. Il tenait une grosse liasse de papiers.

– Il faut envoyer une voiture chez le juge, lui dit Cody, pour ramener Garrett au poste et l'interroger. Soit il a participé à la tentative d'homicide, soit il était sur place pour exciter les autres. Il a sans doute attiré Brian là-bas, dans cette allée.

– Vous n'êtes pas sérieux ! répondit Torkleson. Il faut me

donner quelque chose qui le relie au crime pour que je puisse dépêcher des flics chez lui. Je sais que vous avez ce gars dans le collimateur, mais il n'est pas obligé de parler. Ce qu'il me faut, ce sont des présomptions légales. En béton. Son vieux est juge, ne l'oubliez pas.

Comme si je l'avais pu…

– Qu'est-ce que vous avez là ? lui dit Cody.

Torkleson brandit les documents.

– C'est la liste des appels du portable de la victime que vous avez demandée. C'était une bonne idée. (Il agita les papiers.) Votre ami a passé énormément de temps au téléphone, je peux vous le dire. Le plus facile a été d'imprimer les numéros. Maintenant, on va devoir passer un certain temps à les étudier avant de pouvoir faire des interpellations.

– Des empreintes sur l'appareil ? demanda Cody.

Torkleson fit la grimace.

– On y travaille.

– Ce qui veut dire ?… grogna Cody.

– On a un peu merdé sur ce coup-là. Le portable a été manipulé par une demi-douzaine de flics et probablement aussi par le truand qui vous a appelé. Les empreintes, dessus, sont à moitié effacées. À un moment donné, quelqu'un a dû le mettre dans sa poche, ou quelque chose comme ça, parce qu'il n'y a pas d'empreintes nettes. J'ai demandé aux gars de la scientifique d'en chercher des partielles, mais je n'y compte pas trop.

– Merde… dit Cody en lui prenant la liasse de papiers. (Il plissa les yeux devant les petits caractères.) Sur quelle période s'étendent ces appels ?

– Les quatre dernières semaines. Je vous l'ai dit, il a passé beaucoup de temps sur son portable.

– Waouh, quel bavard ! dit Cody en regardant la dernière page.

Son doigt frappa la ligne du bas et il me souffla :

– C'est le numéro du portable de Melissa… Ça va prendre des jours d'éplucher tout ça pour trouver comment Garrett a piégé Brian.

– Encore une fois, vous concluez trop vite qu'il s'agit de ce gosse, dit Torkleson.

Il hésita, me regarda, puis se retourna vers Cody.

– En plus, il faut tenir compte d'autre chose avant de mettre tous nos œufs dans le panier Garrett. Votre ami, Brian Eastman, fréquentait beaucoup la communauté gay. Je pense que vous le savez.

– Bien sûr, dit Cody.

– En fait, reprit l'inspecteur, il y a deux bars homo dans ce quartier. D'après ce que j'ai trouvé, il y allait assez souvent. Et si vous regardez une carte, l'allée où il a été agressé figure sur un trajet qui va de l'un à l'autre par des petites ruelles. On a envoyé des hommes pour voir s'il était dans l'un des deux hier soir, mais ce n'est pas facile de joindre la clientèle d'un bar un dimanche matin. On y arrivera, mais ça prendra quelques jours de travail intensif. En plus, d'après certains agents, ça pourrait être un crime fortuit. Votre ami allait peut-être d'un bar à l'autre quand des truands l'ont attaqué. Il était assez vulnérable avec son élégance, vous savez. Bien sûr, les flics ne veulent pas soutenir tout haut cette théorie parce que ce serait un crime haineux et que le maire péterait les plombs s'il venait à l'apprendre.

Cody regarda Torkleson droit dans les yeux.

– La plupart des meurtres sont des crimes haineux…

– Vous voyez ce que je veux dire. Ça pourrait devenir politique…

– Laissez tomber, dit Cody. Ça ne colle pas. Je ne dis pas que Brian ne fréquentait pas ces bars ou qu'il ne connaissait pas ces ruelles : c'était probablement un habitué. Mais quand il nous a appelés cette nuit il a dit qu'il avait reçu un coup de fil d'un type qu'il devait rencontrer. Peut-être ce mec a-t-il choisi un coin qu'il connaissait bien… je ne sais pas. Ou peut-être l'a-t-il désigné parce qu'il était assez près de l'Appaloosa pour que les gangsters puissent s'y replier. Mais Brian n'était pas là-bas pour draguer… on en est sûrs.

Torkleson mit du temps à comprendre.

– Attendez… *Il* vous a appelés ? Quand ça ?

– Je ne sais pas. Vers minuit, je crois.

– Et il devait voir ce type pour quoi ?

Cody hésita un instant. Je sentis un frisson me parcourir la colonne vertébrale. Était-on en train de se faire prendre ?

– Pour qu'il lui donne des informations, dit finalement Cody.

– Quel genre d'informations ? demanda l'inspecteur en reculant d'un pas, pour s'écarter de lui sans même s'en rendre compte.

– Je l'ignore. Brian en faisait tout un mystère. D'après lui, son contact devait lui fournir des tuyaux qui pouvaient nous aider dans notre affaire contre les Moreland. C'est pour ça qu'il était dans le centre la nuit dernière.

Là, Cody marche sans filet, me dis-je.

– Et c'est pour ça que vous m'avez demandé s'il avait des documents sur lui ?

Cody hocha la tête.

– Vous m'avez caché autre chose ?

– Non, répondit Cody.

Torkleson tourna la tête et me lança un regard noir.

– Et vous, McGuane ?

Je savais que j'avais l'air coupable. Mes joues brûlaient.

– Quoi ? dis-je.

Je tentai de ne pas regarder Cody.

– Vous m'avez très bien entendu.

Je soupirai.

– Ces infos devaient être des photos, avouai-je. Des photos du juge Moreland. Assez compromettantes pour qu'il renonce à vouloir me prendre ma fille.

– Ah… dit Torkleson d'un air entendu. Vous mijotiez un petit chantage en douce, hein ?

– Pas du tout, mentit Cody.

– Je vois… reprit Torkleson. Pour l'instant, je ne veux pas trop savoir. Mais plus tard j'aimerais connaître toute l'histoire.

– Merci, mon vieux, lui dit Cody.

Il changea très vite de sujet, revenant à la liste des appels :

– Je parie qu'il y a des coups de fil de Garrett là-dessus. On devra comparer tous ses numéros – de sa maison, de son portable, de l'Appaloosa et de ses potes gangsters – avec ceux-là.

– Exactement, dit Torkleson. Mais nous n'avons pas eu le temps de vérifier les numéros entrants et sortants. Ça demandera des jours à mon équipe, pour tâcher de savoir qui a parlé à qui.

Je compris qu'on s'en était sortis de justesse. Je relâchai lentement mon souffle.

Cody avait l'air déçu.

– Et si Garrett s'était servi d'un portable jetable ? lança-t-il. D'un de ces fichus TracFone que tout le monde peut acheter au supermarché ? Dans ce cas le numéro ne nous dirait rien, parce qu'on ne pourrait pas relier l'appareil à son possesseur.

Torkleson haussa les épaules.

– Sauf si on peut trouver un reçu de carte de crédit prouvant que c'est lui qui l'a payé. Vous connaissez la musique…

Je perdis courage. Pendant quelques instants, j'avais cru que ce serait une question d'heures. À présent, je n'étais pas sûr qu'on ait le moindre indice.

– Envoyez cette voiture chez le juge, insista Cody. Faites-le tout de suite, et traînez Garrett au poste par la peau des fesses pour l'interroger. Nous *savons* qu'il était dans cette allée.

Torkleson le regarda, perplexe.

– Comment savez-vous ça ?

– Jack a entendu sa voix derrière celle du gangster quand ce type a appelé. N'est-ce pas, Jack ?

– Il m'a semblé la reconnaître…

Torkleson me fixa longuement.

– Vous en êtes sûr ?

– Je ne peux pas l'être à cent pour cent, mais je pense l'avoir entendu parler derrière le truand.

– Vous pourriez en témoigner ?

– Oui, répondis-je sans broncher.

– Je suis un peu perdu… dit Torkleson en se tournant vers Cody. Vous avez dit que vous étiez avec une femme quand vous avez reçu l'appel. Et maintenant vous dites que McGuane était là, avec vous, et que c'est lui qui a répondu…

Cody agita ses sourcils à la Groucho Marx.

– On était tous les trois ensemble, si vous voyez ce que je veux dire…

Torkleson eut l'air dubitatif.

– Il plaisante, dis-je très vite. Cette femme est la mienne. On était tous ensemble quand son portable a sonné. Et elle me l'a passé parce que l'appel venait du mobile de Brian mais qu'elle ne reconnaissait pas sa voix. Je le jure devant Dieu.

– Écoutez, dit Cody, si vous traînez Garrett au poste et si vous vous acharnez sur lui avant qu'il ait eu le temps d'inventer une histoire, vous l'amènerez peut-être à nous dire des mensonges que nous pourrons percer.

– *Nous ?* répéta Torkleson. Vous suggérez que vous participerez à cette audition ?

– Peut-être de l'extérieur, répondit Cody, pour vous souffler quelques questions.

– Et foutre l'affaire en l'air ! répliqua Torkleson. Un flic suspendu mêlé à un interrogatoire ! Ça serait du joli…

– D'accord, dit Cody, je resterai à l'écart. Mais je garde la liste des appels. Vous pourrez la retélécharger facilement.

Torkleson s'épongea le front. Puis il me planta un doigt dans la poitrine.

– La seule chose qui me pousse à envoyer des hommes chez le juge pour faire interroger ce gosse, c'est votre déclaration. S'il s'avère qu'il était au lit toute la soirée, ou qu'il jouait aux cartes avec son cher papa, je suis foutu. Et vous aussi.

– J'ai compris.

Il me fixa encore quelques instants, puis regarda Cody.

– Allez-y, dit ce dernier.

Torkleson s'écarta pour sortir son portable. J'aurais pu l'embrasser à cet instant. En glanant quelques bribes de son appel, je compris qu'il conseillait aux agents de se montrer courtois et d'expliquer clairement qu'on demandait à Garrett de venir au poste à cause de mes assertions, et non parce que les flics avaient des preuves tangibles. Lorsque j'entendis ça, même moi je trouvai que leurs raisons de débarquer chez le juge étaient trop légères.

– On ne peut pas savoir ce que Garrett dira quand il parlera devant le magnéto, me souffla Cody. Peut-être qu'il inventera des choses qu'on pourra réfuter plus tard. Et si tu as entendu sa voix, ça ne se discute pas. À propos, tu t'en es bien sorti… Tu as donné à Torkleson juste ce qu'il fallait. Ça avait l'air plausible. Il a tout avalé. Tu pourrais peut-être faire un bon flic…

– Non, murmurai-je. Sûrement pas.

Nous restâmes tous les trois une heure dans la salle d'attente, incapables de rien faire. Nous levions les yeux dès qu'un médecin passait dans le couloir. Je reçus deux appels de Melissa. Chaque fois, je dus lui dire que Brian était toujours en salle d'opération.

Torkleson somnolait quand son portable vibra. Il se redressa, tapota toutes ses poches en imitant Cody sans le savoir, avant de trouver l'appareil dans celle de sa veste. Il l'ouvrit, puis se tut. Et se mit à rougir. Le regard meurtrier qu'il lança à Cody m'apprit que les choses ne s'étaient pas bien passées.

– D'accord, patron, dit-il à contrecœur. J'y serai dès que j'en saurai plus sur l'état de la victime. Oui, je vous présenterai mes excuses en personne.

Il ferma son portable si violemment que je me demandai s'il ne l'avait pas cassé.

– Vous m'avez grillé ! nous lança-t-il. À cause de vous, je suis dans une sale merde.

– Qu'est-ce qui s'est passé ? demanda Cody sans se laisser troubler par sa véhémence.

– Mes gars se sont pointés chez Moreland. Le type était furax. Il a appelé le maire, qui a appelé le chef, qui vient juste de m'appeler. Le juge dit que son fils était chez lui toute la nuit, il refuse de le laisser subir un interrogatoire. Il dit que M. McGuane le harcèle à cause d'un litige et que vous êtes un flic incontrôlable. Le chef m'a même demandé pourquoi j'étais en contact avec vous.

Cody haussa les épaules.

– Allez donc vous faire foutre ! s'écria Torkleson en se levant. J'ai une femme, une petite fille et la vie devant moi. Je ne peux pas vous laissez bousiller ça.

– Moi aussi, j'ai une femme et une petite fille, répliquai-je. Je fais ça pour ne pas les perdre.

Il faillit bondir sur moi, mais Cody se leva et posa une main sur son épaule.

– Voyez ce que ça nous apprend, murmura-t-il. C'est très révélateur… Ça veut dire que le juge sait ce que son fils fabrique. On s'interrogeait là-dessus : on se demandait s'ils agissaient ensemble. À présent, on le sait. Enfin, une zone d'ombre s'éclaircit, même si les choses ne pourraient pas être pire.

Torkleson, toujours furieux, repoussa sa main. Je le plaignis, tout en réfléchissant à ce qu'avait dit Cody.

– Messieurs, vous êtes là pour Brian Eastman ?

Nous n'avions pas vu le chirurgien approcher, franchissant les portes battantes au fond du couloir. Un homme petit et mince, portant des gants couverts de sang.

– Je suis désolé, dit-il, le regard fuyant. M. Eastman est décédé.

– Il est mort ? glapit Torkleson.

– C'était sans doute mieux pour lui. Avec de telles lésions cérébrales, il aurait pu ne jamais se rétablir.

Je me rassis et enfouis mon visage dans mes mains.

Nous avions perdu notre ami.

Notre défenseur.

Notre meilleur ami.

Les yeux de Cody ruisselaient de larmes.

– Mon Dieu… soupira-t-il. Je regrette d'avoir été aussi dur avec lui. Il ne le méritait pas.

Mardi 20 novembre

Plus que cinq jours

16

Quelque chose se tramait au bureau. Ce n'était pas une conspiration du silence, où tout le monde sait ce qui se passe, excepté la victime. C'était juste que, vu l'état des choses – une réunion à huis clos dans le bureau du président qui avait commencé tôt, avant l'arrivée du personnel, et qui se poursuivait après neuf heures du matin –, il devait y avoir un problème. Les couloirs et les box étaient silencieux. Pas de rires, pas de discussions animées. Seul un bruit de frappe s'élevait de tous les claviers. Je vis Pete Maxfield, le type des relations publiques, descendre le couloir vers la salle de détente en tirant sur son col, comme s'il avait trop chaud. Il avait l'air de se sentir *coupable*. En allant me chercher un café, je fis un saut dans le bureau de Linda pour lui demander ce qui se passait. Elle savait toujours tout. Mais elle n'y était pas.

Je demandai à Cissy, la réceptionniste, quand elle allait revenir.

– Oh, elle est là, me dit-elle. Elle est en réunion avec M. Jones.

– Qui d'autre est avec eux ? hasardai-je.

– M. Doogan, du bureau du maire.

J'eus soudain la bouche sèche.

L'enterrement de Brian devait avoir lieu le vendredi. Avec sa position à Denver, son meurtre faisait les gros titres. Le maire apparut sur les marches de l'hôtel de ville pour dire son indignation et sa tristesse, que Denver avait perdu un grand homme. Quand le reporter de Channel 9 lui demanda si c'était un crime homophobe à cause des préférences sexuelles bien connues de la victime, Halladay explosa : si c'était le cas, il veillerait personnellement à ce que son meurtrier écope de la peine maximale prévue par la loi. « Denver ne tolérera pas la haine ! » clama-t-il. Le chef de la police prit la parole ensuite, déclarant que ses hommes étudiaient toutes les pistes et qu'il y aurait sûrement des arrestations avant la fin de la semaine. Je savais par Cody que les flics n'avaient pas plus de preuves que la veille mais qu'un plus grand nombre d'enquêteurs travaillaient sur l'affaire, interrogeant tous les gens à LoDo susceptibles d'avoir vu Brian ou ses agresseurs cette nuit-là.

Melissa était assommée par le chagrin. Brian était son meilleur ami, et il avait tout bonnement *disparu*.

– Il a donné sa vie pour nous… me dit-elle à travers ses larmes.

Je ne sus quoi répondre, et la pris simplement dans mes bras. Je regardai Angelina dans son youpala, heureusement inconsciente de ce drame. Elle ne reverrait jamais son oncle Brian, et il n'y avait pas moyen de lui expliquer ça.

Cody partageait son temps entre notre maison et son appartement. La horde de reporters qui avait fait le pied de grue devant chez lui s'était dispersée pour suivre le meurtre de Brian Eastman. Lorsque je le voyais, il était si laconique qu'il avait l'air absent. Je n'arrivais pas à comprendre si la mort de Brian l'avait laissé sans voix ou s'il était plongé dans ses pensées afin de dresser un plan. Mais ce que je savais, c'était qu'il épluchait tous les appels qu'avait reçus Brian. Il se servit de notre ordinateur pour tenter de trouver les noms de ses correspondants, qu'il notait en regard de leur numéro lorsqu'il les dénichait.

Je craignais que Jeter ne débarque à tout moment, parce qu'il avait gardé l'enveloppe, et je fus soulagé d'apprendre que la tempête de neige annoncée avait bloqué les routes du Montana.

Cissy passa la tête dans mon bureau, murmurant quelque chose que je ne pus entendre.

– Pardon ?

– M. Jones voudrait vous voir.

Je pris une longue inspiration, puis je remis ma veste, rajustai ma cravate, et sortis pour aller me faire virer.

– Asseyez-vous, Jack, me dit Rex Jones lorsque j'entrai dans son bureau.

Je vis bien, au sourire triste de Linda, que j'avais vu juste.

– Vous connaissez Jim Doogan… reprit Jones quand Cissy nous eut quittés en fermant la porte.

J'acquiesçai en silence. Doogan me serra la main. Il avait l'air presque gentil. Malgré tout ce qui se passait, je continuais à bien l'aimer.

– Linda, demanda Jones, voulez-vous dire à Jack ce que nous avons découvert ce matin ?

Je l'entendais déjà : « Jack, la police dit que vous êtes mêlé au meurtre d'un certain Luis Cadena. Et que ce week-end vous êtes allé engager un gros bras, pour le charger d'intimider un gosse de dix-huit ans. »

Au lieu de ça, elle dit :

– Malcolm Harris a été arrêté ce matin à l'aéroport de Heathrow, juste avant de prendre l'avion pour Denver.

– Quoi ? !

Linda regarda Doogan pour qu'il prenne la suite.

– Votre ami Malcolm Harris est soupçonné d'être un gros poisson dans un réseau international de pédophilie, me dit-il. Apparemment, Scotland Yard et Interpol travaillent sur cette affaire depuis deux ou trois ans, et maintenant ils passent à l'attaque en arrêtant des douzaines de gens partout en Europe. Harris est considéré comme le pivot de cette bande de tarés. Il s'agit de choses graves. D'achat et de vente non seulement de pornographie infantile, mais aussi d'enfants, de tourisme sexuel en Asie – le pire qu'on puisse imaginer…

Je pensai aussitôt à la longue incursion de Harris dans le « bureau » du restaurant de Berlin, à ses joues cramoisies quand il en était sorti. Le propriétaire – sans doute un pédophile lui-même – avait-il des photos d'enfants sur son ordinateur ? Voire d'un enfant, en particulier ? Mon Dieu… Je tressaillis, l'estomac noué.

– Ça va ? demanda Doogan.

– En fait, il m'avait semblé un peu bizarre, dis-je, et je n'arrivais pas à comprendre pourquoi. En plus, sans raison apparente, j'avais très envie de le tabasser.

– Un *peu* bizarre ? répéta Jones en haussant les sourcils.

– Fichez-lui la paix, Rex, coupa Linda. Je connaissais Malcolm longtemps avant que Jack n'entre dans le service. Je l'ai toujours trouvé étrange, mais je n'aurais jamais soupçonné ça. (Elle eut un petit rire sec.) On croise des tas de gens bizarres, dans ce métier.

Là, je me rappelai la façon dont il avait observé la photo d'Angelina en disant l'avoir déjà vue. Je n'avais pas su quoi en penser sur le moment, mais je supposai alors qu'il avait regardé tellement de photos de petites filles qu'il les avait simplement confondues, ce salaud.

Bien des choses qu'il avait dites ce soir-là me revinrent en mémoire :

« Le fascisme rampant du politiquement correct… »

« Vous n'avez pas de bureaucrates qui regardent par-dessus votre épaule, qui vous disent comment parler, quoi penser et qui fréquenter… qui vous privent de votre liberté… »

« J'en ai vu assez pour ce soir. »

Et la joie manifeste que lui donnait la manière dont le veau était attendri dans cet endroit…

– Attendez !… m'écriai-je. Vous ne pensez quand même pas que j'étais au courant de ça ?

– Vous l'étiez ? lança Jones en haussant à nouveau les sourcils.

– Bon sang, non ! (Cette idée me donna la nausée.) Enfin, Rex, j'ai un bébé de neuf mois…

Il me semblait ridicule de devoir me défendre contre un président qui se nommait « Rex ».

– Je ne crois pas que vous saviez quoi que ce soit, dit Doogan, mais on a un problème.

Je secouai la tête, sans comprendre. Linda, elle, détourna les yeux.

– Nous… vous… on a fait la cour à ce type, reprit Doogan. Le maire lui-même a annoncé que sa société s'installerait dans la ville. Channel 9, qui, vous le savez, ne porte pas l'administration dans son cœur, a réclamé une explication. Tous les médias l'attendent… Même si c'est injuste, on est en première ligne. Imaginez que la presse titre : « Le service du tourisme et le maire de Denver ont courtisé un pédophile international ! »

– Jack, dit Jones, on va restructurer le service. Cette affaire est bien trop brûlante. Les ennemis du maire voient déjà notre budget comme une dépense somptuaire, et maintenant on a cette tuile… C'est ce dont on parlait tout à l'heure. Linda sera mutée aux congrès. On a un poste qui se libère là-bas… En plus, elle a le bénéfice de l'ancienneté…

– Autrement dit, je suis viré ?

Jones pinça les lèvres et acquiesça.

– La meilleure manière de traiter ce genre de problèmes, c'est de prendre les devants, expliqua Doogan. Si Channel 9 nous met au pied du mur, on pourra toujours dire que nous nous sommes réorganisés, en restreignant le personnel pour éviter ce genre d'ennuis à l'avenir. Votre nom ne sera jamais évoqué.

– Je regrette de ne pas pouvoir te prendre avec moi, dit Linda. Peut-être que s'il y a des débouchés plus tard…

Je me rassis. C'était trop, et trop vite.

– Je suis désolé qu'on en soit arrivés là, soupira Doogan.

– Vous ne savez pas à quel point j'ai besoin de ce poste, balbutiai-je. Vous n'avez pas idée…

– Prenez contact avec le bureau des ressources humaines, me dit Jones. Vous aurez de grosses indemnités de licenciement, et on vous doit encore des congés payés.

Je sentis leurs regards de compassion forcés peser sur moi. Surtout celui de Linda.

Cissy se plongea soudain dans un dossier lorsque j'ouvris la porte. Pete, qui avait rôdé dans la salle de détente pendant tout l'entretien, ne cachait pas son soulagement.

Je rentrai dans mon bureau et m'assis, hébété. Comment allais-je dire ça à Melissa ?

Voyant Doogan passer, je le hélai :

– Jim !

Il entra.

– Vous devriez peut-être fermer la porte, dis-je.

C'était la première fois que je le voyais mal à l'aise.

– En plus de ce scandale, attaquai-je, quel rôle dans mon renvoi a joué le juge Moreland ? Il sait que c'est moi qui ai envoyé des flics chez lui, l'autre nuit, pour parler à son fils du meurtre d'Eastman. Je me demande si l'affaire Harris n'est pas justement le prétexte qu'il cherchait.

Il haussa vaguement les épaules. Je repris :

– Vous ne répondez pas.

Il regarda le plafond, mon bureau, ses chaussures, tout sauf moi.

– Quelquefois, me dit-il enfin, je fais des choses qui me tiennent éveillé la nuit. J'essaie juste de me convaincre que diriger une grande ville peut parfois être délicat. Il arrive que l'on fasse des choses pour le bien général qui ne sont pas forcément justes ni agréables.

– J'imagine que ça répond à ma question…

– Il faut que j'y aille.

– Encore une chose, lui dis-je. Je dois vous faire part d'un problème autrement plus critique que mon licenciement. J'ai réfléchi à certains des propos que m'a tenus Harris. Il a des relations ici, Jim. C'est pour ça qu'il allait s'implanter en Amérique. En fait, à un moment donné, il m'a dit qu'ici il serait « intouchable ». *Intouchable*… Vous voyez pourquoi il a dit ça ?

Doogan eut l'air perplexe.

– Je n'en ai aucune idée.

– Il se peut que le maire ait sur les bras un problème beaucoup plus grave que ma petite personne.

Il haussa les épaules.

– Alors, on le traitera quand il se posera.

17

Après avoir vidé mon bureau de mes affaires personnelles, je quittai le service dans ma Jeep par une journée froide mais baignée de soleil. J'aurais dû être anéanti. En fait, j'avais l'impression d'être libéré d'un nouveau poids. J'étais gonflé à bloc, plein d'une énergie redoutable. Survolté.

J'appelai Melissa pour lui dire ce qui s'était passé.

– Oh, Jack… soupira-t-elle. Ne t'inquiète pas, tu trouveras un autre poste. Tu es très bon dans ton métier.

– Bien sûr, dis-je d'un ton sarcastique, il y a des débouchés dans le tourisme international partout dans la ville. Je n'ai qu'à me baisser pour les ramasser.

– On s'en sortira, m'assura-t-elle. Je pourrais reprendre mon travail après…

Je l'interrompis :

– Ne dis pas ça.

– Pourquoi faut-il que cela tombe sur nous ? dit-elle d'une voix entrecoupée.

– Je ne sais pas. C'est comme si on nous mettait à l'épreuve. Et j'en ai plus qu'assez.

– Donc, ça veut dire que tu seras à la maison pour déjeuner ?

Nous éclatâmes de rire, mais de ce rire gêné qui vous prend à la chute d'une blague comme : « Et à part ça, madame Lincoln, comment était la pièce[1] ? »

1. Allusion à l'assassinat du président Lincoln lors d'une représentation théâtrale à Washington, le 14 avril 1865.

– Alors ? demanda-t-elle.

– Je vais commencer par aller voir le juge. Il faut qu'on se parle.

Elle hésita.

– Tu crois que c'est une bonne idée ?

– Ça ne peut pas faire de mal. Qu'est-ce qui peut arriver ? Que le maire l'apprenne et que je me fasse virer ?

Je me sentais coupable de ne pas me sentir coupable. Mais, d'une certaine manière, mon renvoi me donnait les coudées franches.

Je me garai dans la rue en face du tribunal et montai les marches quatre à quatre. J'aurais foncé dans le hall si le gardien ne m'avait pas arrêté pour me dire de vider mes poches et de passer lentement par le détecteur de métal.

– Inscrivez votre nom et celui de la personne que vous désirez voir, ajouta-t-il en me tendant un bloc-notes.

J'écrivis : *Juge Moreland.*

Il me reprit le bloc en me demandant si le juge m'attendait.

– Je ne vois pas votre nom sur la liste agréée.

– Dites-lui que Jack McGuane est là pour lui parler.

J'attendis avec impatience pendant qu'il appelait à l'étage. Il écouta en secouant la tête avant de raccrocher.

– On dit qu'il ne vous attend pas.

– J'ai besoin de le voir.

L'homme plissa les yeux et me considéra. C'était une de ces occasions où le costume-cravate peut servir.

– Vous êtes avocat ?

– Non. Le juge Moreland veut m'enlever mon enfant.

– Je suis désolé, dit-il avec méfiance. Vous devez partir.

Tandis que je remettais mes clés et ma monnaie dans ma poche, je levai les yeux et vis Moreland lui-même entrer sur le côté par un sas de sécurité. Il portait un costume et un attaché-case, un manteau en poil de chameau posé sur le bras. Une épaisseur de verre nous séparait.

– Le voilà, dis-je.

Juste au moment où le gardien prenait sa radio pour appeler de l'aide, Moreland m'aperçut. Il sursauta. Nos regards se croisèrent.

Je lui parlai par gestes, tendant le doigt vers lui, puis vers moi. J'articulai en silence :

– J'ai besoin de vous parler.

Calmement, oh... très calmement, il se détourna et marcha vers son ascenseur privé. Il resta là, en me tournant le dos, à attendre l'arrivée de la cabine.

– Monsieur... dit le gardien, qui se leva pour contourner le comptoir.

De mon côté, les portes de l'ascenseur public s'ouvrirent et deux autres gardiens en sortirent.

Les trois hommes m'encerclèrent.

– Je m'en vais, dis-je, la gorge serrée.

En sortant dans la rue, je bouillais de rage. Arrivé à ma Jeep, je me retournai pour regarder le tribunal derrière moi. Les trois gardiens m'observaient, debout sur le perron. Et au septième étage, du haut de sa fenêtre, Moreland me considérait, les mains sur les hanches. Il était impassible.

J'étais à trois rues du palais de justice quand je trouvai enfin une place pour me garer. Les mains tremblant de colère, j'ouvris mon portable, appelai les renseignements pour avoir le numéro du tribunal et le composai.

– Bureau du juge Moreland, dit une réceptionniste.

– Jim Doogan, du bureau du maire, annonçai-je. J'ai besoin de parler au juge.

– Un instant, je vous prie.

Moins de trente secondes plus tard, j'entendis la voix mélodieuse de Moreland :

– Salut, Jim.

– Pourquoi ne voulez-vous pas me parler ? attaquai-je.

Il lui fallut un moment pour comprendre, puis il eut un rire ironique.

– Vous vous servez d'une ruse pour m'avoir au téléphone, monsieur McGuane. Ce n'est pas très chic. Au revoir…

– Ne raccrochez pas ! Vous devez entendre ce que j'ai à vous dire.

Un silence.

– Vous avez trois minutes, dit-il enfin. (Il avait repris sa voix de magistrat.) On m'attend dans la salle d'audience.

– Il faut que votre fils renonce à la garde de la petite, déclarai-je. Ça ne peut plus continuer. Il y a assez de gens qui ont souffert des deux côtés.

– Je ne comprends rien à ce que vous dites. Faites-vous allusion à la venue de la police chez moi pour interroger mon fils sur ce meurtre ? C'était vraiment stupide.

Dieu, comment pouvait-il paraître aussi raisonnable ?

– Garrett y a participé, répliquai-je. J'en suis sûr.

– Oh, allez… Il était à la maison, avec Kellie et moi.

– J'ai entendu sa voix. Je sais que c'était lui. Et que vous le savez.

– Vous croyez savoir beaucoup de choses, monsieur McGuane… Écoutez, je dois y aller.

– Aujourd'hui, j'ai perdu mon travail, répliquai-je.

– Je suis navré de l'apprendre, mais ça ne me concerne pas.

– En fait, si. Ça veut dire que j'ai tout mon temps pour vous combattre.

Il eut un nouveau rire.

– Pourquoi votre femme ne sait-elle pas, pour Angelina ? lançai-je. Comment est-ce possible ? À quel jeu jouez-vous ?

– Kellie ? s'étonna-t-il, l'air sincèrement surpris. Elle sait tout sur notre petite-fille. Cela fait un mois qu'elle lui prépare sa chambre.

– Là encore, vous mentez. Melissa l'a rencontrée par hasard, et votre femme n'a rien compris à ce qu'elle lui a dit.

Moreland soupira.

– Monsieur McGuane, je sais que c'est difficile pour vous. Mais vous n'avez pas à vous tourmenter à ce point-là. Mon offre tient toujours. Je ne demande qu'à vous aider à adopter un autre enfant. Je suis même étonné que vous ayez attendu aussi longtemps. Plus tôt vous engagerez les démarches, et plus tôt vous pourrez avoir un nouveau bébé.

– Mais à quoi jouez-vous ? dis-je, en hurlant presque. À quoi ? !

– Je ne joue pas. Je vous l'ai déjà expliqué. Mon fils doit répondre de ses actes. C'est aussi simple que ça.

– Je pense que vous n'ignorez rien de ses combines, affirmai-je. Vous deux, vous êtes liés par quelque chose d'inavouable.

– Oh, je vous en prie… (Il avait l'air étonnamment sincère.) Je commence à penser que j'ai fait une erreur en vous laissant autant de temps, à vous et votre femme. Cela vous a donné des semaines pour vous monter la tête et commencer à voir des conspirations partout. Franchement, je vous croyais au-dessus de ça.

– *Vous tentez de nous voler notre fille !* m'écriai-je. Bon sang, vous croyiez qu'on vous laisserait faire ?

– Vous voulez dire, la fille de Garrett et ma petite-fille, dit Moreland d'un ton las. Je regrette, mais on en a déjà parlé.

– Vous allez me dire que vous ne savez pas que votre fils trafique avec des gangs mexicains ? Avec Sur 13 ?

– Je ne vois vraiment pas ce que vous voulez dire.

– C'est ça, niez… Où est la vérité dans tout ça ? Vous est-elle devenue complètement égale ? Avez-vous tellement l'habitude qu'on observe tous les jugements que vous rendez que vous vous prenez pour un dieu ? Que vous êtes convaincu d'avoir raison en tout ?

– Vous vous rendez ridicule, monsieur McGuane. C'est assez pitoyable.

Je m'interrompis. Je tremblais. Je sentais à sa voix qu'il allait raccrocher d'un instant à l'autre. J'aurais aimé être plus cohérent.

– Faites signer les papiers à votre fils, réclamai-je, et il n'y aura plus aucun incident.

Il reprit, d'une voix si ferme et raisonnable qu'elle m'exaspéra :

– Je vous en prie, réfléchissez à ce que vous dites. Vous me menacez ? Vous menacez vraiment un juge fédéral ? Je pense qu'on devrait oublier ces paroles, monsieur McGuane, sinon vous pourriez être accusé d'un crime fédéral. Ce n'est pas que je vous menace… pas du tout. Je vous informe. Vous ne savez pas ce que vous dites. Mettons ça sur le compte de votre inexpérience et d'une trop grande émotivité.

– Qu'est-ce que vous cachez ? répliquai-je.

– Je crois que cette discussion touche à sa fin.

– Dites-le-moi ! !

– Au revoir, monsieur McGuane.

– Écoutez, dis-je, je suis peut-être un plouc du Montana qui a pété les plombs, mais Melissa est la femme la plus merveilleuse que j'aie jamais rencontrée. C'est une mère formidable, elle aime Angelina comme aucune femme n'a jamais aimé son enfant. Vous ne pouvez pas nous prendre notre fille. Je ne le permettrai pas.

– Vous avez cinq jours, monsieur McGuane. Faites-en bon usage. Maintenant, si vous voulez bien m'excuser, je dois aller travailler.

– Ne raccrochez pas !

– Au revoir.

J'allai droit au Shelby's, sur la 18e Rue – le bar où m'avait emmené Cody –, et collai un billet de 50 dollars sur le comptoir humide.

– Servez-moi jusqu'à ce que je l'aie claqué, dis-je au barman. Ou que je sois vidé.

Cody me trouva à peu près à l'heure où les flics se pressent au bar, en fin de journée. Il me frappa le bras si fort que je faillis tomber de mon tabouret.

– Imbécile ! cracha-t-il. Melissa est folle d'inquiétude. Qu'est-ce qui t'a pris d'éteindre ton portable ?

Je tentai de dire : « Je l'ai laissé dans la voiture », mais je ne pus sortir que du charabia.

– Je te ramène chez toi, dit-il. On pourra passer prendre ta Jeep demain.

Il m'aida à sortir du bar.

– Tu es un bon copain, bredouillai-je.

Ce qui donna : « Tuè bon cop'n. »

– Ferme-la. On prendra un café en route.

– Du bourbon !

– Non.

– J'ai la tête qui éclate.

« Gé lateut kii… »

Nous avions à peine démarré que j'éructai, pris de nausées.

– Pas dans ma voiture, patate, dit Cody en quittant précipitamment la nationale pour que je vomisse dehors un peu plus loin.

Mes renvois me brûlèrent comme de l'acide. Je dus salir un peu sa portière.

– Je connais ça, dit-il quand je revins m'écrouler sur mon siège. C'est notre petit enfer à nous, pas vrai ? Mais on aura beau dire, on passe quand même un bon moment avant d'y arriver.

Puis il ajouta :

– Essuie-toi la bouche.

– Pour moi, la journée a été bonne, déclara Cody.

J'ouvris les yeux. J'avais l'impression d'avoir dormi des heures, alors qu'on venait de quitter le centre.

– Quoi ?

– J'ai dit que j'avais passé une bonne journée. Et c'est rare. Avec la liste des appels de Brian. Je crois que je tiens quelque chose.

Il me fallut un moment pour comprendre.

– Cesse de t'apitoyer sur toi-même, reprit-il. Tu dois être fort pour Melissa dans les jours qui viennent. J'espère que tu t'es bien purgé.

Je hochai la tête, de peur de parler et d'avoir l'air bête.

– Je prends ça pour un oui, conclut-il. Maintenant, écoute-moi : je vais devoir partir. Peut-être deux ou trois jours, je ne sais pas encore. Il y a une chose que je dois vérifier, un truc sur cette liste. Alors, si vous ne pouvez pas me joindre, Melissa et toi, ne vous inquiétez pas. Je reviendrai.

J'essayai de répondre. Impossible.

– Ouais, je sais qu'on n'a plus beaucoup de temps, admit-il.

– Tu vois ton nouvel ami ? dit Cody quand nous arrivâmes dans ma rue.

En regardant par la vitre, je vis trois voitures de police garées en face de chez nous, empilées les unes sur les autres. Non… pas trois. Quand j'arrivai à accommoder, je m'aperçus qu'il n'y en avait qu'une.

– Ils veulent s'assurer que vous ne chercherez pas à vous enfuir avec le bébé. Ce flic a été là tout l'après-midi… Tu as trouvé le moyen de faire chier le juge aujourd'hui ?

– Oui.

– C'est bien ce que je pensais. Il se sert de ses liens avec le shérif.

Melissa m'accueillit à la porte. J'aurais préféré qu'elle me gronde, qu'elle me passe un savon. Dieu sait que je le méritais…

Elle m'aida à me déshabiller. Le plafond se mit à tourner et je courus aux toilettes. Je n'avais plus grand-chose à vomir. Je pris une douche, ce qui m'éclaircit un peu les idées, et me gargarisai longuement avec un bain de bouche.

J'étais au lit quand Melissa vint avec Angelina pour qu'elle me fasse un baiser pour la nuit.

– Excusez-moi, leur dis-je. Je suis désolé.

– Dors un peu, répondit Melissa, emportant la petite pour la coucher.

Cette nuit-là, je fis un rêve. Un rêve d'alcoolique, cinématographique : une paire de phares s'allumait soudain dans un garage sombre. Des centaines de phalènes tournoyaient dans la lumière. Non, pas des phalènes… des flocons de neige. Un moteur rauque partait en rugissant et, dardant sa calandre telle une rangée de crocs, le pick-up démarrait en fonçant à travers les congères. La neige explosait lorsque le vieux tacot ruait à chacune d'elles, mais il roulait assez vite pour ne pas s'enliser dans leur couche épaisse.

Après quoi, il débouchait sur une route à deux voies, couverte de verglas. La pleine lune éclairait la neige dans les prés et le verglas sur la chaussée, mais le pick-up ne décélérait pas. Peu à peu, à mesure que le dégivreur dégageait le pare-brise, j'arrivais à voir le chauffeur.

Il était penché sur le volant, le cou tendu en avant. Ses yeux étaient froids comme des pierres, mais un demi-sourire plissait ses paupières. Sur le siège près de lui reposait tout un arsenal : carabines, fusils, Taser, matraques, revolvers, semi-automatiques.

Finalement, la route à deux voies se fondait dans l'autoroute inter-États, qui tournait rapidement vers le sud. Le verglas se désagrégeait. Le pick-up prenait de la vitesse et, bientôt, il descendait l'autoroute à toute allure, baigné par la lune. Il n'y avait personne d'autre sur les voies. Tandis que le véhicule fonçait dans la nuit, des morceaux de verglas se brisaient sous lui, volant au ras du sol comme des traînées de comètes.

Le chauffage soufflait un feu d'enfer et la radio hurlait à plein volume, alternant entre de la country pleine de guitares à cordes métalliques et un prédicateur à la voix hypnotique, exhortant ses fidèles. La cabine sentait l'essence, la sueur et la graisse à fusil.

Au train où le verglas et la neige s'envolaient du pick-up, Jeter Hoyt pensait qu'il serait propre et net quand il arriverait à Denver.

MERCREDI 21 NOVEMBRE

Plus que quatre jours

18

Ç'avait été une journée affreuse. Je me réveillai avec une migraine monstre et un goût atroce dans la bouche. En me brossant les dents, je me regardai dans le miroir de la salle de bains. J'avais une sale tête : mes yeux étaient comme des braises nageant dans des flaques sombres. Je semblais avoir vieilli de dix ans et j'avais l'impression d'en avoir cent. La culpabilité qui ne m'avait pas effleuré la veille me taraudait à présent, me poussant à me demander pourquoi j'avais noyé un bon après-midi dans l'alcool en m'apitoyant sur moi-même, alors que j'aurais pu être chez moi avec ma femme et ma fille, *faire* au moins quelque chose.

Il était dix heures du matin lorsque je m'habillai. Après tout, je n'avais nulle part où aller.

Melissa jouait dans le salon avec Angelina et la faisait rire. Quand je les vis toutes les deux par terre, je mesurai ce que j'avais manqué en travaillant toute cette année. Beaucoup, je le savais. C'était là, pas au bureau, que les choses importantes se passaient.

– Pa ! s'écria gaiement Angelina.

Je la soulevai et embrassai sa joue potelée. Dieu, comme les bébés sentent bon… À nouveau, je me demandai à quel âge ils perdaient cette odeur suave. Et je me dis : Je ne l'apprendrai peut-être jamais.

– J'ai pensé qu'il valait mieux te laisser dormir, dit Melissa en la reprenant. Tu étais complètement dans les vapes.

– Excuse-moi.

– Sauf à un moment donné, où tu t'es redressé dans le lit en criant : « Le voilà ! » C'était intéressant…

– J'ai rêvé que Jeter arrivait, expliquai-je.

Melissa soupira.

– Espérons que tu n'es pas devin…

Puis elle secoua la tête et retourna son attention vers Angelina.

Je marchai à pas de loup vers la fenêtre, écartant les rideaux.

– Il est toujours là, m'annonça Melissa.

En effet : j'aperçus la voiture de police. Je me rappelai vaguement l'avoir vue la veille au soir.

– Il y a un autre flic au coin de l'allée, ajouta-t-elle.

– Tu me fais marcher !

– J'aimerais bien. Je l'ai vu ce matin en sortant la poubelle. Un chic type qui s'appelle Morales.

– Humm…

– J'ai pensé, reprit-elle, comme tu vas être à la maison pendant un certain temps, que je pourrais te demander de sortir la poubelle.

– Bien sûr.

– Je te donnerai peut-être aussi quelques autres choses à faire. Ça ne te réussit pas d'être désœuvré.

– C'est vrai.

– En plus, si tu passais ton temps à traîner, ça me rendrait folle.

– Je n'ai jamais été au chômage, je ne sais pas trop quoi faire.

– Cherche un autre travail, pour commencer. Je t'ai laissé la page des petites annonces. Tu trouveras peut-être assez vite, qui sait ? Inutile de te dire que le plus tôt sera le mieux.

– Qui sait ? répétai-je.

– S'il faut qu'on déménage, on le fera, dit-elle en faisant rebondir Angelina sur ses genoux, à la grande joie de notre fille.

Je les regardai toutes les deux et sentis mes yeux s'embuer. Je détournai la tête.

Tout en mangeant des céréales, je les observai. Je me rendis compte que Melissa ne semblait pas avoir pris de mesures pour le départ d'Angelina, alors qu'on était à quatre jours de la fin du délai. Elle n'avait pas préparé de caisses, n'avait vidé aucun tiroir. Elle se comportait comme si elle niait l'inévitabilité de la séparation. Et moi aussi, m'avouai-je.

Des voitures de police étaient garées en face de la maison et dans le bas de la rue, à l'entrée de l'impasse. Nous n'avions aucun moyen de nous glisser entre elles, même si nous l'avions voulu. Et pour aller où, de toute façon ? Pour camper dans la voiture avec le bébé, toujours sur le qui-vive ?

Les endroits prévisibles où nous aurions pu aller étaient le ranch de mes parents, chez la mère de Melissa à Seattle ou bien chez son père à Phoenix. Mais, justement parce qu'ils étaient prévisibles, ce serait là-bas que les autorités iraient chercher en priorité.

Nulle autre solution ne me venait à l'esprit. Si nous tentions de vivre sur la route, nous viderions notre petit compte en banque si vite qu'il en aurait le hoquet. Mes indemnités de licenciement ne me seraient pas versées avant des semaines. Après quoi, l'encaissement du chèque permettrait au shérif de nous localiser, où que nous soyons. Nos cartes de crédit ne tiendraient pas longtemps. Et nous n'avions pas d'autres revenus.

Il était impossible de vendre la maison pour reprendre les maigres fonds que j'y avais placés et les utiliser pour filer. Dans l'état actuel du marché immobilier, ça pourrait prendre des mois. Je tirerais peut-être quelques milliers de dollars de ma Jeep et deux ou trois de la voiture de Melissa, mais nous n'aurions plus rien pour nous échapper.

Toutes ces solutions étaient nulles. J'avais envie de retourner au bar des flics pour me soûler encore une fois. Je passai le reste de la journée à ranger le grenier, pour que Melissa ne m'ait pas dans les pattes. Je cherchai des objets à vendre, au cas où. Je gardai Angelina pendant sa sieste, le temps que Melissa fasse un saut au supermarché. À son retour, elle me dit qu'elle avait demandé au flic en bas de la rue – à l'entendre, un type très gentil – s'il avait l'intention de la suivre. Il avait répondu qu'il avait ordre de le faire seulement si je l'accompagnais, si nous avions l'air de vouloir nous enfuir avec la petite.

– Qu'est-ce qu'ils ne vont pas imaginer… dit-elle, éberluée.

Quand le téléphone sonna après le dîner, je courus décrocher pendant que Melissa changeait Angelina.

– C'est Jeter. Ça m'a pris un bout de temps, aujourd'hui, pour trouver le Club Appaloosa.

Un tremblement m'agita de la tête aux pieds, jusqu'au bout des orteils, recroquevillés dans mes chaussures.

– Vous êtes à Denver ?

– Ouais, depuis midi. J'ai trouvé une chambre et j'ai dormi un peu. Maintenant qu'il fait nuit, j'aimerais me mettre au boulot. Mince… comme cette ville a changé… Avant, ce n'était qu'un vulgaire patelin. Je n'arrive presque plus à m'y retrouver. Il y a combien d'habitants aujourd'hui ?

– Deux millions cent neuf mille.

Il réfléchit :

– C'est deux fois plus que dans le Montana.

– Oui.

– Et d'où viennent tous ces gens ?

– De partout, répondis-je. Où êtes-vous en ce moment ?

– Dans un hôtel minable de West Colfax Avenue. Au moins, cette partie-là n'a pas beaucoup changé. Il y a toujours des prostituées, mais je ne crois pas avoir vu un seul Blanc depuis mon arrivée. On se croirait dans une rue de Tijuana.

Je ne sus pas quoi dire.

– J'ai appelé Cody, et comme il ne répondait pas, j'ai voulu vous prévenir. J'irai au club ce soir.

– Non, Jeter, je vous en prie…

– Quoi ? Vous avez peur de ne pas pouvoir me payer maintenant que Brian est mort ? Laissez tomber. C'est un service que je vous rends, à vous et au bébé.

– Attendez, ne faites rien avant que j'y sois…

Il raccrocha.

Quand j'attrapai ma veste, Melissa me héla :

– Où vas-tu, Jack ?

– Je crois que tu préférerais ne pas savoir… J'ai reçu un appel de Jeter.

Ce seul nom lui dit tout et elle se détourna. Je me demandai si elle se sentait aussi sale et paniquée que moi.

Juste avant de monter dans ma Jeep, j'entendis vrombir le moteur de la voiture du flic, en face de chez nous. Un instant, je fermai les yeux et restai immobile, la portière ouverte. S'il me suivait jusqu'à Zuni Street…

Je claquai la portière et traversai la rue. L'agent était jeune, le teint frais, avec des cheveux bruns et le nez épaté. Quand il me regarda avec son froid regard de flic, je lui fis signe de baisser sa vitre. Il dit quelque chose dans son micro – sans doute pour signaler ma présence à son collègue, posté un peu plus bas –, puis sa vitre s'abaissa à moitié.

– Bonsoir, dis-je.

– N'allez pas plus loin.

Je m'arrêtai et levai les mains.

– Je suis inoffensif.

Il hocha la tête.

– Comment vous appelez-vous ? demandai-je.

– Sanders. Billy Sanders.

– Et Morales, c'est le nom de votre collègue, là-bas ? Ce serait mieux de lier connaissance et de bien s'entendre, parce qu'on va passer pas mal de temps ensemble.

Il sourit.

– Votre femme l'a déjà rencontré.

– Écoutez, mentis-je, je vais aller dans le centre boire quelques bières, comme hier soir. Je me demandais si vous auriez envie de venir avec moi.

– Quoi ?

– Pourquoi rester ici toute la soirée ? C'est moi qui conduirai, comme ça vous pourrez me tenir à l'œil et vous taper une bière.

Ça me plairait d'avoir de la compagnie, parce que boire tout seul, ça craint… Ça vous dit ?

Il sourit, sans hostilité.

– J'aimerais bien, mais je suis en service jusqu'à l'arrivée de mon remplaçant.

– Je pourrais revenir à ce moment-là, proposai-je.

Il réfléchit un instant, puis :

– Nan, impossible.

– Vous êtes sûr ? C'est moi qui régale.

Il secoua la tête. J'ajoutai :

– Alors, peut-être demain soir ?

Il rit.

– Peut-être…

– Je vais dans un bar qui s'appelle le Shelby's. Vous connaissez ?

– Je vois… Merci de m'avertir.

– Dans la 18e Rue.

– Je sais où c'est.

– Je vous verrai peut-être plus tard. Et puis, si je bois trop, vous serez peut-être forcé de me raccompagner…

Il rit à nouveau.

– Je n'ai pas été de faction très souvent, mais je n'ai encore jamais surveillé des gens aussi gentils que vous. Vous me donnez des soupçons, pour être franc.

– Désolé.

Sa vitre remonta.

Je me retournai, marchai jusqu'à ma Jeep et sortis lentement de l'allée. Je l'observai dans mon rétroviseur. S'il décidait de me suivre, j'irais juste au Shelby's et lirais les exploits de Jeter plus tard dans le journal. À vrai dire, j'espérais un peu que Sanders me suivrait. Mais, comme je le supposais, le flic ne bougea pas. Il ne voulait pas être coincé à la fin de son service, ni forcé de me ramener ici, et il savait que si je n'avais pas ma famille avec moi il n'avait pas de raison de me suivre.

19

Dans Zuni Street, je remarquai deux choses en arrivant : les lampadaires étaient tous éteints et mes phares éclaboussèrent à la fois le Hummer de Garrett et un pick-up sale immatriculé dans le Montana.

– Il est là, dis-je à voix haute.

Comme il faisait très sombre, l'Appaloosa se voyait de loin, avec ses néons en forme de bière sur ses vitres garnies de barreaux, tranchant sur les baraques condamnées et les commerces fermés qui l'entouraient. Les lumières de la ville emplissaient le ciel d'un halo crémeux, mais n'atteignaient pas ce trou obscur.

À côté du Hummer et de ce qui semblait être le pick-up de Jeter trônaient quelques autres véhicules : une Buick classique des années 70 et des Cadillac « bateaux » aux chromes rutilants, avec des dés en peluche accrochés aux rétroviseurs. Une des plaques minéralogiques portait le numéro *13 13*, encadré par les vertes montagnes du Colorado. Le M étant la treizième lettre de l'alphabet, il fallait lire « MM », « Mafia mexicaine ».

Je m'arrêtai au bord du trottoir, éteignis mes phares, et le Hummer retomba dans l'obscurité.

Je restai assis un moment, terrifié, dans le silence. Jeter était visiblement déjà à l'intérieur. J'entendis un bruit de basse monter de l'Appaloosa. Et quand mes yeux se furent habitués à l'obscurité je distinguai les contours du club. Il était petit et carré. L'éclat des néons, *Pacifico*, *Corona* et *Negra Modela*, me parut croître en intensité. Je fus tenté de rentrer chez moi.

– Non ! hurlai-je dans ma Jeep.

J'en sautai juste à temps pour voir un rectangle de lumière se découper sur la façade – l'ouverture de la porte –, puis la haute silhouette de Jeter, en long manteau de cow-boy, s'encadrer sur le seuil avant que la porte se referme. Il avait observé le club du dehors et il venait d'entrer.

Je me déplaçais toujours avec des vêtements d'hiver dans mon coffre. J'ouvris le hayon à toute volée, descendis la fermeture éclair de mon sac marin et en sortis un bonnet de laine. Je pensais qu'en le tirant très bas sur mes yeux peut-être – peut-être... – Garrett ne me reconnaîtrait pas. Je voulais suivre Jeter à l'intérieur et le sortir de là avant qu'il n'arrive quelque chose d'affreux. Je garderais la tête baissée et le traînerais dehors s'il le fallait, avant que Garrett le remarque ou me reconnaisse.

En marchant rapidement vers le club, je sortis mon portable et tapai le numéro abrégé de Cody. Je ne comptais pas lui parler, juste entrer en contact avec lui. Je ne m'attendais pas à ce qu'il me réponde. Je serrai le téléphone dans ma main. Si j'entrais là-dedans et si tout virait au chaos, je voulais qu'il puisse l'entendre plus tard sur sa boîte vocale et aller soutenir Melissa.

J'ouvris lentement la porte du club et me glissai à l'intérieur. Le vacarme de la musique – je ne reconnus ni la chanson ni l'artiste, mais le rythme était lancinant – me frappa en pleine figure et redoubla les battements de mon cœur. J'appréciai rapidement les lieux : la salle était plus petite qu'il ne semblait de l'extérieur et plus sombre et plus vide que je ne l'avais imaginé. Deux Latinos moroses en tenue de motard étaient perchés au bar à l'entrée. Un barman chauve, obèse, en marcel, se tenait derrière le comptoir. Ses gros bras étaient couverts de tatouages et son menton orné d'une petite barbe tressée. Il pointait une télécommande vers une télé pourrie, montée dans un angle au-dessus du bar. Je vis une petite piste de danse déserte en lino craquelé et quelques box inoccupés le long du mur du fond. Là-bas, éclairés par une lumière noire, cinq clients occupaient une table ronde, sous un dense halo de fumée.

Jeter était au bar entre les deux motards, essayant d'attirer l'attention du serveur. Son manteau de cow-boy lui descendait jusqu'aux genoux. Et pendait sous les bras : il avait du matos… et du lourd. Il héla de nouveau le barman, mais le gros l'ignora en zappant tellement vite qu'on aurait dit une projection de diapos déréglée. Il passa furieusement d'une chaîne à l'autre jusqu'à ce qu'on aperçoive un éclair de chair féminine et que l'un des motards s'écrie : « Là ! » Alors, il pianota lentement sur sa télécommande pour retrouver l'image, une émission sur une chaîne payante.

Je ne voulais pas m'asseoir à côté de Jeter pour ne pas m'exposer plus qu'il ne fallait. Gardant la tête baissée, je pris un tabouret à trois mètres de lui. Je l'observai du coin de l'œil, notant que le mépris du barman l'énervait de plus en plus. Finalement, le chauve posa la télécommande sous un poster d'Anthony Quinn dans *¡ Viva Zapata !* et se tourna vers lui avec un regard las. Il ne savait pas à qui il avait affaire…

Je ne me retournai pas pour épier les clients attablés, cherchant seulement à voir de qui il s'agissait en lorgnant le miroir embué derrière le comptoir. Trois hommes et deux Blanches aux allures de putains. La fumée de leurs clopes et la crasse du miroir n'aidaient pas à les distinguer. Il y avait des douzaines de verres vides sur leur table et un cendrier qui débordait. La lumière noire derrière le groupe donnait une note crue, faisant ressortir les empreintes sales sur les verres, le rouge à lèvres des filles et le blanc des tee-shirts extra-larges des deux Mexicains. Leur plan de table respectait l'alternance des sexes : garçon-fille-garçon-fille-garçon. Le brun du milieu souriait bêtement en marquant de la tête le rythme de la musique pendant qu'une blonde, à ses côtés, le fixait en bougeant le bras – je compris alors qu'elle le branlait sous la table. L'autre fille, coiffée à la punk, tripotait un anneau d'argent sur sa lèvre inférieure et leur jetait par moments des coups d'œil. Garrett était à l'extrême gauche de la table, buvant dans une grande tasse, d'où dépassait l'étiquette d'un sachet de thé. Pour une raison ou pour une autre, ce fut cela qui me frappa le plus : qu'il ait l'audace de boire du thé dans un endroit pareil. Un instant, je l'admirai presque, mais un instant seulement. À nouveau, je me demandai quel était son lien avec ces truands et pourquoi il les fréquentait.

Je fus rassuré de voir qu'aucun des cinq ne semblait avoir remarqué la présence de Jeter. Ils étaient tellement centrés sur eux-mêmes qu'ils n'avaient pas levé les yeux. Je savais pourtant que ce n'était qu'une question de secondes. Avec son grand manteau, il était difficile à rater.

Je ne parvins pas à attirer son attention. Je voulais qu'il me regarde pour lui faire signe de se barrer d'ici. Il fallait qu'il me voie !

– Je cherche un parasite du nom de Garrett Moreland, dit Jeter assez fort au barman. Il est là ?

Son culot m'atterra.

L'homme parut n'avoir pas entendu. Je jetai un coup d'œil au miroir pour m'assurer que Garrett n'avait rien saisi non plus.

– Jeter ! sifflai-je. On s'en va.

Le motard de mon côté leva les yeux de son verre et me jeta un regard mauvais, mais Jeter fit semblant de ne pas me voir.

– J'ai dit, Garrett Moreland, grogna-t-il. Est-ce qu'il est dans ce bouge ?

Le barman l'ignora ostensiblement. Il longea le comptoir en se dandinant pour demander à chaque motard s'il avait besoin de quelque chose, passant devant moi comme si je n'existais pas. Je fus scié par la quantité et la misogynie de ses tatouages : des crânes percés par des lances, des femmes empalées sur des enjoliveurs de capot de Chrysler des années 70, des pénis en forme de dagues, le drapeau américain dégoulinant de sang dans la bouche d'une caricature du vice-président Dick Cheney.

– Bon sang, Jeter ! gueulai-je en tentant de couvrir la musique. Il faut qu'on parte !

Le motard à ma droite voulut une autre bière. Le gros barman revint tranquillement vers la pompe pour lui tirer une pression. Il ne me jeta pas un coup d'œil. Pendant qu'il remplissait un verre juste en face de Jeter, je vis ce dernier faire une chose effrayante : il sourit.

– Soit tu me dis si ce foutu Garrett est là, sale métèque, dit-il d'une voix traînante, soit ça pétera partout autour de toi.

Il y eut un court silence à la fin de la chanson. Le barman remplit le verre. Je le vis plisser les yeux vers la table sous la lumière noire.

– Jeter… dis-je.

Comme je me concentrais sur lui, je faillis ne pas remarquer les gestes du barman, qui farfouillait sous le comptoir. Puis, avec l'agilité étonnante d'un obèse qui, pendant des années, a travaillé la vitesse de ses bras, il recula d'un pas avec une batte de base-ball, la leva au-dessus de sa tête et écrasa la main de Jeter. J'entendis les os craquer avec le même bruit étouffé que des brindilles qu'on casse sous ses pieds.

Je restai figé sur mon siège.

Jeter ne poussa pas un cri, n'ôta même pas sa main. Au contraire, il se tourna vers le barman, l'air de dire : « Je n'arrive pas à croire que tu aies fait ça… »

Étonné que le coup n'ait pas mis à genoux ce Blanc cinglé au manteau grotesque, l'homme reprit son élan et brandit à nouveau sa batte, fracassant la main déformée de Jeter en brisant probablement tous les os intacts qui restaient. Je n'oublierai jamais le bruit du choc : comme s'il avait frappé un paquet de bretzels.

J'ignorais pourquoi il avait fait ça. Je ne le saurai et ne le comprendrai jamais. Tout ce que je peux imaginer, c'est qu'il réagissait à l'insulte et l'avait déjà fait en pareilles circonstances, pour chasser des clients. Mais, tout comme ma vie ces semaines-là, ce qui survint après dépassait l'entendement.

Nous avons tous entendu l'expression « on lui a explosé la tête ». Je suis là pour vous dire que ça ne se passe pas tout à fait comme ça. Je le sais parce que, au moment où Jeter plongea la main droite dans son long manteau, en sortit le fusil à double canon scié appelé autrefois « *coach gun* » parce que c'était l'arme préférée des conducteurs de diligence, puis le pressa sur le front du barman et tira avec les deux canons, eh bien, la tête de l'homme n'explosa pas vraiment. Le quart supérieur disparut, et ce qui restait du miroir du bar fut aspergé de sang, de cervelle, de bouts d'os et de peau. Le barman s'écroula par terre comme une marionnette dont on aurait coupé les ficelles, entraînant dans sa chute un plateau de bocks de bière.

Le bruit fut si terrible que mes oreilles bourdonnèrent. Les deux motards sautèrent de leur siège et passèrent devant moi pour foncer vers la porte. Je les regardai de haut avec détachement, comme si mon esprit était séparé de mon corps.

Jeter était furieux. Il regarda un instant sa main brisée et dit :

– Qu'est-ce qui lui a pris de faire ça ?

Puis il se ressaisit, passa l'arme sous son bras gauche et l'ouvrit de sa main valide. Les deux cartouches dont il s'était servi fusèrent par-dessus ses épaules, de chaque côté de sa tête. Il fouilla dans la poche de son manteau pour en prendre de nouvelles. Il rechargea et ferma le fusil d'un coup sec, puis se tourna vers la table du fond en armant les deux chiens. Sa main cassée pendait inutilement à son côté.

– Lequel de vous, sales parasites, est Garrett Moreland ? !

Un bruit aigu me perça les oreilles – le cri d'une fille, comprisje à retardement.

Le gangster sur la droite, du côté opposé à Garrett, repoussa sa chaise si fort qu'il l'envoya valser derrière lui. Il resta debout près de la table. Le brun du milieu, qui s'était fait branler, demeura bouche bée, éprouvant soudain, inexplicablement, le besoin de se reboutonner. La blonde, à ses côtés, hurla en plaquant ses mains sur ses joues. Garrett avait toujours les siennes sur la table. Puis il leva sa tasse, l'air étonnamment calme, jaugeant l'homme au fusil qui s'approchait de lui, comme s'il cherchait à le situer, à comprendre pourquoi il avait hurlé son nom.

– C'est toi, Garrett ? lui dit Jeter.

Il ne se rendit pas compte que l'homme qui s'était levé se penchait alors en avant, le bras derrière le dos, pour chercher quelque chose dans son pantalon.

Jeter pointa son fusil d'une main et répéta :

– C'est toi, Garrett Moreland ?

Là, le truand sortit son arme, un semi-automatique, et tira quatre balles très vite – pan-pan-pan-pan ! – en tenant obliquement le pistolet devant lui. Le long manteau dansa, Jeter recula d'un pas en trébuchant, braqua son fusil sur lui et pressa la détente. De grandes fleurs rouges s'étalèrent sur la chemise du truand, qui tomba en arrière par-dessus la chaise qu'il avait fait voler sur le sol.

Patiemment, Jeter rangea son arme dans une courroie, au fond de son manteau, puis en sortit un semi-automatique en acier inoxydable. Il tira à bout portant dans le cou du brun du milieu avant que le type ait pu utiliser son pistolet. L'arme du truand vola sur la table et tomba sur la moquette sale.

– Filez, les filles, ordonna Jeter. J'ai quelque chose à dire au jeune M. Moreland.

La blonde s'enfuit sans cesser de hurler, les mains toujours plaquées sur ses joues. Un instant, elle croisa mon regard en courant vers la porte et je me demandai si, plus tard, elle pourrait m'identifier.

Jeter s'écarta pour laisser passer l'autre fille, ne s'attendant pas à ce qu'elle s'arrête, lui fourre un pistolet sous l'aisselle et tire à trois reprises. Il poussa un glapissement, elle recula et il vacilla de quelques pas avant de s'écrouler sur la piste de danse.

– Merde ! rugit-il, l'air plus furieux contre lui que contre elle.

Il se tordit sur le sol, faisant de son corps une cible mobile, et la fille essaya de le viser avec maladresse. Il roula sur le ventre, brandit son semi-automatique et l'abattit aussitôt en trois coups.

Sur quoi, tel un ourson, il se mit à quatre pattes et se leva en grognant. Le deuxième gangster sur qui il avait tiré était toujours assis sur sa chaise, la main serrée sur son cou. Du sang giclait entre ses doigts. Jeter s'avança vers lui en chancelant et planta son pistolet sur son front.

– Signe ces papiers, dit-il avec son accent mexicain ridicule, ou tu mourras, *señor* !

Traversant, ahuri, le nuage de fumée suspendu dans la pièce, j'allai poser la main sur l'épaule de Jeter. Des cartouches et des douilles jonchaient le sol.

– Ce n'est pas lui, murmurai-je.

– Sois tu mets ton nom sur ce papier, soit tu le signes avec ta cervelle, *señor* !

– Jeter, ce n'est pas lui ! m'écriai-je. Garrett s'est enfui par-derrière quand vous étiez par terre.

J'étais à peu près sûr qu'il ne m'avait pas vu.

Jeter marqua une pause, le temps de réaliser. J'entendis crépiter par terre le sang de ses blessures.

– Pour moi, ils se ressemblent tous, dit-il avec un rire cynique.

Puis il pressa la détente.

Le gangster s'effondra en arrière, les yeux grands ouverts, le front percé par un trou fumant.

Jeter remit le semi-automatique dans son étui, en vacillant sur ses jambes. Il était pâle, les yeux jaunâtres et les traits tirés.

– Mon vieux, dit-il, cette fois, j'ai vraiment merdé.

Je hochai la tête.

– J'aurais dû m'y prendre autrement, grogna-t-il. Je n'aurais jamais cru que cette fille avait une arme. Putain de ville…

Je ne savais pas quoi faire. Essayer de le porter dans ma Jeep ? L'emmener à l'hôpital ? Le laisser là ? Attendre l'arrivée de la police ? Je n'entendais pas encore de sirènes.

– Je ne veux pas crever ici, dit-il. Je veux mourir dans le Montana. Pas à Denver. Surtout pas dans ce trou, avec ces parasites…

Il chercha à faire un pas vers la porte, mais ses jambes refusèrent de lui obéir. Du sang dégoulinait de son manteau, en formant une mare sur le sol.

– Ils m'ont vraiment flingué, dit-il d'une voix faible. On dirait que je me vide de toute ma chaleur. J'ai de plus en plus froid. Aide-moi, Jack.

– Où voulez-vous aller ?

À nouveau, son sourire…

– Dans le Montana.

– On ne peut pas…

– J'entends Cody me parler dans ma tête, dit-il tout à coup. Mais je n'arrive pas bien à comprendre ce qu'il dit.

– Cody ?

– C'est ça, j'entends sa voix.

Là, je me rappelai que j'avais toujours mon portable à la main. Quand je le regardai, je vis que depuis cinq minutes Cody avait pris l'appel que je lui avais passé.

Je portai l'appareil à ma bouche.

– Cody ?

– Jack, tu n'as rien ? Bon sang ! Tout ce que j'ai pu entendre, c'étaient des coups de fusil…

– Moi, ça va, mais ton oncle…

– J'ai entendu. J'arrive. Accroche-toi encore quelques minutes.

Il coupa la communication.

Jeter désigna le bar du menton.

– Jack, vois si tu peux trouver une autre musique sur cette stéréo. Un vieil air de country sur lequel je puisse mourir : Hank Snow, Little Jimmy Dickens, Hank Williams, Bob Wills… quelque chose de bon. Je ne peux pas supporter la merde qu'on passe dans cette boîte.

Sur ce, il tomba en avant comme un arbre abattu. Sa tête frappa si fort la piste de danse que la chute seule aurait pu le tuer.

J'étais adossé au bar lorsque Cody entra. J'avais débranché les néons sur les vitres et éteint toutes les lumières, sauf la noire du fond, pour que l'Appaloosa ait l'air fermé. Je me sentais hors de mon corps, comme si je n'étais pas vraiment là.

Cody passa des gants en caoutchouc et dit :

– Aide-moi à le mettre dans mon coffre. Si on le laisse là, les flics remonteront forcément jusqu'à moi.

– Tu vas l'emporter où ?

– Là-haut, dans les montagnes. Je connais un endroit.

– Il voulait aller dans le Montana, dis-je, toujours hébété.

– Je l'y ramènerai un de ces jours, promit Cody en le prenant par le col pour le traîner vers la porte. Bon sang ! Mais il a combien d'armes sous ce manteau ?

– Je n'avais jamais vu ça… dis-je en lui emboîtant le pas. C'était terrible, Cody. Une vraie boucherie. Le barman a brisé sa main avec une batte de base-ball et Jeter est parti en vrille. Garrett a pu s'enfuir.

– J'ai entendu. Tu m'as appelé, souviens-toi.

– On va aller en prison, murmurai-je.

– Je ne sais pas, dit-il en parcourant des yeux l'Appaloosa. Ça a tout l'air d'un règlement de comptes entre dealers…

– Tu crois vraiment que la police verra les choses comme ça ?

Cody s'arrêta et me regarda avec irritation.

– Enfin, tu vas m'aider, ou quoi ?

– Ne roule pas comme un fou, me dit Cody après avoir hissé le corps de Jeter dans son coffre et claqué le couvercle. Ce ne serait pas malin de te faire arrêter pour excès de vitesse. À voir l'air que tu as, tu avouerais tout de suite.

Je hochai la tête.

– Rentre chez toi, m'ordonna-t-il. Je te rejoindrai plus tard. (Il me donna une bourrade fraternelle.) On aurait peut-être dû laisser oncle Jeter en dehors de tout ça. Il n'était vraiment plus dans le coup. Et il était trop raciste pour avoir les idées claires.

– Tu aurais dû le voir là-dedans, murmurai-je. J'en aurai des cauchemars jusqu'à la fin de mes jours.

Cody regarda autour de lui. La rue était vide et sans vie.

– Partons d'ici.

Je me tournai vers ma Jeep.

Il me héla :

– Jack !

Je regardai par-dessus mon épaule.

– Jusqu'à maintenant, j'avais encore passé une très bonne journée.

Je pris l'I-70 vers l'ouest pour rentrer chez moi, en mettant la radio pour avoir une présence, mais sans trop l'écouter. Je jetais un coup d'œil dans mon rétroviseur toutes les cinq minutes, en m'attendant à voir une voiture de police, tous gyrophares dehors. J'étais tellement sonné que ma vitesse variait entre soixante et cent vingt à l'heure. Je fixai mon régulateur à cent pour ne plus avoir à m'en inquiéter.

Je me sentais engourdi, la tête dans le brouillard. Ce fut seulement alors que je me demandai ce qu'avait voulu dire Cody en disant qu'il avait passé une très bonne journée. Avait-il trouvé un indice sur la liste des appels de Brian ?

Le drame de l'Appaloosa ne cessait de me revenir à l'esprit, telle une bande passée en boucle.

Garrett m'avait-il vu ? Avait-il compris pourquoi Jeter était là ? Préviendrait-il les flics, ou agirait-il comme pour la mort de Luis : en passant les choses sous silence ?

La blonde pourrait-elle reconnaître mon visage ? Et les deux motards ? Cody se ferait-il arrêter en roulant vers les montagnes avec le corps de son oncle dans le coffre ?

Dieu…

Je m'aperçus que je dérivais sur l'autoroute et manquai d'emboutir un pick-up sur ma droite. Je redressai à temps et m'efforçai de me concentrer.

Je n'entendis pas le début du bulletin d'informations, peut-être parce que j'avais appris au fil des ans à ne pas trop prêter attention au bla-bla de la radio. Puis je dressai l'oreille : « … police vient d'annoncer qu'un quadruple meurtre a eu lieu ce soir, dans une taverne de Zuni Street… un règlement de comptes ».

Un règlement de comptes…

Je fis un signe au nouveau flic posté en face de la maison, et il me rendit mon salut.

À l'intérieur, Melissa descendit l'escalier en chemise de nuit.

– Pourquoi n'as-tu pas appelé ?

Je secouai la tête.
– Chéri, ça va ?
– Non, répondis-je.
– Garrett a signé les papiers ?

JEUDI 22 NOVEMBRE

Plus que trois jours

20

Vers quatre heures du matin, je sombrai enfin dans un sommeil troublé et, quand je me réveillai, Melissa était penchée sur moi, les yeux remplis de larmes. Je m'attendais à ce qu'elle me dise : « La police est là. »

En fait, elle balbutia :

– C'est Thanksgiving, Jack. J'avais oublié… Est-ce que tu t'imagines ?

– Très bien, répondis-je en me frottant les yeux.

Moi non plus, je n'y avais pas pensé.

– Mais comment peut-on oublier un jour pareil ? dit-elle en sanglotant.

Je me levai et l'étreignis. Elle parut se dissoudre dans mes bras et je sentis ses chaudes larmes tomber sur mon épaule. Je savais qu'elle ne pleurait pas vraiment parce qu'elle avait oublié Thanksgiving.

Le temps était froid et couvert. On ne voyait plus les cimes des montagnes et des vrilles laiteuses s'insinuaient dans les vallées comme des doigts glacés. L'hiver avait à nouveau gagné, reconquérant son territoire. Il neigeait fort dans les hauteurs. Je pensai à Cody, obligé de rouler là-haut, et j'espérai qu'il n'aurait pas de mal à rentrer. Je soufflai dans mes mains en traversant la rue pour gagner la voiture pie du commissariat. Bill Sanders était de retour. Il faisait tourner son moteur pour se réchauffer. Cette fois-ci, il ne me demanda pas de garder mes distances.

Il baissa sa vitre et je me penchai à l'intérieur. Une bouffée d'air chaud en sortit, mêlée à la fausse odeur de fromage des Doritos. Le paquet était sur ses genoux et des canettes de soda vides jonchaient la moquette. Le *Denver Post* du matin reposait près de lui. Il clamait en gros titre : « Massacre dans le nord de Denver ! »

Mon Dieu…

– Ça va ? demanda Sanders. Vous n'avez pas l'air bien.

Il me considéra avec perplexité.

– Mon remplaçant m'a dit que vous n'étiez pas rentré si tard que ça.

– C'est vrai, reconnus-je, avant de changer de sujet : Alors, vous devez travailler un jour de fête…

Sanders hocha la tête. Les Doritos avaient laissé un peu de poudre orange sur sa lèvre supérieure et le bout de ses doigts.

– Ouais, ce n'est pas de chance, mais c'est comme ça.

– Je vais faire des courses au supermarché, annonçai-je. Ma femme m'a suggéré de vous inviter au repas de Thanksgiving. On n'a pas de dinde ni la garniture habituelle parce qu'on avait oublié que c'était aujourd'hui, mais on a des tas d'autres choses. Je pensais acheter des poulets rôtis et j'ai besoin de savoir combien on sera à table. Ça vous dit ?

Il me regarda un instant avec suspicion.

– Votre femme veut vraiment que je vienne ?

– C'est elle qui m'a envoyé vous le proposer.

L'idée de Melissa m'avait surpris. Elle m'avait dit : « Thanksgiving n'est pas Thanksgiving si on ne peut pas le partager avec d'autres gens. Puisque notre famille est loin, eh bien, invitons nos deux surveillants. »

– Et Morales ? demanda Sanders.

– Melissa vient d'aller lui parler.

Il secoua la tête, sincèrement touché.

– Oh, ça serait super !… Moi qui croyais que j'allais passer toute la journée ici à m'apitoyer sur moi-même… Je pense qu'en principe on ne quitterait pas notre poste vu qu'on garderait un œil sur vous. On pourrait même faire, pour une fois, une entorse à la règle et boire un verre pendant le service… On peut vous aider en cuisine ?

– Bien sûr, si vous voulez. Et si vous appeliez Morales, pour qu'on aille tous les trois au supermarché ?

Il rit et saisit son micro. Après avoir parlé à son collègue, il appela le central et demanda qu'on envoie une autre voiture surveiller notre maison pendant qu'ils suivraient « tous les deux le suspect ». Quand il eut confirmation de son arrivée, il leva les yeux vers moi.

– Excusez-moi. On ne peut pas prendre le risque que votre femme file avec la petite pendant qu'on ne sera pas là.

Nous arpentâmes les allées du supermarché comme des adolescents en goguette. Je poussais le chariot et les flics y jetaient des articles : des boîtes de canneberges, des patates douces, des paquets de purée ; des pots de crème, de la sauce brune et du fromage fondu (une idée de Sanders !) ; deux packs de bière… plus trois autres packs de bière. Il n'y avait personne dans les allées, à part quelques clients surexcités qui faisaient des achats de dernière minute. Mais nul n'était aussi survolté que nous, car aucun de nous trois n'avait jamais improvisé un repas de Thanksgiving. Il y avait quatre poulets rôtis au rayon traiteur. Je ne demandai pas quand ils avaient été cuits et les achetai tous.

– Mieux vaut en avoir trop que pas assez, lançai-je.

– Génial… (Sanders pouffa.) Oh ! Et ces petits pains ? Ils ont l'air plutôt bons.

– Mettez-les dans le chariot.

– Vous êtes vraiment des gens sympas, dit Morales quand nous fûmes à la caisse. Les autres suspects que j'ai surveillés ne m'ont jamais invité à dîner.

On était *aussi* des gens bien… me dis-je.

Les deux agents étant aussi mauvais cuistots que moi, nous laissâmes Melissa nous chasser de la cuisine pour aller boire une bière en regardant le foot.

– Juste une, dit Morales.

Et Sanders renchérit.

Ils en burent beaucoup plus… Ça ne semblait pas déranger Melissa de tout faire toute seule. Je l'entendais fredonner gaiement en préparant le repas. Les odeurs qui montaient de la cuisine étaient délicieuses. Angelina rampait entre nous trois, nous offrant des jouets que nous prenions et feignions de cacher. À nouveau, elle fit son numéro de charme et, bientôt, les policiers rirent et lui firent des grimaces.

Pendant que je les regardais, les souvenirs des événements de la veille m'assaillirent et je m'efforçai de les repousser. Je sursautai quand mon portable sonna. C'était Cody.

– Excusez-moi, dis-je aux agents, qui ne faisaient pas attention à moi.

J'allai avec mon téléphone dans la cuisine, où je surpris Melissa à cacher quelque chose derrière le micro-ondes.

– Salut, dis-je à Cody.

– Tu es sûr que ça va ? me dit-il d'une voix sombre.

– Aussi bien que possible.

– Je veux dire, là tout de suite. Je suis en bas de la rue et il y a deux voitures de police devant chez toi.

– Oh, ça… On a invité les flics pour Thanksgiving. Tu veux venir aussi ?

Je savais qu'il n'avait nulle part où aller, sauf dans son bar de flics, qui organisait un festin pour les célibataires, les divorcés… et les collègues de garde.

– Tu rigoles ? me dit-il.

– Non. Allez… on a plein de choses à manger.

Je regardai Melissa, lui chuchotai « Cody » et elle hocha la tête avec énergie. Elle avait l'air de prendre plaisir à tout ça. Elle but une longue gorgée d'un verre qui semblait contenir du jus d'orange.

– Je peux venir avec quelqu'un ? demanda timidement Cody.

– Bien sûr. Qui ça ? Une petite amie ?

– Si seulement c'était vrai… Non, je dois voir Torkleson. Tu veux bien que je l'amène ? Je crois que sa femme et sa fille sont en Californie.

– Plus on est de fous, plus on rit, répondis-je. Melissa adore cuisiner pour une brigade de flics. N'est-ce pas, chérie ?

– Oh oui ! dit-elle assez fort pour que Cody l'entende.

– Donne-moi une demi-heure, conclut-il.

Je fermai le téléphone et m'approchai de la cuisinière pour jeter un coup d'œil aux casseroles.

– Ça sent bon, dis-je à Melissa.

– Vu le mélange composite que vous avez acheté, c'était le mieux qu'on pouvait faire.

Je passai la main derrière le micro-ondes et ramenai une bouteille de vodka.

– Depuis quand a-t-on ça ? m'étonnai-je.

Melissa avait toujours été le genre de femme à boire « juste un petit verre à table ». La dernière fois que je l'avais vue prendre un apéritif, c'était à la fac, et même là, ça n'avait pas semblé lui plaire.

Elle eut l'air accablée que j'aie trouvé la bouteille.

– Tout va bien, dis-je. Ça m'étonne juste un peu que tu aies besoin de la cacher.

– Tu plaisantes… Je ne peux pas la laisser en évidence. Qu'est-ce que les gens penseraient ?

– Eh bien… qu'on vient de passer un mois très éprouvant.

– Certains soirs, quand tu vas te coucher, je descends ici, expliqua-t-elle. Je bois un peu en cherchant à comprendre ce qu'on a fait pour mériter ça. Quelquefois, j'emporte mon verre en haut, je m'assois près du berceau de la petite et je pleure. La seule chose que je peux imaginer, c'est que nous sommes maudits.

– Non. On nous met à l'épreuve.

– Eh bien, ce test-là, je crois que je l'ai raté.

– Pas du tout, dis-je en lui caressant la joue.

Là, elle me demanda :

– Tu crois qu'on est en train de se désintégrer ?

Je ne sus pas quoi répondre à ça.

J'hésitai un instant avant de revenir dans le salon, épiant Sanders et Morales par une fissure dans la porte de la cuisine. Tous les deux me tournaient le dos, absorbés par Angelina et le match de football.

Je pourrais les assommer par-derrière, me dis-je, puis prendre la petite et fuir avec Melissa dans la Jeep.

La cuisine était pleine d'objets lourds capables de faire l'affaire : des casseroles et des poêles en fonte, un rouleau à pâtisserie, et même un grand mixer. Durant quelques secondes, mon cœur s'accéléra pendant que j'imaginais cette hypothèse. Je commencerais par frapper Sanders, qui était le plus proche, et ensuite j'attaquerais Morales avant qu'il ait pu se lever et sortir son arme. Mais les assommer ? Je grimaçai. Ça n'arrivait qu'au cinéma et à la télé. Et si les coups n'étaient pas assez forts et que l'un des agents – ou les deux – ne perdait pas conscience ?

Non, me dis-je, la seule façon d'assurer notre fuite serait de les tuer.

Je jetai un coup d'œil furtif à notre bloc de couteaux. Le santoku était grand, très tranchant, long de dix-huit centimètres. Je pouvais couper la gorge de Sanders, puis tenter d'égorger Morales ou, s'il le fallait, lui plonger la lame dans le cœur. Ça devait être possible. Mais pourrais-je faire ça devant Angelina ? Hurlerait-elle d'effroi ? Serait-elle marquée à jamais ?

Ce fut alors que Sanders la prit dans ses bras et l'assit sur ses genoux. Puis Melissa me dit :

– Jack, tu peux aller me chercher la rallonge de la table ?

Cody arriva avec Torkleson, muni d'un jambon cuit et d'une caisse de bière.

Dans la cuisine, je chuchotai à Melissa :

– Quel endroit plus sûr pour un complice d'un quadruple meurtre qu'une table de fête, avec quatre flics autour de lui ?

– Je ne trouve pas ça drôle, répliqua-t-elle.

Ma femme se replongea dans la préparation du dîner. Le verre de vodka-orange qui semblait toujours plein expliquait en partie sa vivacité. Elle se moqua à nouveau de moi pour notre choix disparate d'aliments en boîte et pour le fait que nous avions assez de bière pour un régiment. Cody et Torkleson semblaient bien s'entendre avec les deux agents. Tous les quatre parlaient boutique, de plus en plus fort à mesure qu'ils buvaient. J'avais honte à présent de mes pensées meurtrières, et pendant quelque temps j'eus du mal à regarder en face Sanders et Morales.

Finalement, Melissa annonça que le dîner était prêt et nous vînmes en traînant les pieds prendre place à table. Elle dit une prière et, en levant les yeux, je vis les quatre hommes baisser la tête.

Quant à moi, là maintenant, je n'étais pas en très bons termes avec Dieu.

La discussion, lors du repas, tourna inévitablement autour de la fusillade qui avait eu lieu à l'Appaloosa. Je sentis mon cœur cogner dans ma poitrine, mais je pris l'air intéressé du type non informé et ne pipai pas.

– Si je n'avais pas échangé le poste de nuit avec Scruggs et McCoy, déclara Torkleson, je m'en serais occupé. Les pauvres, ils n'arrêtent pas… Le maire nous a tannés avec le meurtre d'Eastman et maintenant, ça…

– On a une idée des mecs qui ont fait le coup ? lança Morales.

Torkleson haussa les épaules.

– Une nana blonde prétend qu'elle était là. Et elle a dit à Scruggs qu'il n'y avait qu'un tueur : un grand type poilu, avec une barbe et un long manteau.

Ce qui voulait dire que Garrett n'avait pas parlé à la police, comme à la mort de Luis. Ou bien il avait peur, ou bien il avait quelque chose de grave à cacher. Je me rappelai le calme avec lequel il était resté à table, sa tasse dans les mains, quand Jeter s'était approché de lui en hurlant son nom.

– Tout ça, c'est des conneries, lâcha Sanders.

Puis il se rappela la présence d'Angelina.

– Excusez-moi, dit-il à Melissa.

Torkleson renchérit :

– Ouais, je vois ce que vous voulez dire. Un type aurait tué quatre personnes tout seul ? Difficile à croire. D'ailleurs, je ne sais pas si cette blonde est vraiment crédible. Elle dit que le grand mec a sorti un fusil de son manteau, puis qu'il s'est mis à canarder tout le monde.

– Et il l'aurait laissée partir ? Elle et personne d'autre ? Allons… ricana Morales.

– À l'entendre, elle croyait que son amie était sortie tout de suite après elle, reprit Torkleson, mais en fait l'autre fille était une des victimes. Elle a reçu trois balles dans la poitrine.

– Un grand type poilu ? répéta Sanders. Elle a dû voir trop de films. Ça sent sacrément le règlement de comptes.

Cody hocha la tête.

– Vous avez raison.

– C'est ce qu'on pense aussi, dit Torkleson. Deux des victimes étaient des chefs locaux de Sur 13. C'est comme si quelqu'un essayait de couper la tête de ce monstre – sans doute les 32 Crips ou les Varios. Ou peut-être la Mafia de Crenshaw : c'est une branche des Bloods, on a appris qu'elle s'implantait ici. C'était une querelle de pouvoir, pas un crime fortuit. En plus, écoutez ça : un des tireurs s'est servi d'un fusil de calibre 10. C'était du sérieux ! Je croyais que ces types s'en tenaient au 9… sauf quand ils tirent à la kalachnikov.

Mais Garrett n'est pas mort, pensai-je. Je me demandai à quel point il fricotait avec les gangsters. Puis une idée me vint : Il peut être un chef, lui aussi. C'était peut-être un rendez-vous. Ça me porta à le considérer sous un autre angle.

– Un calibre 10 ? Bon sang… dit Morales. Ça a dû faire un de ces carnages…

– Eh bien, d'après les photos que j'ai vues… murmura Torkleson.

Il jeta un coup d'œil à Melissa, qui était fascinée mais très pâle.

Je ne lui avais pas raconté les détails de la scène de l'Appaloosa, me bornant à dire que tout avait horriblement mal tourné et que Garrett s'était enfui. Là, elle me regarda, en cherchant à déchiffrer mes pensées.

– Disons juste qu'il y avait beaucoup de sang, acheva Torkleson.

– Excusez-moi, grommela Sanders, mais ça ne m'arrache pas vraiment de larmes d'apprendre que deux caïds de Sur 13 se sont fait abattre.

Morales acquiesça.

– Mais les autres victimes n'étaient pas particulièrement visées, reprit Torkleson. L'amie de la blonde avait quelques antécédents, mais rien d'important. Le barman était un ex-taulard et probablement un membre de Sur 13, mais je suis sûr qu'il a été pris dans les tirs par hasard.

– Personne n'a rien vu, rien entendu ? lança Cody, l'air innocent.

Torkleson secoua la tête.

– Pour l'instant, personne, à part la blonde. Vous connaissez le quartier : il est désert le soir et il n'y a pas beaucoup de flics qui y passent. Et à ce que je crois savoir, les coups de feu la nuit n'y sont pas rares.

– Alors qui a appelé la police ? dit Cody.

– Un riverain. Un type qui dit avoir été au bar pour aller prendre un verre et que le club semblait fermé, ce qui lui a paru bizarre. Il a collé un œil à la vitre et il a vu les corps.

– Autre chose ? insista Cody.

Je craignais qu'il n'en rajoute un peu, mais finis par admettre qu'il jouait juste son rôle de flic incurable.

– On a bien un indice, mais il est assez mince. Un livreur d'une boutique du coin nous a appelés pour dire qu'il avait vu une Jeep claire garée devant le club à peu près à l'heure où on situe la fusillade, mais c'est tout ce qu'on a.

– Eh ! lança Morales en agitant sa cuiller vers moi. M. McGuane a justement une Jeep comme ça ! Et d'ailleurs, il s'est absenté hier soir pendant quelques heures.

– C'est vrai, renchérit Sanders.

Je sentis mon estomac se serrer. Melissa, qui essuyait de la purée sur les joues d'Angelina, se crispa.

Sanders ajouta :

– Peut-être qu'en allant au bar vous avez fait un saut à l'Appaloosa pour descendre tous ces gens…

– Peut-être, murmurai-je.

– Alors il semble qu'on ait résolu l'affaire, dit Morales en piochant énergiquement dans le plat de purée.

– Et maintenant, on pourra avoir une promotion et une hausse de salaire, et on passera à la télé avec le maire… conclut Sanders. Excusez-moi, vous pouvez me passer le jambon ?

Je repris mon souffle. Quand je jetai un regard à Cody, il me fit un clin d'œil.

Melissa se leva d'un pas mal assuré, mais je fus le seul à le remarquer.

– Quelqu'un veut du dessert ? demanda-t-elle.

Je vis bien qu'elle comptait se resservir un verre quand elle s'approcha du comptoir.

La nuit était tombée et nous étions revenus au salon. De minces flocons de neige piquaient les fenêtres et fondaient en glissant sur les carreaux, y laissant comme des traînées d'escargots. Le deuxième match de Thanksgiving approchait de sa fin, Dallas menait déjà de vingt points et John Madden[1] vantait les mérites du turducken[2] et des dindes à huit pattes. Ça m'étonnait que Torkleson et les agents soient restés si longtemps. Et ils ne semblaient pas pressés de partir. Il y avait encore beaucoup de bières et Cody avait ouvert le whisky. Je me demandai s'ils resteraient jusqu'à la fin du match ou jusqu'à ce qu'il n'y ait plus d'alcool, et penchai plutôt pour la deuxième hypothèse. Angelina était enchantée par

1. Ancien entraîneur de football américain et commentateur sportif de la télévision.

2. Plat américain à base de dinde (*turkey*), farcie à la viande de canard (*duck*), elle-même farcie au poulet (*chicken*), et dont le nom est formé à partir du nom anglais de ces trois volailles.

la compagnie, même si elle commençait à s'énerver parce qu'elle avait refusé de faire la sieste. Pourquoi donc faire la sieste quand il y avait quatre hommes pour la chouchouter ? Melissa était dans la cuisine pour débarrasser et, je suppose, pour se verser quelques gouttes de vodka. Je n'arrivais pas à me sortir de l'esprit l'image de ma femme buvant près du lit en nous regardant dormir, la petite et moi.

J'aimais Melissa et je venais de réaliser que les profondeurs de ses sentiments étaient insondables. Quand – non –, *si* on rendait Angelina, je ne pouvais pas imaginer qu'elle ne s'effondre pas, et moi avec elle. Elle avait dit qu'on se désintégrait et la perte de notre fille serait probablement trop pour elle. Je n'étais même pas sûr qu'elle resterait avec moi et je commençais à me demander ce qui m'arriverait, ce que je deviendrais après ce désastre. Je ne pouvais trouver aucune perspective qui ne soit pas terrifiante.

J'avais lu dans un livre que la perte d'un enfant est la chose la plus destructrice qui puisse arriver à des parents. Je le croyais aisément. Mais la perte évoquée par l'auteur devait être due à la maladie ou à un accident. Personne n'avait étudié ce qu'on peut endurer quand on vous arrache un enfant à cause d'un vice de forme. Tout ça pour le donner à des gens qui pouvaient bien être des monstres.

– Ce pervers anglais… dit Torkleson à Cody et à nos deux gardiens. Vous avez appris la dernière ?

Bien sûr, ça me tira de ma rêverie.

– Comment s'appelle donc ce salaud ? reprit Torkleson. Vous savez, celui qui allait s'implanter ici… C'était aux infos, sur 9 News[1].

– Malcolm Harris, répondis-je.

De toute évidence, Torkleson était soûl. Il parlait trop fort, d'une voix pâteuse. Comme Sanders et Morales. Cela faisait une demi-heure qu'ils s'engueulaient presque, en se racontant des

1. Chaîne d'informations télévisée du Colorado.

histoires de flics. Les policiers, comme les propriétaires de ranch et les guides de chasse de ma jeunesse, sont souvent taciturnes, sauf quand ils sont ensemble. Là, ils se mettent à jacasser… à n'en plus finir. Je n'avais écouté qu'à moitié, passant la plupart du temps à m'inquiéter pour ma femme et à empêcher la petite de faire des caprices. J'espérais que Melissa aurait bientôt fini dans la cuisine, pour qu'elle puisse emporter notre fille à l'étage, la calmer et la mettre au lit. Mais quand j'entendis parler de Harris, je dressai l'oreille.

– Et que dit-on de lui ? demanda Cody.

Bizarrement, il avait l'air le plus sobre de tous. J'avais remarqué qu'il ne descendait pas autant de bières que d'habitude… ou que les autres. Je pus seulement attribuer sa modération aux « bonnes » journées qu'il avait passées. Cody ne buvait que lorsqu'il s'ennuyait, c'est-à-dire la plupart du temps. Quand il était pris par une affaire ou par un projet, il se tempérait.

– Mais de qui parle-t-il ? demanda Sanders à Morales.

– De ce type… répondit son collègue. Tu ne regardes pas les infos ? Tu ne lis pas les notes de service ?

– Putain, non ! dit Sanders avant de remarquer Angelina sur mes genoux. Oh, encore désolé !

Je fus soulagé que, juste à ce moment-là, Melissa entre dans le salon pour venir la chercher. Elle dit bonsoir à tout le monde et fut couverte d'éloges et de remerciements. Ses yeux s'embuèrent sous les louanges – elle pleurait facilement et si vite, à présent –, puis elle monta mettre notre fille au lit. Heureusement, elle n'avait pas l'air excitée ni instable sur ses jambes, mais je décidai quand même d'aller vérifier le niveau de la vodka derrière le micro-ondes.

– Tu as forcément entendu son nom, dit Morales. Un Anglais… Il allait débarquer au Colorado pour transférer sa boîte, ou un truc comme ça. On m'a appelé pour que j'aille à l'aéroport, au cas où il aurait été dans l'avion. S'il avait atterri, on devait le cueillir, mais je crois qu'ils l'ont eu juste avant qu'il s'envole. Un pervers pédophile.

Sanders secoua la tête.

– Jamais entendu parler.

– En tout cas, dit Torkleson, qui était aussi fatigué que moi par leurs apartés, il se trouve qu'il était en contact avec quelqu'un ici.

Cela éveilla mon attention, et celle de Cody.

– Le Monstre du Desolation Canyon, précisa Torkleson. Harris avait son adresse électronique et son numéro de téléphone dans tous ses dossiers. Scotland Yard pense qu'Aubrey Coates faisait partie de son réseau de trafic d'enfants et de pédopornographie.

– Dommage qu'il n'ait pas pu atterrir ici, on lui aurait fait sa fête, dit Sanders. J'ai horreur de ces fumiers.

– Moi, je l'aurais descendu sans problème, affirma Morales.

Je n'eus aucun mal à le croire…

– Attendez, balbutiai-je, hébété. Malcolm Harris était en rapport avec Aubrey Coates ?

Je me rappelai notre discussion au restaurant.

« Mes amis du Colorado disent qu'après tout ce que j'ai connu en Angleterre, là-bas je serai intouchable ! C'est le mot qu'ils emploient : *intouchable*. J'adore ce terme…

– Vraiment ? Et qui vous a dit ça ? » lui avais-je demandé.

Il avait répondu, évasif :

« Oh… Je ne révélerai pas mes sources. »

Donc, sa source était le Monstre du Desolation Canyon… Mais de quoi parlait Coates ? Et en quoi Harris serait-il intouchable ?

Je regardai Cody, dans l'espoir qu'il m'éclairerait un peu, mais il avait l'air aussi perplexe que moi.

– Cela dit, j'ai appris que ce foutu procureur ne poursuivra plus Coates, reprit Torkleson. Pas après qu'il a échappé à une première condamnation…

Là, il s'interrompit, réalisant ce qu'il disait et à qui. Il jeta un coup d'œil à Cody.

– Excusez-moi…

Cody lui lança un regard meurtrier.

– Quoi ? dit Sanders. Qu'est-ce qu'il y a ?

Morales se carra dans le sofa en jaugeant les deux hommes.

– Ne vous énervez pas, les gars, dit-il à Cody et à Torkleson.

– Quoi ? répéta Sanders, complètement dérouté.

– Je n'avais pas réfléchi, dit Torkleson à Cody. J'ai dû parler trop vite.

– Vous pouvez le dire ! cracha Cody.

– Calmez-vous… dit Morales pour apaiser les choses, en se levant pour s'interposer. On se détend… Il y a des femmes et des enfants ici.

Sanders tapa du pied.

– Putain ! Quelqu'un pourrait me dire ce qui se passe ?

Morales pivota vers son collègue.

– Ce qui se passe, c'est que le dîner de Thanksgiving est terminé. L'équipe qui nous relève sera là dans vingt minutes. Il est temps d'y aller.

À cet instant, ma femme – ouf, merci, Melissa… – dissipa la tension en redescendant avec notre fille. Celle-ci était en pyjama et, malgré sa fatigue, elle sourit aux flics qui étaient sur le point d'en venir aux mains.

– Angelina veut vous dire bonne nuit, lança Melissa.

Sanders, Torkleson et Morales se levèrent. À nouveau ils la remercièrent et serrèrent la main potelée d'Angelina. Elle les gratifia chacun d'un petit cri, ce qui les fit rire.

– Elle est si épuisée qu'elle perd un peu la tête, dit Melissa. Et vous aussi.

– Quel amour… s'extasia Morales.

Je fis un baiser à ma fille, mais elle était absorbée par les trois flics, qu'elle avait charmés à mort.

– Je monte dans cinq minutes, dis-je à Melissa.

Quand elle emporta la petite à l'étage, Angelina se tortilla pour faire malicieusement des signes aux flics dans le salon. Morales en était gaga, comme Sanders et Torkleson.

Puis Sanders observa, se rappelant pourquoi il devait nous surveiller :

– Ce n'est pas juste, ce qui se passe ici.

– Non, renchérit Morales en secouant la tête.

Torkleson me serra la main très vite, me remercia pour le dîner et sortit dans la neige. Cody le perça du regard jusqu'à ce qu'il disparaisse.

Sanders et Morales lui emboîtèrent le pas. Là, une question me tarauda : qu'avait bien pu dire Coates à Harris ?… Et pourquoi ?

– Le connard… râla Cody, bouillant de rage. Me faire honte en public comme ça…

– Il a parlé sans réfléchir, dis-je. Il ne pensait pas à mal.

– C'est ça le problème avec les flics d'ici, grogna-t-il. Ils ne réfléchissent pas.

– Tu veux un dernier verre ? proposai-je.

Il secoua la tête.

– Ça suffit.

– Je pense au lien entre Coates et Harris, murmurai-je. Il y a là quelque chose que je ne peux pas comprendre… Un truc épouvantable…

– Quelquefois, dit Cody sans me regarder, j'aimerais avoir toute liberté de tuer des gens. J'en abattrais des tas pour que le monde soit meilleur. Je commencerais par Coates et par Malcolm Harris, et puis je passerais aux Moreland, père et fils. Il y a encore une cinquantaine de noms qui me viennent à l'esprit…

– Cody…

– Ne me dis pas « Cody… ».

– Les obsèques de Brian ont lieu demain. Tu veux venir avec nous ?

– C'est demain ?

– Oui.

– Mon Dieu… Je n'arrive toujours pas à croire qu'il soit mort. Je n'ai pas encore réalisé…

– Je comprends.

Il me regarda.

– Non, je ne serai pas là.

Sa réponse me troubla.

– Ça n'a rien à voir avec Brian, ajouta-t-il. (Il leva la main en rapprochant le pouce et l'index.) Je suis à *ça* de tirer les choses au clair.

Malgré moi, je reculai d'un pas.

– C'est une blague…

Ses yeux flamboyèrent.

– Non. Je crois avoir pigé. Il me fallait juste du temps pour éplucher cette liste de numéros de téléphone et pour fouiner un peu. Je pense être à deux doigts de tout éclaircir.

– Dis-moi…

Il sourit. Par malheur, son sourire ressemblait à celui qu'avait eu Jeter.

– Je te le dirai lorsque j'aurai les preuves. Je ne veux pas vous donner encore de faux espoirs, à toi et Melissa.

Il saisit son manteau sur le canapé. Puis il pointa un doigt vers l'étage.

– Ce Sanders est un nul. Mais il a bien raison quand il dit que tout ça n'est pas juste.

Il s'arrêta sur le seuil de la porte. De la neige jaillit dans l'entrée.

– Coates est un homme mort, déclara-t-il. Mais il ne le sait pas encore. En fait, je suis d'accord avec toi : tout cela nous dépasse. L'affaire Harris me sidère, mais, d'une manière ou d'une autre, je pense que tout est lié. C'est juste que je ne sais pas encore comment les choses s'imbriquent.

– Je te revois quand ? dis-je. Il ne reste que deux jours.

– Pas de sitôt. Je pars au Nouveau-Mexique.

– Pourquoi ça ?

– Plus tard… dit-il en agitant la main pour me dire au revoir. Et empêche Melissa de picoler. Je m'inquiète pour elle.

Vendredi 23 novembre

Plus que deux jours

21

Les obsèques de Brian furent célébrées sur la colline du Capitole, dans la plus grande chapelle où j'aie jamais mis les pieds, remplie de gens que nous n'avions jamais vus. Le décor était spacieux et aseptisé, tout en pin clair et en lignes pures. Et il y avait une petite croix stylisée accrochée à une chaîne dans un coin vers l'entrée, comme si elle avait été placée là après coup.

– Une église conçue par IKEA, marmonnai-je à Melissa, pour tenter de la faire sourire.

Cela ne marcha pas.

Si Brian avait organisé lui-même ses funérailles – ce qui, en un sens, devait être le cas –, je me dis qu'elles auraient ressemblé à ça. Elles étaient grandioses, prétentieuses. Un orchestre de rock alternatif joua des hymnes contemporains pendant qu'une présentation PowerPoint montrait des photos de lui skiant, nageant, parlant sur un podium, dansant, faisant le pitre, et déguisé en Spiderman à des soirées. Ses restes se trouvaient dans une urne de marbre carrée, sur une estrade couverte de velours à l'entrée. Barry, son compagnon, parla de sa loyauté, de sa créativité et de son « don d'illuminer une pièce ». Il avait l'air d'être un calme contrepoint de Brian et il était clair qu'ils avaient été bien assortis.

Son éloge fut suivi par celui du maire, qui non seulement prononça un discours émouvant, mais jura aux membres de l'assistance qu'il veillerait à ce que le meurtrier de Brian soit traîné en justice. Les applaudissements redoublèrent quand il dit que Denver ne tolérait pas les crimes homophobes et que la mort de Brian resterait dans les mémoires comme celle qui avait conduit à « éradiquer les crimes de haine dans la ville ». Sa présomption que le meurtre de Brian était dû à sa fréquentation des bars du centre révélait son point de vue sur l'affaire. Et elle en disait long sur le manque de progrès de l'enquête.

Pendant l'allocution du maire, je regardai discrètement les membres de l'assistance. La plupart, je les avais vus dans les échos mondains du *Denver Post* et du *Rocky Mountain News*, et quelques-uns aux actualités télévisées. Brian avait toujours prétendu connaître chaque personnalité de la ville, et l'affluence à ses obsèques le prouvait. J'étais fier qu'il ait fait une telle impression sur Denver en restant en même temps notre ami d'autrefois.

Nous prîmes place vers le fond parce qu'il y avait déjà beaucoup de gens à notre arrivée. Sanders et Morales étaient avec nous, bien sûr, mais, heureusement, en civil. Ils s'assirent juste derrière nous pendant le service. J'entendis Sanders murmurer à son collègue :

– Il y a toute la jet-set…

Melissa me chuchota à l'oreille :

– J'ai l'impression, en voyant cette foule, d'avoir très mal connu Brian. Mais qui sont tous ces gens ? Barry est le seul proche dont il nous ait parlé. C'est comme s'il avait eu une vie secrète.

– C'était nous, sa vie secrète, répondis-je. Eux étaient sa vraie vie.

Le maire finit par s'effacer. Puis, inexplicablement, l'orchestre entama une reprise de *Losing My Religion*[1], de R.E.M.

– Juste ciel ! dit Melissa. Ils ne savent pas qu'on est dans une église ? !

Bien que Cody m'ait dit qu'il ne viendrait pas, je m'attendais un peu à ce qu'il nous rejoigne. Il m'avait quitté en me laissant une miette d'espoir et je ne pouvais me raccrocher qu'à elle.

Quand l'orchestre s'arrêta, un pasteur branché – cheveux longs

1. « J'en perds ma religion. »

et chemise ouverte – nous dit que nous n'étions pas là pour pleurer un décès mais pour chanter la vie d'un type « génial ». Il commença à raconter sur Brian des anecdotes – sur sa vie à Denver, où il était devenu un notable, rien sur son passé dans le Montana – qui avaient été réunies par Barry et les amis du couple. Certaines étaient assez drôles, mais elles nous frappèrent, Melissa et moi, parce qu'on ne les avait jamais entendues et qu'elles portaient sur un ami qu'on avait connu dans un tout autre contexte. Bientôt, Melissa se mit à rire en sanglotant, ce qui fit, à son tour, pleurer Angelina.

– Je vais l'emmener dehors, chuchotai-je.

Melissa me la tendit avec soulagement.

Sanders me suivit.

Les montagnes étaient toujours enveloppées de nuages de neige. Les stations de ski, d'après ce que j'avais entendu à la radio, étaient prises d'assaut. Les publicitaires renchérissaient sur la masse de « poudre de champagne » qui s'était accumulée dans la nuit. Je connaissais beaucoup d'entre eux par mon travail et je savais qu'ils n'étaient pas aussi emballés par les chutes de neige qu'ils le disaient à la radio.

Aussitôt dehors, Angelina se détendit. Elle me repoussa dès que nous eûmes quitté l'église pour pouvoir s'amuser par terre. Mais je l'en empêchai. Je ne pouvais pas la laisser faire, car Melissa l'avait habillée d'une robe de velours, d'un collant rose et d'un gros manteau. Me débattant avec elle, je me retrouvai nez à nez avec Jim Doogan, qui fumait, adossé au tronc d'un arbre dénudé.

Il braqua son regard sur Sanders, qui me suivait à quelques mètres, et lui dit, sans avoir apparemment à se présenter :

– Donnez-nous quelques minutes, voulez-vous ?

Sanders alla s'affaler plus loin sur un banc.

– Le maire a fini, là-dedans ? me demanda Jim.

– Oui, je crois.

– Il était bon ?

Je haussai les épaules.

– Assez. Il n'a rien dit de mal sur Brian.

Il rit.

– Pourtant, Dieu sait qu'Eastman le faisait tourner en bourrique… Il le rendait fou parce qu'il savait non seulement manipuler le système mais le manœuvrer, *lui*. J'ai toujours pensé qu'ils avaient un contentieux, tous les deux.

– Brian était coriace, reconnus-je.

– Oh oui… Il y a quelque chose que je voudrais vous dire. Juste entre nous, OK ?

– Bien sûr. Je fais toujours confiance aux gens qui me renvoient.

Il lâcha un petit rire.

– Vous savez que je ne suis plus le messager, d'accord ? En fait, le maire et le juge sont très proches. La femme de Moreland est une grande donatrice, donc le maire lui est redevable, si vous me comprenez…

– Parfaitement. (Je me démenais avec Angelina et la serrai plus fort.) Mais ça va plus loin que ça.

– Que voulez-vous dire ?

– Vous vous rappelez quand on a parlé de Malcolm Harris ?

Il acquiesça.

– Vous savez qui était son contact dans le Colorado ?

Il me fit signe que non.

– Aubrey Coates, le Monstre du Desolation Canyon.

Doogan en resta coi. Je repris :

– Comme je vous l'ai déjà dit, le maire a peut-être un plus gros problème sur les bras qu'il ne l'imaginait. S'il s'avère qu'un réseau international de pédophilie a son siège à Denver, ça ne va pas aider ses ambitions politiques. En plus, son copain juge se verra reprocher d'avoir laissé acquitter le Monstre. Vous voyez d'ici l'effet sur 9 News ?

– Non non, dit Doogan. Ça n'était pas à cause du juge, mais parce qu'on avait salopé l'enquête de police ! Il n'y a aucun moyen de relier ça au maire. Vous ne faites que brasser du vent.

Peut-être, mais Jim sentit venir la tourmente… Je voyais bien que la tête lui tournait un peu. Il se demandait comment calmer le jeu.

– Vous vous raccrochez à de faux espoirs, jeta-t-il. Vous cherchez n'importe quoi pour vous venger de Moreland.

Je ne répondis pas.

– J'ai appris que vous aviez tenté de forcer sa porte, reprit-il. Et quand on vous a refoulé vous l'avez appelé, en vous servant de mon nom, pour agiter de vagues menaces. Le maire m'a demandé d'enquêter là-dessus, mais bon… disons que je n'en ai pas encore eu le temps…

– Merci.

– Si je peux vous donner un conseil : arrêtez de le harceler.

Il tourna son attention vers Angelina, qui continuait à se débattre.

– C'est votre petite fille ?

– Exact.

– Celle que… ?

– Oui.

Il détourna les yeux. Il avait l'air vraiment ému.

J'enfonçai le clou :

– Oui, celle que le grand ami du maire, le juge Moreland, compte nous enlever dimanche.

Il tira une grande bouffée de sa cigarette et souffla longuement la fumée. Puis il dit :

– Moreland, c'est un homme à part. D'une trempe exceptionnelle. Des carriéristes, j'en vois beaucoup, mais celui-là est d'une espèce rare…

Je le laissai continuer.

– Vous raisonnez de travers. Vous inventez je ne sais quel complot… D'après mon expérience, les politicards qui réussissent vraiment ne pensent pas qu'au présent. Les bons – et Moreland en est un – voient les choses à long terme. Ils sont obsédés par leur objectif. Il est donc parfois difficile de comprendre les mesures qu'ils prennent. Il faut envisager les choses sur la durée pour pouvoir les appréhender, et ce n'est pas ce que vous avez fait.

– Qu'est-ce qu'il vise ? demandai-je.

– La Cour suprême.

Je secouai la tête.

– Comment le fait de nous prendre notre fille peut-il l'aider à y arriver ?

– Je l'ignore, Jack. C'est à vous de le découvrir. Mais c'est ce qu'il veut, je le sais.

Je laissai Doogan à côté de son arbre. À nouveau, Sanders m'emboîta le pas. Quand nous approchâmes du parking, j'entendis démarrer un moteur puissant, que je reconnus immédiatement. Le bruit me perça le cœur.

Le Hummer de Garrett partait en marche arrière. Ses vitres teintées m'empêchaient de bien voir à l'intérieur, mais je crus discerner deux profils : le sien et celui de son père.

– Vous avez vu qui c'était ? me dit Sanders, notant ma réaction.

Ainsi, Garrett était venu aux obsèques d'un homme qu'il avait battu à mort… Mais pourquoi ? Pour parader ? Et pourquoi le juge l'avait-il accompagné ?

Angelina se tortilla dans mes bras en tendant le doigt vers un écureuil qui dévalait un tronc d'arbre.

– Chat ! s'écria-t-elle.

J'éclatai de rire, puis une idée me frappa si fort que mes genoux faillirent céder sous moi. Je regardai ma fille, le Hummer qui s'éloignait, puis à nouveau Angelina. *Il était venu dans l'espoir de la voir.*

Ce qui nous ramenait à la case départ, à la question simple, mais toujours sans réponse : pourquoi voulaient-ils cette enfant ?

Soudain, tout parut prendre un sens terrible.

Intouchable… Qui pouvait être plus intouchable qu'un pédophile complice d'un juge ? Le juge sous les auspices duquel le Monstre du Desolation Canyon – un autre membre de ce réseau international – avait été relâché.

Angelina se mit à pleurer et je me rendis compte que je l'avais serrée trop fort. Je me détendis et la regardai. Elle était belle, tout le monde le disait, avec ses yeux brillants et son sourire, et ce n'était pas seulement la fierté d'un père qui parlait…

Ce fut comme si un coup de poing m'avait coupé le souffle...

Je la portai vers le fond du parking, derrière la chapelle, où j'avais vu deux ou trois voitures de police et la Crown Vic bleue de Torkleson. Les flics étaient là, sans doute pour voir qui venait aux obsèques, car l'affaire était loin d'être résolue. Torkleson était adossé à sa voiture et parlait avec un autre inspecteur et deux subalternes – on voyait tout de suite qu'ils étaient de la police, même en costume-cravate.

Il dut remarquer mon air bizarre quand je m'approchai, parce qu'il s'excusa auprès de ses collègues et vint à ma rencontre.

– Bonjour, Jack.

– Vous avez dit que Malcolm Harris était en contact avec Coates, attaquai-je. Comment avez-vous découvert ça ?

Il haussa les épaules.

– Par des listes d'appels, des téléchargements, des e-mails... des tas de preuves techniques sur des serveurs de proximité, des fournisseurs d'accès et d'autres trucs auxquels je ne comprends rien. Mais, d'après ce qu'on m'a dit, Coates transmettait de gros fichiers d'images à l'étranger depuis sa caravane. Et les Anglais ont établi qu'ils venaient de l'ordinateur de Harris. Malheureusement, comme vous le savez, nous n'avons plus les fichiers originaux.

Il jeta un coup d'œil par-dessus mon épaule, sans doute pour voir si Cody rôdait par là et risquait de l'agresser.

– Je ne sais pas où est Cody, déclarai-je. Ne vous inquiétez pas pour lui.

– Pourquoi me dites-vous ça ?

– Parce que je suis presque sûr que si vous fouillez dans toutes ces preuves techniques vous trouverez des communications entre Harris et Coates... et quelqu'un d'autre ici, dans cette ville.

Torkleson me regarda avec attention.

– Nous avons une équipe qui s'en occupe, dit-il. Elle travaille avec Interpol et les Britanniques. Des pervers se font arrêter dans le monde entier. Vous pensez à quelqu'un en particulier ?

– Au juge Moreland ou à son fils. Ou même aux deux.

Il ferma les yeux, soupira et gémit :

– Oh non !… Vous savez ce qui s'est passé quand j'ai envoyé des agents chez lui sur votre prétendu tuyau…

– Là, c'est différent… objectai-je. De toutes les villes où il pouvait transférer sa société, Harris a choisi Denver. Il a dit qu'il venait ici parce qu'il y serait *intouchable*. Quelqu'un lui a assuré que, pour lui, ce serait l'endroit idéal. La meilleure preuve, c'est qu'un pédophile de l'envergure de Coates a été libéré dans la salle d'audience de Moreland !

Torkleson allait répliquer, mais il s'arrêta net. Je le vis réfléchir, comprendre soudain les choses comme je l'avais fait moi-même…

– Comment connaissez-vous Harris ? demanda-t-il.

– Je l'ai rencontré dans le cadre de mon travail. Avant que la police sache qui il est vraiment.

– Nom de Dieu… lâcha-t-il.

– Vous avez accès aux preuves contre lui ?

Il acquiesça :

– Je devrais me faire aider par un technicien pour les interpréter. Mais je crois qu'on a tous les documents qui ont été trouvés. Il faudrait confronter les appels téléphoniques, les adresses électroniques, les trucs IP… enfin, je pense.

– Vous pouvez essayer ? demandai-je.

Il jeta un regard derrière lui pour s'assurer que nous n'avions pas été entendus par ses collègues.

– Oui, dit-il à voix basse.

– Merci.

J'avais envie de l'embrasser.

– Enfin… j'ai peur que ça ne donne rien, dit-il en posant une main sur mon épaule. S'il y avait des traces d'envois électroniques de Coates et de Harris au juge ou à son fils, on le saurait déjà. On bosse sur cette affaire depuis pas mal de temps.

– Je comprends. Mais ce ne serait pas plus facile de vous concentrer sur les ordinateurs et les téléphones des Moreland au lieu de confronter ceux de toute la ville ?

– Peut-être… Je ne sais pas.

Angelina avait alors perdu toute patience : elle libéra ses bras et tenta de me frapper, tapant de ses petits poings sur les revers de mon manteau.

– Déchend ! Déchend !

– Non, Angelina !

Le ton de ma voix la fit taire. Elle se mit à pleurer et je regrettai de lui avoir parlé trop vivement.

Cette nuit-là, je me retournai dans mon lit et, en ouvrant les yeux, je surpris Melissa à me regarder dans le noir, un verre à la main. Sans doute se demandait-elle pourquoi elle avait épousé un homme qui ne pouvait pas empêcher sa famille de se désintégrer.

Samedi 24 novembre

Plus qu'un jour

22

Quand le téléphone sonna, à sept heures du matin, je sursautai et décrochai en me frottant les yeux, espérant que c'était Torkleson ou Cody qui avait du nouveau. Après m'être réveillé et avoir vu Melissa m'observer dans la nuit, je n'avais pas pu me rendormir et je venais juste de trouver le sommeil.

– Tout est prêt pour demain ? demanda John Moreland.

Je ne répondis pas.

Il reprit :

– Je sais que ce sera dur. S'il vous plaît, ne rendez pas les choses plus difficiles pour vous et pour nous.

– Je vais vous démasquer, affirmai-je.

Il y eut un bref silence.

– Pardon ?

– Vous m'avez bien entendu. Vous irez en prison et vous ne pourrez plus jamais toucher à une petite fille. Vous savez ce qui arrive en taule à des gens comme vous…

Quand il reprit la parole, il avait l'air impatient et furieux :

– Je ne comprends rien à ce que vous dites !

J'avais espéré qu'il se trahirait par un accent de culpabilité. Mais c'était un très bon acteur…

– Vraiment ? glissai-je.

– Vous avez complètement perdu la tête. J'ai peur qu'il ne soit grand temps de soustraire le bébé à cet… environnement.

– Vous allez porter une combinaison de taulard et vous passerez tout votre temps à craindre qu'on vous agresse, répliquai-je.

Profond soupir.

– J'ai fait tout mon possible pour me montrer compatissant. Je n'avais pas besoin de vous donner du temps, mais je l'ai fait quand même. Je vous ai proposé de vous aider, vous et votre femme, à adopter un autre enfant, mais vous avez rejeté mon offre. Et vous me remerciez en me lançant des menaces et des diatribes paranoïaques. Vous accusez mon fils de meurtre et vous m'attribuez une chose que je n'ose même pas dire à voix haute. J'aurais espéré que ce moment pénible puisse être assumé avec une certaine maturité pour le bien du bébé, mais je vois qu'il n'en est rien.

Mince, il m'aurait presque convaincu… Il était rudement bon, je devais lui accorder ça.

– Je vais vous démasquer, répétai-je.

– Oh, pour l'amour du ciel…

Je raccrochai et, en me retournant, je vis Melissa sur le seuil de la chambre, qui portait Angelina dans ses bras.

– C'était lui ? demanda-t-elle.

– Oui.

– Qu'est-ce qu'il voulait ?

– Être sûr qu'on soit prêts.

– C'était gentil de sa part, dit-elle avec une ironie amère.

Elle ferma les yeux.

Je me levai, de peur qu'elle ne s'effondre. Angelina tendit les bras vers moi et cria :

– Pa !

Je ne pus même pas manger ma tranche de pain grillée et m'en tins au café, buvant toute la cafetière. Un mug à la main, j'errai dans la maison comme si je la voyais pour la première fois. Une pâle lumière d'hiver filtrait à travers les rideaux et les stores. Elle était différente de celle de l'automne, blanche, avec une nuance plus froide. Le temps devait être glacé dehors, parce que le radiateur émettait des déclics en soufflant de l'air chaud avec force. Peut-être que c'est normal et que je ne l'avais pas remarqué avant, me dis-je. J'essayai de me rappeler, sans succès, la dernière fois où j'avais vérifié le fonctionnement de la chaudière.

Sanders et Morales étaient à leur poste. Les gaz d'échappement de leurs moteurs se dissipaient en volutes dans l'air.

Je n'avais pas parlé à Melissa de mes soupçons sur le juge ni de ma discussion avec Torkleson. J'aurais peut-être dû, mais j'espérais que l'inspecteur m'appellerait pour confirmer les liens de Moreland avec le réseau pédophile… ce qui mettrait fin à notre calvaire.

Melissa trouva qu'il manquait quelque chose dans la maison et décida de faire du pain. Bientôt, l'arôme qui montait du four parfuma toutes les pièces, en chassant la tension. Bonne idée, pensai-je.

Dans la chambre d'Angelina, il y avait des caisses empilées dans un coin, marquées VÊTEMENTS D'ÉTÉ, VÊTEMENTS D'HIVER, JOUETS et CADEAUX.

Pour la quatrième fois de la journée, je sortis mon portable, tapai le numéro abrégé de Cody et tombai sur : « Le numéro que vous avez demandé n'est pas joignable actuellement. Veuillez laisser un message… »

Nous reçûmes d'autres coups de fil dans la journée, mais aucun de Cody ni de Torkleson. Les parents de Melissa appelèrent chacun de leur côté et elle leur parla bien plus longtemps que d'habitude. Son visage s'empourpra quand elle répondit à son père et elle ne tarda pas à perdre son calme.

– Mais on a eu un avocat ! dit-elle farouchement. Ce n'est pas comme si on n'avait pas essayé… C'est juste que notre affaire semblait perdue d'avance.

Elle continua, l'air renfrogné, levant les yeux au ciel quand elle me vit la regarder :

– Mince, papa ! C'est tout de même formidable que tu sois si inquiet tout à coup et que tu aies réponse à tout ! Mais où étais-tu pendant ces trois semaines, quand on aurait eu bien besoin de ta sagesse ?

Mes parents appelèrent peu après, avant que Melissa ait eu le temps de souffler. Elle décrocha et leur dit que la situation n'avait pas changé. Au bout d'un moment, elle me passa le téléphone.

– Ta mère est si remontée qu'elle ne peut plus parler, dit mon père. Désolé.

– Je comprends…

– Voilà le genre de choses qui arrivent quand on délègue tout aux avocats et au gouvernement, râla-t-il. Quand une société abolit la responsabilité personnelle…

J'avais déjà entendu maintes fois sa théorie : tout était mieux à l'époque des pionniers, lorsque les gens traitaient directement les uns avec les autres sur la foi de leur réputation et de leurs fusils – sans passer par des tiers comme des hommes politiques ou des avocats.

– Papa, je ne peux pas m'asseoir sur ma véranda avec un fusil sur les genoux pour les tenir en respect.

– Oh, je sais… Et c'est bien malheureux.

Je répondis, en pensant au Colt là-haut, dans l'armoire :

– C'est vrai.

– J'ai dit en plaisantant à ta mère qu'on devrait t'envoyer quelqu'un comme Jeter Hoyt pour régler le problème. Comme ça, les types des grandes villes tâteraient un peu de la justice de la frontière.

Je souris amèrement. La justice de la frontière n'avait pas vraiment suffi pour Sur 13.

– Dommage qu'on ne puisse pas faire ça, conclut-il.

Je fis les cent pas dans la maison. Je ne cessais d'appeler le portable de Cody, en pestant de plus en plus contre lui. Pareil pour Torkleson, qui ne répondait pas non plus. Je contactai le siège de la police : il était sorti, me dit la réceptionniste, et elle ne savait pas quand il reviendrait. Elle me demanda si elle pouvait me passer quelqu'un d'autre et je refusai : il me fallait lui parler en personne.

Je restai à l'écart de Melissa et d'Angelina, ne voulant pas leur faire subir la colère et la peur qui montaient en moi. J'allai à l'étage vérifier les charges de mon revolver, puis je descendis à la cave inspecter la chaudière, en me demandant comment diable elle marchait.

Pour une fois, ce qu'avait dit mon père était plutôt sensé. Pourquoi ne pouvais-je pas m'asseoir avec un fusil sur la véranda pour empêcher les gens de nuire à ma famille ?

Je ne pouvais pas rester chez moi, mais je ne pouvais pas non plus laisser ma femme et ma fille. Alors je mis ma parka et sortis. Quand je m'approchai de Sanders, il baissa sa vitre et leva la main.

– Pas plus près, Jack.

– Pourquoi ?

– Notre dîner de Thanksgiving n'a pas plu au shérif. Il nous a dit de cesser de fraterniser avec votre famille. Vous savez ce qui va se passer demain…

– C'est-à-dire ? crachai-je.

– Jack, reculez, s'il vous plaît.

Je rentrai dans la maison à pas lourds. Dans l'allée, je sortis brusquement mon portable et appelai Cody.

«… n'est pas joignable actuellement.»

Je rappelai le siège de la police et la réceptionniste me dit qu'elle placerait mon message sur le bureau de Torkleson : tout en haut de la pile de ceux que j'avais déjà laissés…

L'après-midi, pendant la sieste d'Angelina, j'allai dans la cuisine. Melissa sortait d'autres miches du four. Je ne pouvais même plus me rappeler le nombre de pains qu'elle avait fait cuire dans la journée – sans doute vingt-cinq, peut-être plus. La cuisine était envahie par une odeur de farine, de levure et de croûte dorée. Il restait de la pâte sur la table et il était clair qu'elle ne cesserait de faire du pain que lorsqu'elle serait à court d'ingrédients. Je jetai un coup d'œil furtif aux diverses cachettes de la cuisine, sans trouver la bouteille.

– Pas la peine de regarder, dit-elle. Je ne bois pas.

– Jack, c'est l'inspecteur Torkleson, dit Melissa en me secouant pour me réveiller.

Assis dans mon fauteuil, je m'étais endormi d'épuisement et il me fallut un instant pour comprendre ce qu'elle avait dit. Aussitôt, mon cœur s'emballa comme un moteur de voiture de course. J'empoignai le téléphone et je bondis à l'étage, où je m'enfermai dans notre chambre.

– Je n'ai pas dormi depuis qu'on s'est parlé, déclara Torkleson. J'ai détourné notre meilleure technicienne pour la forcer à bosser sur ses ordis toute la nuit. On a examiné toutes les traces qu'Interpol et Scotland Yard nous ont envoyées…

J'essayai de déglutir, mais j'avais la bouche sèche.

– Jack, on ne peut trouver aucun lien entre Harris ou Coates et le juge Moreland. Rien du tout.

Je faillis m'évanouir, me raccrochant à la tête de lit pour garder l'équilibre.

– Vous pouvez continuer à chercher ? demandai-je d'une voix faible. (J'avais tout misé là-dessus.) Peut-être que son fils a un ordinateur secret. Peut-être qu'ils savent masquer leurs numéros de téléphone et leurs adresses IP. Merde, je ne sais pas… Mais je suis convaincu qu'il y a un lien entre eux.

Torkleson soupira.

– Jack, je ne dis pas que c'est complètement impossible. Je ne dis pas ça. Mais la trace électronique entre Coates et Harris est directe, comme une autoroute. Il n'y a rien de ce genre pour le juge… pas même un chemin de traverse, si vous voyez ce que je veux dire. Il y a quelques adresses IP que ma technicienne ne peut pas isoler, mais rien de solide qu'on puisse porter au procureur. C'est une voie sans issue.

– Ça y est forcément, insistai-je.

– Écoutez, on a fait tout ce qu'on a pu. Vous avez une théorie intéressante qui a l'air de coller avec votre problème, mais rien qu'on puisse creuser d'une façon ou d'une autre. Peut-être qu'à un moment donné Harris citera le juge parmi ses complices ou qu'il lâchera son nom pour avoir une réduction de peine. Ce sera toujours ça.

– Mais il sera trop tard... dis-je.

– Je sais.

Je tournai les yeux vers la fenêtre et vis la voiture de Sanders. La nuit tombait et il faisait plus froid.

– Quand on perd tout espoir, dites, qu'est-ce qui vous reste ?

– Jack, je ne peux pas répondre à ça.

– Moi non plus, soupirai-je.

Puis je le remerciai et raccrochai.

– On s'est vraiment trompés sur toute la ligne, chérie ? lançai-je en fin d'après-midi, quand le soleil disparut derrière les montagnes.

Melissa me regarda, interloquée, en clignant des yeux de façon bizarre.

– Que veux-tu dire ?

Je secouai la tête.

– Peut-être qu'on a eu tout faux. Regarde où nous en sommes... Demain, ils vont venir la prendre. On aurait peut-être dû engager un autre avocat, intenter un procès au juge pour faire traîner. Je sais que tout le monde a dit qu'on n'avait aucune chance de le gagner, mais au moins on aurait eu plus de temps. Au lieu de ça, on s'est vainement escrimés à forcer Garrett à signer les papiers.

Je ne voulais pas évoquer tout ce qui s'était passé, tout ce qui avait mal tourné. Je repris :

– On aurait pu faire ça ou filer tout de suite en la jouant tout feu tout flamme. Peut-être qu'on aurait pu créer un spectacle médiatique en nous ralliant l'opinion et la presse. Ça aurait peut-être refroidi le juge et son fils.

Elle respira un bon coup.

– Jack, j'ai déjà réfléchi à tout ça. Crois-moi, je n'ai pas arrêté de chercher des solutions... Aucune n'aurait marché. Je pense que tu le sais.

Je n'en étais pas si sûr.

– Au moins, on aurait essayé...

– Mais on a essayé ! dit-elle, les yeux remplis de larmes. On a fait tout ce qu'on a pu, avec nos meilleurs amis. Cesse de brasser des hypothèses. Si j'arrive à tenir, c'est parce que je sais qu'on a fait tout notre possible.

Je m'assis lourdement à la table de la cuisine. Elle posa les mains sur mes épaules, y laissant des empreintes de farine. Puis je dis :

– On ne sait toujours pas pourquoi ils veulent notre fille, en réalité.

Mais j'en avais une vague idée, si sinistre que je ne pouvais pas en parler. Et quand je levai la tête pour regarder ma femme je vis bien, au vide de son regard, qu'elle lui avait aussi traversé l'esprit.

Dimanche 25 novembre

Le jour J

23

Et le dernier dimanche arriva.

Aujourd'hui encore, les événements de ce matin-là sont confus, pénibles et décousus dans mon esprit. Je me souviens de tout, mais j'ai du mal à voir les choses dans l'ordre. Aujourd'hui encore, quand je les évoque, mon cœur s'accélère, je respire avec peine et je dois me cramponner quelque part pour garder l'équilibre.

Il était tôt, ce dimanche-là, quand on sonna à la porte. Cela, je m'en souviens clairement. Le soleil n'avait pas encore filtré à travers les nuages et, avec la couche de neige tombée durant la nuit, la rue semblait d'un bleu glacé. Je me rappelle m'être réveillé soudain et avoir ouvert les yeux en pensant : C'est eux.

L'hiver me piqua dès que j'ouvris la porte et trouvai Morales, Sanders, le shérif avec son gros bide, plus une femme flic que je n'avais encore jamais vue. Tous se massaient sur ma véranda, vêtus du même manteau funèbre, et la buée qui s'échappait de leurs bouches auréolait leurs têtes comme s'ils formaient un escadron noir de l'enfer. Ils tapèrent du pied pour ôter la neige de leurs bottes quand ils entrèrent dans le salon.

Dehors, garés dans mon allée, prêts à redémarrer, j'aperçus le juge et Garrett. Ils attendaient.

Derrière moi, Melissa descendit l'escalier, la petite dans les bras. Quand elle vit les policiers, elle s'écria d'une voix étouffée :

– Mon Dieu…

La policière se présenta, sur un ton qu'elle devait juger apaisant. Je n'entendis pas un mot de ce qu'elle nous dit.

Je ne me rappelle pas si je perdis le fil quand elle tendit les bras pour prendre notre fille ou quand le shérif dit « les Moreland veulent seulement l'enfant, ils ne prendront pas les caisses ».

Quelque chose de chauffé à blanc explosa dans ma tête et je sautai sur eux – donnant des coups de poing pour forcer leur barrage, foncer jusqu'à la porte et sortir dans l'allée, puis tirer les Moreland de leur voiture et les tuer à mains nues. Sanders s'écroula, l'air surpris, entraînant le shérif dans sa chute. La femme flic hurla en sortant sa bombe au poivre et m'en menaça. Sanders ou le shérif me frappa au menton, mes mâchoires claquèrent, ma tête fut rejetée en arrière et, l'espace d'un instant, je regardai fixement le plafond. Puis Morales me plaqua les bras le long du corps et souleva mes pieds en me flanquant tête la première sur le divan. Je vis trente-six chandelles pendant un bon moment. Un genou m'écrasa la colonne vertébrale et des mains me tirèrent les bras derrière le dos. Les menottes souples sifflèrent quand elles se resserrèrent autour de mes poings.

À travers un brouillard, j'entendis Melissa bégayer :

– Je ne peux pas vous la donner… Je n'en ai pas la force…

– Je comprends, dit la policière. Mettez-la juste dans ce couffin et je la sortirai. Comme ça, vous n'aurez pas à me la passer.

– Je ne peux pas. Je ne peux pas…

– Je vous en prie, madame. Nous ne voulons pas avoir à vous maîtriser. Pensez à la petite, au bébé dans vos bras. Nous ne voulons pas courir le risque de blesser qui que ce soit.

Melissa obéit.

J'entendis un cri animal qui, en fait, sortait de ma gorge.

Morales et Sanders se détournèrent, les yeux mouillés de larmes.

La femme flic enveloppa ma fille dans des couvertures et, flanquée par eux deux, recula vers la porte.

Juste devant moi, à quelques centimètres, je vis le manteau du shérif et sentis le froid qui s'en dégageait.

Angelina, réalisant qu'on l'emportait, poussa un cri et ses mains potelées jaillirent de la couverture pour se tendre vers Melissa. La policière les recouvrit aussitôt.

Melissa hurla et tomba à genoux.

La porte de la maison se ferma quand la femme flic sortit avec Angelina.

– Appelez les infirmiers d'urgence, dit le shérif à Sanders. (Il se tourna vers moi.) Je peux compter sur vous pour aider votre femme si je vous libère ?

– Oui.

Melissa se releva avec l'aide de Morales, qui pleurait sans cacher ses larmes.

Le shérif observa par la fenêtre la remise du bébé, puis il dit sombrement, d'un ton irrévocable :

– C'est fait.

On m'ôta les menottes. Je tombai du canapé et me remis avec peine sur mes pieds. Melissa, hagarde, pâle comme la mort, avait les bras croisés sur la poitrine. Je courus jusqu'à elle. Elle s'effondra dans mes bras. Je la serrai contre moi pour qu'elle ne tombe pas et reculai vers le divan en sautant sur un pied.

On dit qu'à l'heure de la mort le corps devient soudain plus léger quand son âme le quitte, qu'on a mesuré ça. Melissa ne mourut pas, mais je me rappelle avoir pensé que son âme l'avait quittée, parce qu'elle était légère comme une plume.

Tandis que je soulevais ses jambes pour les poser sur le divan, j'entendis les pneus des Moreland crisser sur la neige quand ils partirent en marche arrière.

Quelques instants plus tard, une ambulance, tous gyrophares dehors, s'engouffra dans l'allée. Les infirmiers avaient sans doute été postés juste au bas de la rue, au cas où on aurait besoin d'eux. Soudain, d'autres hommes en noir envahirent la maison. Ils aidèrent Melissa à monter l'escalier et à se mettre au lit. Je restai sur le palier, hébété, les yeux brûlants sans pouvoir pleurer. J'avais mal à la mâchoire.

Il y eut une vive discussion lorsque Morales et Sanders dirent au shérif qu'ils refusaient de m'arrêter pour voies de fait et que, s'il insistait, il pourrait le faire lui-même car ils démissionneraient. Je l'entendis râler :

– Bon sang ! OK, OK… Vous êtes vraiment trop proches de ces gens.

Tout en parlant, il suçait une dent de devant qui avait été délogée dans la bagarre.

– C'est ça… cracha Sanders.

Je montai à l'étage.

Un infirmier donnait un sédatif à Melissa. Elle battit des paupières et s'endormit très vite. Je levai les yeux vers l'infirmier et lui dis que pour ma part je ne voulais rien, n'avais besoin de rien.

Quand je redescendis, le shérif était parti. Morales et Sanders se tenaient la tête basse, les yeux sur leurs bottes.

– J'ai horreur de mon métier, dit le second.

– Jack, on peut vous laisser ? s'enquit Morales. Vous ne ferez pas de bêtises, hein ? Vous ne vous ferez pas de mal ? Vous n'agresserez personne ?

Je fis non de la tête. Ce qui voulait dire oui.

Et ce fut fini.

Ce soir-là, quand le soleil se coucha, embrasant les cristaux de givre de son feu glacé, et que la température tomba à moins vingt, j'allai voir Melissa dans notre chambre. Elle dormait toujours. Les infirmiers m'avaient dit qu'elle ne se réveillerait pas de la nuit. Je lui laissai quand même un mot sur la table de chevet, d'une écriture que je ne reconnus pas :

Je vais aller chercher Angelina.
Si je ne reviens pas, je veux que tu saches que je t'aime de tout mon cœur.
Je t'embrasse,
Jack

Je glissai le Colt 45 dans la poche droite de ma parka. Il était lourd. Pour le contrebalancer, je vidai la boîte de cartouches dans la gauche.

La neige me gifla le visage. En reprenant mon souffle, je sentis des cristaux de givre se former dans mon nez. La neige craqua sous mes bottes. Le bruit me fit grincer des dents et me donna la chair de poule.

J'avais oublié de prendre mes gants et la poignée métallique de ma Jeep me piqua les doigts.

– Jack ! Où tu vas comme ça ?

Je me figeai sur place. C'était Cody.

Je me retournai avec raideur. Il traversait la pelouse. Sa voiture était garée en face de la maison et je ne l'avais même pas remarquée.

– Tuer le juge Moreland.

– Alors c'est fini ? Ils l'ont emmenée ?

– Mais où étais-tu ? J'essaie de te joindre depuis des jours !

– J'ai cassé mon foutu portable sur la tête d'un type.

– Il faut que j'y aille.

– Il mérite qu'on le bute, reprit Cody. Mais pas maintenant. Et ce n'est pas à toi de le faire.

– Laisse-moi passer.

Il me saisit par la manche. Je ne voulais pas le voir, et encore moins l'entendre. Il n'avait pas été là quand nous avions besoin de lui et je devais faire ça moi-même.

– Ce que je veux dire, expliqua-t-il, c'est que tu ne dois pas aller chez lui tout de suite. Tu ne pourras pas approcher, de toute façon : le shérif a posté des voitures devant sa maison au cas où tu voudrais tenter ce genre de truc. Ça ne servira qu'à te faire jeter en prison.

– Je m'en fiche.

– Tu as tort, répliqua-t-il. Car maintenant je sais exactement ce qu'il fabrique. On va pouvoir coincer ce salaud *et* reprendre ta fille.

Je clignai des yeux.

– C'est vrai, reprit-il.

– Mais comment ?

– J'ai quelqu'un avec moi à qui tu dois parler.

Je regardai à nouveau sa voiture. Il n'y avait personne à l'intérieur. Puis je remarquai quelque chose que je n'avais pas vu avant : elle tremblait légèrement en se balançant.

– Il est dans le coffre, dit Cody. On va l'amener chez toi pour discuter un peu.

24

– Présentez-vous à M. McGuane, dit Cody au petit homme débraillé qu'il poussa brutalement sur le seuil de ma porte.

Sans desserrer les lèvres, l'homme marmonna quelque chose comme :

– J'm'appelle My-Wott…

– Où est Melissa ? demanda Cody.

Du menton, je désignai l'étage.

– Ils l'ont droguée.

Il secoua la tête.

– Les salauds ! Elle va bien ?

– Tu crois que c'est possible ?

– Les ordures…

– Ils sont venus ce matin. Le shérif et trois flics. Le juge et son fils sont restés dans leur voiture, ils ne sont même pas entrés.

My-Wott ne bougeait pas, nous regardant échanger nos répliques comme s'il assistait à un match de tennis. Je vis bien, à son regard vide, qu'il ne comprenait rien à ce que nous disions.

– Asseyez-vous, lui dit Cody en montrant le sofa.

Le petit homme marcha vers le divan, les jambes raides, et s'assit. Je compris alors pourquoi il avait du mal à parler et pouvait à peine bouger : il était glacé. Ses dents claquaient si fort que je croyais entendre éclater du pop-corn. My-Wott était maigre, voûté et effacé. Il était très petit et ne devait pas peser plus de soixante kilos. Il avait des cheveux mal coupés, de grosses lunettes à monture d'écaille, pas de menton mais une grosse pomme d'Adam, et son visage était un paysage lunaire grêlé de vieilles cicatrices d'acné. Il avait un regard furtif et une attitude humble qui m'énervèrent. Je le plaignais et, en même temps, j'avais envie de le frapper. Il portait une chemise rouge à carreaux, un jean trop large et des chaussures bateau. Quand il s'assit, ses manches remontèrent, découvrant une Rolex en or massif qui n'allait pas avec le reste du personnage.

J'aperçus un vilain bleu sur une zone dégarnie de son crâne. Cody surprit mon regard.

– C'est comme ça que j'ai cassé mon foutu portable.

Il alla prendre deux chaises dans la cuisine et les plaça devant lui. Il retourna la sienne, s'y installa à califourchon, puis il posa les bras sur le dossier. Là, il gronda, les yeux brillants, en retroussant les lèvres :

– Je vous ai demandé de vous présenter à M. McGuane. Assieds-toi, Jack, me dit-il.

– Je m'appelle Wyatt, répondit l'homme.

– Wyatt comment ? aboya Cody.

– Henkel.

– Et d'où êtes-vous, Wyatt Henkel ?

– Vous voulez dire, là où j'habite ou là où je suis né ?

Cody le gifla.

– Bon sang, Cody… soupirai-je.

Il me regarda.

– Quand tu entendras ce qu'il a à dire, tu ne te contenteras pas de vouloir le gifler.

– Quand même…

– Je suis né à Greeley, dans le Colorado, dit Henkel, se forçant à parler tout en claquant des dents. J'habite à Las Cruces, au Nouveau-Mexique.

– Bien, dit Cody. Maintenant, dites à M. McGuane pourquoi vous êtes ici. Pourquoi votre numéro de téléphone était sur la liste des appels de Brian Eastman.

Henkel détourna les yeux et regarda fixement notre cheminée à gaz, que j'avais éteinte cinq minutes avant de sortir.

– Je meurs de froid, dit-il en se tournant vers moi. J'ai passé huit heures dans ce coffre.

– Sept heures, à tout casser, rectifia Cody. Arrêtez de vous plaindre.

Je me levai et m'approchai de la cheminée pour l'allumer.

– Non, dit Cody, laisse-la fermée.

– Mais regarde-le…

– Je m'en fiche. On l'allumera quand il parlera… Vous pouvez toujours courir, cracha-t-il à Henkel. Pigé ?

L'homme évita de croiser son regard.

– J'ai remarqué que tu avais les poches pleines, me dit Cody. Tu es armé ?

– Oui.

– Bien. Sors ton revolver. C'est le Colt Peacemaker de ton grand-père ?

J'obéis. L'arme était froide et lourde et, dans ma main, elle ressemblait à un outil rouillé.

– Arme-le, dit Cody, et presse-le sur le front de Henkel. S'il nous ment, je te dirai de presser la gâchette. N'aie pas peur que sa cervelle éclabousse ton salon, je ne pense pas qu'il en ait beaucoup. Et ne t'inquiète pas pour le corps, je le porterai dans les montagnes, là où j'ai enterré l'oncle Jeter. C'est un endroit parfait, où nul n'ira jamais chercher. Peut-être que les coyotes déterreront leurs os en 2030, mais là, plus personne n'en aura rien à branler.

Il désamorça mon air d'horreur par un clin d'œil à peine visible, que l'homme ne put pas voir parce qu'il gardait la tête baissée.

– OK, articulai-je muettement. J'ai compris.

Henkel leva lentement la tête. Il était terrifié. J'armai le chien, le barillet tourna et je plantai l'arme sur sa tempe.

Cody garda les yeux fixés sur lui et sortit son Glock de service. Puis, en l'agitant négligemment, il dit :

– Au cas où il vous raterait… On recommence : quel est votre métier ?

– Je suis concierge au lycée de Las Cruces.

– Concierge, hein ?

– Oui, monsieur.

– Ça, ça me plaît, continuez à m'appeler « monsieur ». Et faites pareil pour mon ami. Dites-nous depuis quand vous avez ce poste.

– Sept ans.

– Et combien gagnez-vous ?

– 26000 dollars par an.

– Intéressant… Vous avez un salaire moyen, mais vous vivez sur trois hectares et avez deux véhicules tout neufs. Je me trompe ?

Henkel toussa, et sa pomme d'Adam se mit à trembler.

– Non…

– En plus, vous avez une grosse montre en or. C'est un faux ? Un de ces trucs qui viennent de Taïwan ?

– Elle est vraie, affirma-t-il.

– Et votre Escalade… c'est une voiture volée ?

– Non, monsieur.

– Vous vivez bien pour un concierge, hein ?

– Oui, je m'en sors pas mal.

Sa voix avait pris un peu d'assurance. Il commençait à s'animer. Ce qui hérissa Cody.

– Tue-le, me dit-il.

J'enfonçai un peu plus mon arme dans sa tempe.

– Non ! cria Henkel, les yeux exorbités.

– Alors dites-moi la vérité ! hurla Cody.

Même moi, il me fichait la frousse.

– D'accord, dit Henkel.

– Vous n'avez pas toujours été concierge, hein ?

– Non.

– Qu'est-ce que vous avez fait d'autre ?

– Des tas de choses. Je ne dois pas être très malin.

Tout en répondant à Cody, Wyatt gardait les yeux tournés vers moi. Sans doute parce que, malgré mon arme, il avait encore plus peur de lui.

– Je fais de mon mieux, mais, souvent, les gens ne m'aiment pas. Personne m'a jamais eu à la bonne.

– Ça ne m'étonne pas, dit Cody. Je répète : quel genre de métiers avez-vous exercés ?

Henkel leva les yeux, comme s'il tentait de se rappeler.

– Vendeur, le plus souvent. Chez Wall-Mart, Target et Pier One. J'ai pas mal déménagé entre le Nouveau-Mexique et le Colorado.

– Vous n'avez pas parlé de cette boutique de photos… vous savez, celle de Cañon City, dans le Colorado…

– Oh, celle-là… dit Henkel, de plus en plus pâle.

Cody avait touché un point sensible.

– Dites à M. McGuane quand vous y avez travaillé.

Il réfléchit un instant.

– C'était en 2001.

– Avant que tout le monde se mette à la photo numérique, précisa Cody. Au temps où on développait encore des pellicules.

– Oui. Je ne crois pas que la boutique existe encore.

– Le Royal Gorge[1] est bien à proximité de Cañon City, hein ?

– Oui.

– C'est un endroit assez spectaculaire, non ? dit Cody. Plein de touristes qui traversent la passerelle pour admirer l'Arkansas River. Il y a même un parc national là-bas, n'est-ce pas ?

Je me demandais où diable il voulait en venir.

Henkel hésita, puis répondit :

– Oui.

– En 2001, le gardien de ce parc vous a apporté une pellicule à développer. Vous vous en souvenez ?

À nouveau, Henkel toussa et s'étrangla.

– Je peux avoir un verre d'eau ? me demanda-t-il.

– Une bonne balle dans la tête, oui ! répliqua Cody. Alors, vous vous rappelez quand le gardien du parc vous a apporté sa pellicule ?

1. Un des canyons les plus profonds du Colorado, large de 15 mètres, dont les parois peuvent s'élever jusqu'à 380 mètres.

– Oui.

– Il vous en apportait beaucoup à développer, je crois.

– C'est vrai.

– Mais vous n'étiez pas censé regarder ce qu'il y avait dessus… Et avec le matériel que vous aviez, vous n'aviez pas de raison de le faire. Le traitement était automatique, hein ? Le seul moment où vous touchiez vraiment les tirages, c'était pour les mettre dans la pochette du client ?

– En principe.

– Mais cette fois-là vous avez regardé, n'est-ce pas, Wyatt ?

Il répondit d'une voix rauque :

– Oui…

Ce disant, il regarda furtivement Cody, puis me lança un regard nerveux.

– Qu'est-ce qu'il y avait sur ces tirages, Wyatt ?

– Surtout des vues de la nature. Mais aussi beaucoup d'enfants avec leurs familles. En train de randonner ou de camper.

– Donc, ce client avait pris pas mal de photos d'enfants ?

– Oui.

Cody me jeta un coup d'œil. Je ne voyais toujours pas où cela nous menait.

– Et pourquoi avez-vous fait un deuxième jeu d'épreuves pour vous-même ?

Henkel ferma un instant les yeux.

– Wyatt ?

– Il y avait quatre photos que je voulais garder.

Cody se pencha en arrière, fouilla dans son manteau et en sortit une enveloppe en papier kraft.

– Ce sont ces quatre-là, Wyatt ?

– Vous savez bien que oui.

Cody me passa l'enveloppe.

– Qui a les originaux et les négatifs ? demanda-t-il.

– Le client.

Cody eut un sourire sarcastique.

– Et quel est ce client, Wyatt ?

– Aubrey Coates. C'était le gardien du parc à l'époque.

Je sursautai violemment et faillis tirer involontairement. Soudain, ce fut comme si, ces trois dernières semaines, j'avais été entouré de douzaines de calques portant chacun une pointe de couleur et quelques gribouillis. Séparément, aucun n'avait de sens. Mais quand on les superposait, on voyait apparaître une image entière. Ce fut comme si tout ce que nous avions fait et découvert les vingt jours précédents prenait tout à coup un sens effrayant.

Je baissai le revolver et ouvris l'enveloppe, sachant ce que j'allais trouver.

Brian avait raison. *Il y avait bien des photos.*

Sur la première figurait une famille de trois personnes, qui randonnaient sur une piste étroite. Derrière elles s'élevait une paroi rocheuse, signe que la scène se passait dans un canyon : le Royal Gorge. La photo était granuleuse et on voyait une branche de pin dans un coin, ce qui montrait que l'image avait été prise de loin et que le photographe se cachait dans un bouquet d'arbres. La femme – lourde, quelconque, visiblement enceinte – marchait en tête. Un garçon de douze ou treize ans fermait la marche. Il me fallut un moment pour reconnaître en lui un plus jeune Garrett. L'homme entre eux était John Moreland.

La deuxième photo était un peu floue, mais il était clair que le juge tirait sur le bras de sa femme, qui se débattait frénétiquement pour garder l'équilibre. On voyait très nettement Garrett, qui semblait les regarder avec un vif intérêt.

Sur la troisième photo, Dorrie Moreland, la femme ultra-dévote qui freinait l'ascension sociale de son mari et qui, en plus, allait avoir un autre enfant qui rivaliserait avec son premier-né psychopathe, tournoyait dans le vide, ses longs cheveux flottant derrière elle comme des flammes.

Et sur la quatrième, sous le regard approbateur de son père, Garrett s'apprêtait à délivrer le coup de grâce, avec une pierre brandie au-dessus du corps brisé de sa mère.

Je regardai les photos une deuxième, puis une troisième fois.

– Mon Dieu… murmurai-je. Ainsi, Aubrey Coates tient le juge.

– Exact, dit Cody.

– C'est pour ça qu'il est intouchable.

– Bingo !

– Donc, il l'a fait chanter pendant toutes ces années ?

Cody hocha la tête, puis il leva son Glock en le pointant vers la tête de Henkel.

– En quelque sorte... Dites-lui, Wyatt.

Si tant est que ce soit possible, l'homme parut soudain encore plus petit et encore plus minable.

– C'est moi qui l'ai fait chanter, admit-il. J'ai dit au juge que j'avais les photos. Je lui en ai envoyé des photocopies pour le prouver. Comme ça, il m'a payé pendant des années.

– D'où les voitures, le grand terrain et la Rolex... dit Cody. Mais vous avez menti au juge, pas vrai, Wyatt ? En lui disant que vous aviez les négatifs.

Henkel fit oui de la tête.

– Donc, quand Brian Eastman a commencé à faire courir le bruit qu'il cherchait quelqu'un dans le pays qui avait des photos de Moreland, vous avez contacté le juge, hein ?

– Oui.

– Pour lui dire qu'il devrait vous payer encore plus, sans quoi vous vendriez les photos à Brian ?

– Oui.

Bizarrement, Henkel faisait ces révélations avec un enthousiasme croissant. Il était évident qu'il était fier de lui. Ça me démangeait de le tuer, mais pas avant d'avoir tout entendu.

Cody se tourna vers moi.

– À partir de là, j'avance juste des hypothèses, mais qui se basent sur le rôle joué par Henkel dans cette histoire. Quand j'enquêtais sur Coates, je me suis toujours demandé pourquoi il avait cessé de travailler dans des parcs nationaux il y a cinq ans pour bosser uniquement dans des campings situés sur des terres fédérales. C'était un de ces détails qui me titillaient et que je ne comprenais pas. Mais à présent je vois. Ce changement coïncide avec l'époque où Moreland a été nommé dans une cour fédérale. Wyatt avait les photos, il a cherché à le faire chanter… et le juge a payé. Coates, lui, ne voulait pas d'argent… il avait besoin de sécurité. Il savait bien qu'un jour il se ferait arrêter, donc il a contacté Moreland pour lui parler de l'atout qu'il avait dans sa manche. Il voulait s'assurer de pouvoir comparaître dans une cour fédérale parce qu'il savait quel juge y siégerait. D'une façon ou d'une autre, il a dû lui faire savoir qu'il pourrait être un jour jugé dans son tribunal et aurait alors besoin d'un service. Donc, comment Moreland a-t-il fait pour s'assurer qu'il présiderait le procès si ce maître chanteur inconnu était traîné devant lui ? Il a manipulé la justice de l'intérieur, en veillant à être chargé des crimes commis sur les terres fédérales. Il voulait contrôler la situation pour se protéger au cas où le pédophile aurait besoin de son aide. Et voilà pourquoi Coates était intouchable.

– Le salaud !… dis-je. Attends… Mais pourquoi a-t-il pris le risque de porter sa pellicule à Henkel ? Ne craignait-il pas que lui ou un autre voie les photos du meurtre ?

– Je peux vous l'expliquer, dit Henkel. Je ne crois pas qu'à l'époque il se soit rendu compte de ce qu'il avait. Ces photos sont agrandies, c'est pour ça qu'elles sont si granuleuses. Sur les originaux, les gens ressemblent à des fourmis dans ce canyon. Il a pu photographier par hasard la chute de la femme, mais sans se rendre compte que le juge l'avait poussée. Je ne crois pas qu'il savait ce qu'il y avait dessus avant de rentrer chez lui et de les regarder de près.

– Et il n'a jamais cherché à vous retrouver ? demandai-je, sceptique.

Il sourit pour la première fois. Des chicots pourris parsemaient ses mâchoires.

– S'il l'a fait, j'étais parti depuis longtemps. Et j'ai gardé ces agrandissements avec moi en passant d'une ville à l'autre, d'un boulot à l'autre. Je crois qu'il a essayé de me traquer deux ou trois fois. Un jour, un type s'est pointé dans ma boutique à Salida et a posé des questions sur moi. Je l'ai entendu de l'arrière-boutique, je suis sorti par la porte du fond et j'ai filé sans demander mon reste. Et puis un soir, à Durango, en rentrant en voiture chez moi, j'ai vu des jeunes avec des têtes de truands mexicains garés devant mon immeuble. Je suis passé devant eux sans m'arrêter et j'ai continué ma route jusqu'au Nouveau-Mexique.

Cody hocha la tête, comme si une autre pièce du puzzle venait de se mettre en place.

– Donc, quand vous avez laissé un message au juge pour lui parler de Brian Eastman, il vous a rappelé ?

– Non. C'est son fils, Garrett, qui l'a fait. Le garçon qu'on voit sur les photos : celui qui lève la pierre.

– D'accord. Et que vous a-t-il dit ?

– Vous allez me tuer, n'est-ce pas ? nous demanda Henkel.

Cody fit la grimace.

– Je dirais oui, à quatre-vingt-dix pour cent. Mais il vous reste dix pour cent de latitude. Vous devez me convaincre que vous les valez en disant la vérité.

Je vis Henkel réfléchir, soupeser les arguments. Il finit par lâcher :

– Garrett a dit qu'ils me paieraient plus qu'avant, mais seulement si j'appelais Eastman pour lui dire que j'avais les photos. Je l'ai fait et il a accepté de me voir à Denver. Garrett m'a donné l'adresse à fournir à Eastman, en me disant de pas y aller. Je pense qu'il y a été à ma place…

Je pressai la gâchette.

L'explosion fut assourdissante. J'ignore comment Melissa put rester endormie avec tout ce bruit. Henkel se tordit sur le canapé, en se tenant l'épaule là où la balle l'avait frappé, maculant le divan de son sang.

Cody m'arracha le revolver des mains avant que j'aie pu le réarmer et achever Henkel.

– Bon Dieu, Jack ! hurla-t-il. On n'en a pas encore fini avec lui !

– Moi si, dis-je.

Mais ce que je venais de faire m'horrifiait.

Henkel grognait et gémissait.

Cody l'empoigna par les cheveux et le redressa.

– Dépêchez-vous de parler, et vous aurez peut-être une chance de rester en vie.

– Ça fait mal, bredouilla Henkel, les dents serrées.

– Ça vous fera encore plus mal !

– Je vais perdre tout mon sang…

– Peut-être.

Cody se pencha au-dessus de lui, collant presque son visage au sien.

– À ce que vous savez, Coates n'avait jamais recontacté le juge avant ces derniers temps, hein ?

– Je crois que non.

Cody me regarda en hochant la tête.

– Quand Coates a découvert que je resserrais mon étau sur lui, il a dû joindre Moreland pour lui rappeler ce qu'il lui avait dit il y a plusieurs années. Imagine la surprise du juge quand il s'est aperçu qu'un des deux hommes qui savaient pour le meurtre de Dorrie était justement le pédophile que les flics s'apprêtaient à confondre : bien sûr, il avait les mandats de perquisition et d'arrestation sur son bureau. Donc, il a averti Coates de la venue de la police. Voilà comment ce type a su qu'il devait tout détruire. Et Moreland s'est arrangé pour le faire acquitter.

Les idées se bousculaient dans mon esprit. Je tentai de leur donner une certaine cohérence.

– Mais, dis-je à Cody, c'est à cause de toi qu'il a été relaxé.

Ses yeux lancèrent des éclairs et je regrettai tout de suite d'avoir dit ça.

– Excuse-moi, dis-je. Mais…

Cody m'interrompit :

– Jusqu'à ce soir, il y a une chose que je n'étais jamais arrivé à comprendre dans ce procès : comment Ludik avait pu tout savoir sur ce que j'avais fait après l'arrestation de Coates. Je veux dire, il est malin, mais pas à ce point-là. Quelqu'un a dû le tuyauter, et je pense que c'était Moreland. Je suis sûr qu'il ne l'a pas fait en lui téléphonant, en faisant quoi que ce soit d'aussi compromettant. Il a dû répandre des ragots du style : « J'espère que l'accusation est solide, parce qu'il semble y avoir de sérieux problèmes avec les pièces à conviction », ou un truc comme ça. Donc, Moreland a fait courir ce bruit pour que Ludik l'entende et fasse sa petite enquête. Je ne dis pas que je n'ai pas merdé. Bien sûr que si. Mais c'est Moreland qui a déclenché ce bordel, depuis le moment où il a averti Coates de l'imminence d'une perquisition jusqu'au jour où il a suggéré à la défense d'examiner de plus près la liste des preuves.

Ça se tenait.

Cody se tourna vers Henkel et lui fourra son Glock sous le nez. Puis il dit, d'une voix atone :

– Quand je suis venu chez vous au Nouveau-Mexique, vous chargiez des bagages dans votre voiture. Où comptiez-vous aller ?

– On devait faire l'échange, répondit Henkel.

– Qu'est-ce que vous dites ?…

– Il allait y avoir une rencontre importante, où tout le monde aurait ce qu'il voulait.

Cody le gifla à nouveau et Henkel grimaça. Les coussins se teintaient de sombre autour de sa blessure. L'odeur du sang venait à mes narines, une odeur âcre, métallique, qui me donnait envie de vomir.

Henkel s'affaiblissait. Il avait les paupières tombantes.

– Quel échange ? ! hurla Cody.

– Le juge allait récupérer toutes les photos, avec les négatifs. Et moi, j'allais toucher la grosse somme qu'il m'avait promise. On devait se retrouver demain matin chez Coates, là-haut, dans les montagnes.

– Et Coates aurait eu quoi ?

Henkel toussa et faillit s'évanouir. Puis il dit :

– Ce qu'il disait vouloir depuis toujours : sa petite fille à lui.

Ce fut alors que je compris qui avait envoyé la photo d'Angelina à Malcolm Harris : c'était Coates… Je me rappelai le moment où le juge l'avait prise, le matin où il était venu chez nous, quand il était monté à l'étage avec Melissa. C'était pour ça qu'il avait tellement insisté auprès d'elle pour voir notre fille, qu'il l'avait priée de la retourner pour mieux la regarder.

LUNDI 26 NOVEMBRE

Le lendemain

25

Il neigeait cette nuit-là sur l'I-70 quand nous partîmes pour le Desolation Canyon. La neige était tombée vers minuit et avait peu à peu viré à la tempête. Les seuls véhicules que croisèrent nos quatre voitures sur le trajet de deux heures depuis Denver étaient des chasse-neige aux gyrophares jaunes et quelques 4 × 4. J'avais les nerfs à plat et le café ne passait pas. Cody avait appelé trois hommes après avoir déposé Henkel à la porte des urgences : Sanders, Morales et Torkleson. Ce dernier avait aussitôt fait venir un vidéaste de la scientifique et quatre agents du SWAT[1]. Morales arriva avec Sanders dans son pick-up surélevé, flanqué de son épouse pour qu'elle veille sur Melissa. Torkleson conduisait le véhicule de tête, Cody à sa droite et moi à l'arrière.

Soudain, une idée me frappa :

– Et s'ils ne veulent pas faire l'échange sans Henkel ?

Puis je pensai, une fois de plus : Je n'aurais jamais dû tirer sur lui.

– C'est vrai, dit Torkleson.

Il saisit son micro sur le tableau de bord et ajouta, en appelant la police de la route :

– Je vais passer sur une station privée.

Contactant un agent qu'il connaissait, il le persuada d'émettre une fausse annonce de collision, suivie d'un incendie, qui se serait

1. Special Weapons and Tactics : équivalent du GIGN.

produite près de la frontière du Nouveau-Mexique, en signalant qu'une des victimes serait Wyatt Henkel.

– On sait que Coates écoute les fréquences de la police, nous dit-il. S'il entend cette info, je suis sûr qu'il la relaiera au juge. Ça expliquera l'absence de Henkel.

– Bravo ! dit Cody. Coates et Moreland seront tous deux ravis de savoir que Wyatt – et ses photos – est hors circuit.

Pendant que nous roulions, j'essayai de démêler ce que nous avions appris. Cody semblait faire pareil.

– Comment Coates a-t-il su, pour Angelina ? demandai-je.

– Je me le suis demandé aussi, dit Cody. Et puis un jour, en vérifiant la liste des détenus de la prison fédérale avant le procès, j'ai découvert qu'il avait partagé une cellule avec une ordure, José Medina, qui était tombé pour trafic. Ce type est un gros truand de Sur 13, et un complice notoire du fils Moreland. Garrett lui avait sans doute dit qu'il était harcelé par une agence d'adoption – il s'en était probablement vanté – et Coates a dû entendre Medina en parler. C'était le genre de choses qu'il pouvait exploiter, d'autant plus qu'il avait déjà passé un marché avec le juge. Donc, il a redoublé d'exigences envers lui, car Moreland n'avait pas de quoi négocier : « OK, je me tais si vous m'acquittez, mais en plus je veux une petite fille. »

– Ça me rend malade, murmurai-je.

– Sans blague… dit Cody. Moi, ce qui me rend encore plus malade, c'est que le juge ait accepté. Ou qu'il ait fait semblant.

– Mais pourquoi lui et son fils ont-ils tué Dorrie ? demandai-je, devinant la réponse.

– Ils n'avoueront sans doute jamais. Mais je pense qu'elle ne supportait plus d'avoir fourni un alibi à son mari, le soir de la mort de ses parents. Plus elle le connaissait et plus elle était *sûre* qu'il avait provoqué cet accident… ça devait la ronger. Elle allait plus souvent à l'église, non ? Elle ouvrait probablement son âme à Dieu, pour lui dire qu'elle avait épousé un homme qui avait tué ses parents et qu'elle l'avait couvert. Elle a pu carrément demander à John s'il avait du sang sur les mains, ou il a deviné qu'elle voulait en parler à quelqu'un. Quoi qu'il en soit, il a su qu'il devait se débarrasser d'elle. En plus, il devait déjà baiser avec Kellie. Donc, quand on est John Moreland, que fait-on quand on a d'un côté une recluse écrasée de culpabilité qui peut vous faire tomber et de l'autre une blonde superbe et friquée ? Le choix ne lui a pas été difficile.

– Mais pourquoi Garrett a-t-il participé ?

– Parce que c'est un tordu, expliqua Cody. Ton instinct ne t'avait pas trompé. Qui plus est, il savait qu'en aidant son père à commettre ce crime, il aurait toujours un moyen de pression sur lui. En un sens, la mort de sa mère l'a libéré.

– Moreland a dû très vite comprendre la nature de Garrett, supposai-je. Imagine : savoir qu'on a un fils comme ça… Avoir à vivre avec et devoir le protéger sans cesse… Et il était forcé de le couvrir, sinon Garrett aurait pu avouer ce qu'ils avaient fait ensemble. En plus, Doogan m'a dit quelque chose aux obsèques de Brian sur les hommes comme Moreland : quand un type pareil brigue quelque chose – en l'occurrence, la Cour suprême –, chacune des mesures qu'il prend tend vers cet objectif. Je n'ai pas réalisé ce qu'il disait sur le moment… et lui non plus, je pense. Mais quand on est Moreland et qu'on veut accéder à la Cour suprême, comment peut-on ne serait-ce qu'y songer si on a un fils gangster ?

– Bonne question, dit Cody. Oui, comment ?

– On atténue les choses, avançai-je. On recueille la fille illégitime de son fils dépravé pour l'élever soi-même. On montre au monde que, si cette mauvaise graine n'a pas de responsabilité, on en a à revendre. On répare du mieux qu'on peut son erreur de jeunesse. On transforme une tache en acte méritoire. On sait aussi qu'un jour ce fils taré finira par tomber et qu'on n'aura plus à s'inquiéter pour lui. Ça aurait pu facilement arriver à l'Appaloosa l'autre soir. Et le jour où il plonge, on pousse un « ouf » de soulagement et la vie reprend ses droits…

Cody se tourna vers moi en souriant. Je vis ses dents briller dans le noir.

– Tu aurais pu faire un bon flic, après tout, Jack. Mais il y a quelque chose qui cloche dans ta théorie.

– Quoi ?

– Pourquoi le juge donnerait-il ta fille à un pédophile notoire ? Les gens ne risquent-ils pas de le découvrir ?

Je réfléchis un moment à ça. Puis, soudain, je compris.

– Moreland est futé. Assez malin pour trouver un moyen de faire disparaître Angelina au bout de quelque temps, et même pour mettre en scène une disparition ou un enlèvement. Je le verrais bien lancer un appel éploré aux ravisseurs à la télé, faisant d'Angelina un nouveau bébé Lindbergh *qui ne serait jamais retrouvé*. Sa douleur serait si touchante… Et si un jour un membre du comité judiciaire du Sénat avait le front de lui demander pourquoi il l'a arrachée à notre foyer, il dirait que ça l'a torturé et qu'il a fait tout son possible pour nous aider à adopter un autre enfant, mais qu'il souffre encore plus quand il songe à ce que les ravisseurs ont fait subir à la petite… D'ailleurs, quelle question scandaleuse ! Et il s'en tirerait en passant pour un saint tragique…

Torkleson émit un sifflement.

– Excellent !

– Maintenant, tu penses comme un Moreland, Jack, dit Cody. Tu as fait des pas de géant.

Cody connaissait bien la géographie du canyon parce qu'il y avait préparé quelques mois plus tôt sa descente chez Coates, mais il se plaignit qu'il semblait différent la nuit sous la neige. Des grognements s'élevèrent de toutes parts quand il dit que la seule façon d'approcher de sa caravane était à pied et par-derrière, car il n'y avait qu'une seule route d'accès au camping et il ne fallait pas qu'il nous voie venir. Nous dûmes nous garer au bord d'une route de gravier de l'autre côté de la montagne et plonger dans la forêt pour l'escalader. La neige était poudreuse et nous nous y enfoncions jusqu'aux genoux, dans nos hautes bottes d'hiver. Comme il n'y avait pas le moindre vent, les branches de pin supportaient huit à dix centimètres de neige – on aurait dit de la mousse sur des bocks de bière. Il était impossible de monter dans la forêt sans s'y cogner, et de la neige se déversait dans nos cous. Les faisceaux de nos lampes-chapeaux voletaient entre les arbres, créant un effet hallucinogène, et j'essayais de garder la tête baissée en me concentrant sur la piste devant moi. Les types du SWAT portaient des armes automatiques et Sanders et Morales avaient apporté leurs fusils de chasse. Mon Colt était dans la poche de ma parka.

Je suais sang et eau en atteignant le sommet, mais penser à ma fille, à Moreland et à Coates me faisait avancer. Je cessai enfin de vomir quand je n'eus plus rien dans l'estomac.

Pendant que nous descendions tant bien que mal l'autre versant de la montagne pour atteindre le camping du Desolation Canyon, le ciel commença à s'éclairer, prenant une teinte gris terne. Je doutais que nous verrions le soleil lui-même.

Cody rassembla tout le monde quand il y eut assez de lumière pour voir sans lampes-chapeaux. De là où je me trouvais, j'aperçus une grande percée en contrebas et, devant moi, le camping désert. Il y avait des tables de pique-nique empilées sous la neige et des grilles de cuisson montées sur des poteaux. Seuls des cerfs mulets empruntaient les chemins desservant les campements individuels et la petite route qui venait de la nationale. Les parois du canyon se dressaient de toute leur hauteur, assombrissant la gorge bien qu'il fût déjà sept heures du matin.

Nous reprîmes haleine au milieu des pins, les joues empourprées par l'effort. Nous respirions difficilement, en soufflant des volutes de buée. Le seul avantage de la neige était qu'elle étouffait les sons.

Cody se pencha en avant pour nous montrer la caravane de Coates. Nous pouvions à peine la voir entre les arbres, à quatre cents mètres de là. Comme je l'avais appris au tribunal le jour de son procès, son toit était hérissé de paraboles et d'antennes Internet.

Après avoir discuté de l'approche, Cody et Torkleson choisirent de poster deux hommes du SWAT à la lisière du pré où était nichée la caravane, un de chaque côté. Cody leur rappela que le véhicule avait aussi une porte arrière et Torkleson leur dit de prendre de bons angles de tir sous le couvert des arbres.

Sanders et Morales acceptèrent de se séparer, pour s'intégrer chacun à une équipe du SWAT. Torkleson, Cody, le vidéaste et moi devions traverser le bois en ligne droite vers l'arrière de la caravane, où Torkleson établirait un poste de commande pour diriger les opérations.

– Baissez le son de vos radios et mettez vos oreillettes, dit-il à ses hommes. Communiquez ! Rapportez ce que vous voyez, pour que nous soyons tous informés. L'échange doit avoir lieu à neuf heures. On a une heure et demie d'attente.

– Le temps de mourir de froid, dit aigrement un policier.

– De sauver un bébé et de coffrer trois monstres, répliqua Cody.

Pendant que les hommes vérifiaient leurs armes et leur matériel avant de se mettre en position, je remerciai chacun d'être venu et leur serrai la main à tous. J'étreignis Sanders et Morales, qui me regardèrent avec émotion.

– Nous sommes contents d'avoir pu venir, dit Sanders. Nous vous devons bien ça.

– Nous la ramènerons, promit Morales, les yeux brillants.

Nous trouvâmes une petite clairière à cent cinquante mètres de la caravane, où nous tuâmes le temps en piétinant la neige avec nos bottes, ce qui nous réchauffa. Nous étions sur un coteau pentu, d'où nous apercevions le pré et la petite route par-dessus son toit. Entre le véhicule et nous, un haut genévrier touffu offrait une bonne cachette. Toutes les deux ou trois minutes, Cody levait ses jumelles vers la caravane pour voir s'il se passait quelque chose.

Il me chuchota à l'oreille :

– Crois-moi, j'aimerais qu'on puisse descendre directement là-bas pour coincer ce type, Jack. Mais on doit faire comme on a dit.

En levant les yeux pour s'assurer que Torkleson était assez loin pour ne pas l'entendre, il ajouta :

– Toi et moi, on a les mains sales. On doit laisser agir ces hommes pour qu'ils l'arrêtent eux-mêmes. Nos noms doivent rester en dehors de tout ça. Henkel appuiera leur intervention par son témoignage. Je regrette que tu aies tiré sur lui.

– Moi aussi, murmurai-je en retour. Je crois que j'ai vu rouge…

– Ça arrive…

Il sourit. Je remarquai le givre sur ses sourcils et sa barbe naissante.

À neuf heures moins le quart, nous vîmes des phares descendre la petite route et entrer dans le pré.

Je ne pus entendre ce que l'équipe du SWAT disait à Torkleson par son oreillette, mais il répondit :

– Oui, on le voit. Quelqu'un reconnaît la marque ?

Il écouta, hocha la tête, puis se tourna vers nous.

– C'est un Hummer jaune.

– La voiture de Garrett, dis-je.

– Le spectacle commence… murmura Cody.

Le Hummer avançait très lentement. Ce n'était pas la neige qui le freinait, mais la prudence du conducteur. J'empruntai les jumelles de Cody pour voir qui était à l'intérieur. Malgré les vitres fumées, je crus apercevoir deux silhouettes.

– Je n'arrive toujours pas à comprendre Garrett, soufflai-je à Cody. Qu'est-ce qui ne va pas chez lui ?

– C'est un psychopathe. On ne le comprendra peut-être jamais. Ce gosse a achevé sa mère à coups de pierre, avec la bénédiction de son père. Il faut que cet atavisme s'éteigne pour de bon… Excuse-moi, Jack, balbutia-t-il, prenant soudain conscience du sens de ses paroles. Bien sûr, je ne voulais pas parler d'Angelina.

Je secouai la tête.

– Enfin, c'est *notre* fille !… Elle n'a rien à voir avec lui.

Mais, en réalité, ce qu'avait suggéré Cody m'avait profondément ébranlé.

Le Hummer ralentit avant de s'arrêter devant la caravane. Il était assez près pour que j'entende le bruit des freins antiblocage, mais je ne pouvais toujours pas voir qui était à l'intérieur. Le chauffeur laissa le moteur tourner et les phares allumés. Si Coates était là, il devait savoir qu'il était arrivé.

La portière du passager s'ouvrit, déclenchant l'allumage du plafonnier. Je levai les jumelles. Garrett était au volant et son père à sa droite. Derrière eux, sous des couvertures dans un siège pour bébé, se trouvait Angelina.

Mon cœur battait à tout rompre.

– On y va ! Il faut aller la chercher !

Cody posa une main sur mon bras.

– Pas encore, Jack... Pour l'instant, ils seraient encore capables d'inventer un mensonge pour expliquer pourquoi ils sont là. Rappelle-toi à qui on a affaire : à un juge qui a le bras long et à un pédophile qui n'a jamais été en prison. Ils connaissent la musique. On doit laisser les choses suivre leur cours pour pouvoir les prendre *par surprise*.

Le vidéaste, qui avait installé un trépied, se pencha vers l'œilleton de sa caméra.

– Vous les voyez ? demanda Torkleson.

– Parfaitement.

L'inspecteur inclina la tête, pour écouter dans son oreillette.

– Coates vient d'ouvrir sa porte, murmura-t-il.

Le juge sortit du véhicule.

– Ils se défient du regard, ajouta Torkleson.

Nous ne pouvions pas encore voir le pédophile parce que sa caravane nous bouchait la vue, mais j'arrivai à le suivre en observant les yeux du juge à travers mes jumelles. Finalement, Moreland montra la caravane, puis la voiture de Garrett.

Coates finit par apparaître en s'avançant vers le Hummer. Il ne portait qu'une légère salopette, mais il était coiffé d'une toque de fourrure. Quand il se pencha pour regarder sur le siège arrière, je le vis se frotter les mains en poussant un cri de joie : un cri rauque, inhumain, qui me fit frissonner. Il allait s'approcher davantage lorsque le juge s'interposa.

– Tue-les, demandai-je.

– Attends, me dit à nouveau Cody. Ils n'ont encore rien fait.

– Cody… (J'élevai la voix.) C'est *ma fille* qui est là-bas.

Torkleson détourna les yeux, se concentrant sur ce qu'il entendait dans son oreillette.

– Ils se disputent, expliqua-t-il. Le juge ne veut pas remettre le bébé avant d'avoir les photos et les négatifs.

Je pus voir Moreland tendre le doigt vers Coates, lequel croisa les bras en secouant la tête. Le ton monta et je les entendis crier, mais sans comprendre ce qu'ils se disaient.

Finalement, le juge hocha la tête, se tourna vers la voiture et aboya quelque chose à son fils. Garrett ouvrit sa portière et sauta dans la neige. Il contourna le coffre, ouvrit la portière arrière et se pencha pour déboucler le siège d'Angelina.

– Ne la touche pas… dis-je d'une voix crispée.

– Je ne peux pas croire qu'il l'ait vraiment amenée, grommela Cody.

Garrett libéra le siège et leva la poignée. D'une main, il le sortit de la voiture et le posa dans la neige entre Coates et son père. Je portai les jumelles à mes yeux si vite que les œilletons heurtèrent mon front. Je me concentrai sur Angelina. Elle était enveloppée dans la couverture que la femme flic avait apportée chez nous. Je ne pouvais pas voir son visage. J'imaginais que ses yeux noirs brillaient et que, ne sachant pas où elle était, elle allait se mettre à pleurer.

– Regardez bien l'échange, dit Cody quand Coates plongea la main dans sa poche et en sortit une enveloppe.

Il s'accroupit et la planta dans la neige, près du siège pour bébé.

– Attends… dis-je, pris de panique. *Il y a un truc tordu.* Ce n'est pas le bon siège.

Torkleson et Cody me regardèrent, perplexes.

– J'ai mis si souvent ma fille dans des sièges de voiture que je suis sûr que celui-là est trop petit pour elle.

Je braquai les jumelles sur Garrett. Il était revenu au Hummer et, adossé à la calandre, observait les deux hommes avec un petit sourire.

Le juge saisit l'enveloppe, déchira le rabat. Il feuilleta son contenu plusieurs fois. Lorsque Coates fit mine d'empoigner le siège pour bébé, il lui dit de s'écarter jusqu'à ce qu'il ait fini. Au bout de quelques instants, il sembla satisfait et lui fit un signe de tête. Coates voulut saisir le siège, mais je vis le juge articuler « Non » et le prendre lui-même pour le lui passer.

Il le souleva d'une main, arrangeant de l'autre les couvertures autour de ma fille. Quand le pédophile s'approcha d'elle d'un air concupiscent, il parut lui fourrer le siège dans les bras, une main sur la poignée, l'autre sous les couvertures. Soudain, l'arrière du siège s'ouvrit, on entendit un « Pan ! » et de la neige tomba d'une myriade de branches en une cascade blanche.

Coates s'écroula sur le dos, bras écartés.

Arrachant l'écouteur de son oreille, Torkleson hurla dans sa radio :

– Bordel, qui a fait ça ?

– Ce n'est pas moi ! cria Morales. Ni aucun de nous, je crois.

Je jaillis de ma cachette avec Cody, pour foncer vers la caravane. Une branche me gifla au visage et nous dégringolâmes la pente dans la neige. Je vis deux policiers émerger des arbres, criant aux Moreland de ne pas bouger.

Courant, tombant, la bouche pleine de neige, je me remis sur mes pieds. Cody était déjà debout, l'arme au poing.

Des cris s'élevaient de tous côtés.

Nous nous ruâmes vers les Moreland, en contournant la caravane. Les flics postés des deux côtés du pré étaient sortis du couvert des arbres, comme Sanders et Morales, avec leurs fusils de chasse. Le juge et son fils étaient encerclés.

Moreland, se voyant cerné, souleva le siège du bébé pour se protéger. Il avait l'air calculateur, pas du tout effrayé.

– Dieu merci, vous êtes là, messieurs, dit-il de son ton de magistrat. Je suis monté ici avec mon fils pour chercher un arbre de Noël, mais nous nous sommes perdus. Là, je me suis rendu compte que nous étions tombés sur Coates…

C'est alors qu'il nous remarqua, Cody et moi. Il ne sut plus quoi dire et sa voix s'éteignit.

Je sortis mon revolver, l'armai et lui criai :

– Passez-moi ce siège et l'arme à l'intérieur, ou je vous abats comme un chien !

Je lus dans son regard qu'il était tenté de le garder, de s'en servir encore comme bouclier.

– Faites ce qu'il vous dit et passez-moi les négatifs ! lança Cody en tenant son Glock contre sa cuisse. Henkel a tout avoué et l'échange a été entièrement filmé. Vous êtes cuit : soit vous coopérez, soit je tire.

– Vous n'avez peut-être pas bien entendu, dit le juge en nous fusillant du regard, sur le ton indigné du parfait menteur. J'allais couper un arbre de Noël…

Cody lui rit au nez.

– C'est vous qui ne saisissez pas. On a éteint la caméra. Maintenant, c'est votre parole contre celle de huit policiers et du père de l'enfant que vous avez volé.

Soudain, Coates gémit et se débattit dans la neige.

– Le salaud… dit Cody en pivotant sur lui-même. Je le croyais mort.

Sur ce, il leva son Glock et lui tira quatre balles dans le corps. Coates ne bougea plus. Nous restâmes tous figés sur place. Cody fouilla dans sa parka et en sortit un revolver qu'il jeta sur le cadavre.

– Voilà pourquoi j'ai toujours en réserve une arme méconnaissable, dit-il au juge.

Moreland cria à Torkleson, qui nous rejoignait à l'instant :

– Vous ne l'arrêtez pas ?

Il se tourna vers nous.

– Vous tous, vous n'avez pas vu ce qu'il vient de faire ?

Personne ne dit mot. Il posa dans la neige le siège encore fumant. Les couvertures tombèrent, révélant un poupon de la taille d'un bébé. Un revolver imposant reposait sur ses cuisses.

Cody leva son arme, faisant face à Moreland.

– À qui le tour ? À vous ? (Il montra Garrett.) Ou au fruit de vos entrailles ?

Du coin de l'œil, je vis Garrett foncer vers l'arme de son père. Avant que les flics aient pu le maîtriser, je brandis mon Colt et lui tirai dessus. J'avais visé sa poitrine, mais je le frappai à l'estomac. Il se plia en deux et tomba dans la neige en se tenant le ventre.

– Ne bougez plus ! lui dis-je.

– Tu aurais dû dire ça avant, me glissa Cody.

– Je ne suis pas un flic.

Garrett me perçait de ses yeux pleins de haine.

– Pourquoi vous accrocher à cette gamine ? cracha-t-il. Elle tient de nous, ne l'oubliez pas. Il lui manque la même chose qu'à moi. Vous verrez !

Je lui tirai une balle dans la tête. Il s'effondra et son sang fumant, puant, souilla la neige. Au fond de moi, j'avais tranché à jamais son lien avec Angelina.

Torkleson s'interposa entre le juge et moi :

– Ça suffit, messieurs.

Lentement, il me prit l'arme des mains et la glissa dans la poche de sa veste. De l'autre, il tira un semi-automatique nickelé et le jeta sur le corps de Garrett.

– Dommage… dit-il au juge. Un fils si prometteur. Il aurait pu devenir un vrai gangster.

Il se tourna vers Sanders, Morales et les hommes du SWAT.

– Les gars, nous avons tous vu la même chose, n'est-ce pas ? Coates et ce gosse ont sorti une arme, nous avons riposté et ils se sont fait tuer. Nous en témoignerons tous ?

Un à un, chacun acquiesça. Morales pleurait de joie et tomba à genoux. Sanders s'approcha et posa une main sur son épaule.

– Mais c'est faux ! s'écria Moreland. J'ai tué un pédophile par légitime défense !

– Ah… dit Cody, passant à sa ceinture le revolver caché dans le siège pour bébé. Je me demandais où était l'arme que j'avais perdue. Je viens de la retrouver…

CAÑON CITY, COLORADO

MARDI 18 NOVEMBRE

Un an plus tard

26

Je fus reconnu coupable d'avoir tiré sur Wyatt Henkel et écopai d'un à trois ans de prison dans le pénitencier d'État du Colorado, qui se trouvait, par ironie du sort, à Cañon City. Au début, j'avais comparu pour meurtre, ce qui aurait pu me valoir huit à vingt ans de prison, mais le procureur comprit ma situation et réduisit le chef d'accusation. Le juge, qui m'était lui-même favorable, ne s'y opposa pas. Quand il me condamna, je dis « Merci, Votre Honneur ». Non pas à cause de sa clémence, mais parce que je méritais d'aller en prison et n'aurais pas été capable de vivre avec moi-même s'il m'avait acquitté. De plus, je m'estimais heureux que le procureur n'ait pas découvert ce que j'avais fait de pire.

Le juge dit qu'il écrirait une lettre à la commission des libertés conditionnelles pour recommander une libération anticipée, mais que je devais me préparer à faire un an de prison. Comment peut-on se préparer à une chose pareille ?

*

Donc, maintenant, je porte une combinaison orange et des chaussures sans lacets, et chacun de mes vêtements est marqué des lettres « CDOC[1] ».

La nourriture est acceptable et, dehors, le paysage – quand

1. Service pénitentiaire du Colorado.

j'arrive à le voir – est assez beau. Mes Rocheuses sont toujours là, même si ce ne sont pas celles du sud du Colorado, avec leurs cimes coiffées de neige. Mais elles me tiennent toujours compagnie, encadrant mes jours et mes nuits, et en plus elles s'étendent jusqu'au Montana.

Je fais partie de la population générale[1]. Les gardiens me protègent parce que, tout comme le juge, ils comprennent ma situation. Je ne leur ai jamais demandé de faveurs, mais ils m'en font. J'ai une cellule à part, avec un lit, une table de toilette et des W.-C., de la lecture et cet ordinateur portable. Il y a des livres à la bibliothèque et les soins médicaux sont bons. J'ai des relations correctes, mais pas amicales, avec les autres détenus. Le seul moment où je vois ceux qui sont vraiment dangereux, c'est au fond du réfectoire, à l'heure des repas.

Oui, j'ai vu John Moreland. Cinq fois, pour être exact. Il m'a vu lui aussi, même s'il a fait mine de ne pas me reconnaître. Il porte une combinaison blanche, montrant qu'il est dans le couloir de la mort. Chacun de nous évite les gars en blanc, et les gardiens les isolent.

Il a été reconnu coupable au procès que certains d'entre vous ont pu suivre sur truTV[2] et d'autres chaînes du câble. Il a eu beau engager de fameux avocats comme Ludik et faire une déposition passionnée – disant que son fils et Coates avaient été froidement abattus lors d'une descente de flics bâclée au domicile du pédophile, où il était tombé par hasard en cherchant un arbre de Noël –, le jury l'a condamné pour homicide volontaire sur la personne de sa première femme. J'ai lu que les quatre photos qu'avait prises Coates sont aujourd'hui parmi les plus connues des gens qui suivent les procès pour meurtre en Amérique. Elles ont même été

1. Soit tous les prisonniers qui ne sont pas en détention préventive ni dans le couloir de la mort.

2. Chaîne d'informations continues, créée en 1991, qui suit le déroulement des procès en direct des tribunaux.

publiées dans *People*. Mais malgré ces photos et le témoignage de Henkel, Moreland n'a jamais avoué le meurtre de ses parents ni de sa femme. Il prétend avoir été abusé par des flics pourris et il soutient aussi que c'est lui, pas la police, qui a abattu Coates.

À son procès, tous les flics présents ce matin-là dans le Desolation Canyon ont démenti ses assertions. L'un après l'autre, ils ont présenté une version des faits différente de la sienne. Pourquoi ça ?

Parce que Cody, peut-être inspiré par le juge lui-même, avait prévu les choses, sachant qu'en prison les plus vils d'entre les vils sont les pédophiles, plus méprisés encore que les mouchards. On peut librement s'attaquer à eux, même les gardiens détournent les yeux. Là, le détenu était un juge qui avait voulu aider un pédophile en le faisant acquitter. En principe, Moreland est séparé des autres prisonniers. Malgré ça, j'ai entendu dire qu'il avait été agressé plusieurs fois, battu, violé et poignardé. Je me demande si le fantôme de Dorrie approuve ça. Peut-être a-t-elle assez de foi pour lui pardonner. Pas moi.

Par l'intermédiaire des gardiens, je lui ai fait passer le mot suivant :

> JE VAIS SORTIR DANS UN AN. ET VOUS ? MELISSA VOUS ENVOIE SON MEILLEUR SOUVENIR.

Il n'a pas répondu.

Kellie Moreland a fait l'objet d'une enquête, mais elle a été rapidement lavée du soupçon d'avoir été la complice des crimes de son mari et de son beau-fils. Elle a déclaré avoir été choquée et furieuse lorsque John était rentré à la maison avec un bébé en disant qu'il faisait désormais partie de la famille. Elle a dit à la police qu'elle l'avait accusé d'avoir gâché sa vie et que, telle Prissy dans *Autant en emporte le vent*, elle s'était écriée : « Je n'y connais rien aux bébés. Rien du tout. » Elle a ajouté qu'elle avait pleuré en nourrissant Angelina de raisin et de pain grillé. Et que, quand des agents étaient venus chez elle le lendemain matin avec

Melissa, elle leur avait ouvert, la petite dans les bras, et l'avait tendue à sa mère avec enthousiasme.

*

Ma femme et ma fille viennent me voir tous les samedis. Angelina est bavarde comme une pie. Elle est toujours belle et charmante. Je dois avouer que, chaque fois que je la vois, je cherche quelque chose dans sa conduite qui pourrait aller dans le sens de ce qu'a dit Garrett. Je n'ai jamais rapporté ses paroles à Melissa et ne le ferai jamais. Mais quand je joue avec Angelina, je vois une petite fille vive, tendre et éveillée. Rien qui fasse penser que Garrett avait raison. Rien du tout.

J'ai fini par réaliser une chose dont j'avais commencé à douter lors de cette aventure. Il y a des gens bons sur la terre. Des gens bons et gentils. Comme Brian, Cody, Torkleson, Sanders et Morales, l'équipe du SWAT, mes avocats, les gardiens et le juge qui m'a condamné. Ils auraient tous pu choisir d'être froids et cruels. Ça leur aurait été facile. La dureté, à mon sens, est naturelle aux hommes. Mais ils ont préféré être bons, même si ce qu'ils ont fait pourrait, au sens strict de la loi, être sujet à caution. Je ne suis pas cynique.

Mais je suis pragmatique. Je sais que chaque homme est capable de tout, moi compris. La frontière est ténue entre le bien et le mal et, suivant les circonstances, elle fluctue. Ô combien… Elle a varié pour moi et j'ai trouvé le moyen de la franchir… plusieurs fois. De plus, j'ai appris que, une fois qu'on a sauté le pas, mal agir devient plus facile, parce que les freins moraux se sont relâchés et que les justifications atténuent les conséquences du crime. Dès lors, on a moins de mal à déclencher les choses, à les laisser se produire sans intervenir, et c'est ce que j'ai fait. Sans difficulté.

Voilà pourquoi je suis là et pourquoi je dois y être.

Et c'est ce que j'apprendrai à ma fille.

Melissa travaille comme directrice générale dans un hôtel de la chaîne Adam's Mark. Elle a dû vendre la maison et vit dans un immeuble à la lisière du centre de Denver. Elle affirme que notre appartement est parfait – elle m'en a montré des photos et il a l'air beau. La seule chose qu'elle regrette, dit-elle, c'est que je suis ici et qu'Angelina est à la garderie tous les jours.

On a chacun nos gardiens.

Mes parents ont fait toute la route depuis le Montana pour venir me voir. Il était clair, à la manière dont ils sont entrés dans le parloir, qu'ils étaient affreusement gênés. Moi-même, je l'étais pour eux, sachant ce que les mesures de sécurité avaient dû leur coûter. Je ne crois pas que mon père ait jamais fait un pas dans la vie sans son canif, et ma mère a dû avouer qu'il y avait du fil d'acier dans son soutien-gorge. Quand ils se sont assis à la table du parloir, ils se sont pris la main : c'était la première fois que je les voyais faire ça. J'ai fixé longuement leurs mains, parce qu'elles étaient rudes et noueuses – des mains de travailleurs – dans un endroit où celles des soi-disant durs sont douces et lisses. Mon père a dit en blaguant qu'il avait toujours pensé que je finirais au pénitencier depuis mon départ du ranch et ma mère l'a grondé, mais sans dire le contraire.

– C'était bien quand tu es passé chez nous, m'a-t-elle dit. J'espère que tu feras ça plus souvent.

– Nom d'un chien ! a tonné mon père. Il est en prison !

– Mais il n'y restera pas toujours, a-t-elle soufflé en rougissant.

J'ai promis de revenir les voir. Que je ne resterais pas tellement longtemps en taule.

– C'est bien, a dit mon père. J'ai des clôtures à réparer.

Ma mère a ajouté :

– Et moi, des tartes à mitonner !

Cody est retourné dans le Montana, où il travaille à la police de Helena et aide un peu mon père au ranch. Il dit qu'il est heureux et je le crois. Il a une liaison stable avec une fille qu'il pense nous présenter un jour. Il est venu me voir plusieurs fois en allant dans le Sud rendre visite à son fils. Il me presse de rentrer dans le Montana à ma sortie de prison. J'y songe, mais il n'y a pas d'hôtels Adam's Mark dans le Montana.

Bien sûr, j'ai beaucoup de temps pour réfléchir à tout ce qui s'est passé pendant ces trois semaines. Certaines choses, après coup, sont devenues plus claires. J'en ai eu confirmation en demandant un jour à Cody, au parloir :

– Tu n'as pas vraiment dit à l'oncle Jeter d'abandonner quand on est montés le voir, n'est-ce pas ?

Il a hésité, regardé autour de lui, allumé une cigarette sous un panneau marqué INTERDICTION DE FUMER, puis :

– Non.

– Pourquoi nous as-tu trompés ?

– Il le fallait. Melissa commençait à douter. On ne peut pas sortir son flingue quand on a des scrupules. Je n'ai pas ce problème. Je savais qu'on avait besoin de Jeter pour arracher la signature de Garrett, voire pour le descendre. Alors, quand je suis retourné chez lui, je lui ai demandé si je pouvais aller aux toilettes, puis je lui ai souhaité bonne chance.

– C'est pour ça que tu m'as rejoint aussi vite après le carnage à l'Appaloosa…

Il a hoché la tête.

– J'étais en bas de la rue. J'aurais aimé pouvoir t'empêcher de le suivre dans le bar. Je ne pensais pas que tu serais si bête…

Il m'a fait un clin d'œil.

Oh, encore une chose… Une chose incroyable, un miracle. Melissa est enceinte de sept mois. La nuit de la conception a été la dernière que nous avons passée ensemble avant mon entrée en prison. Pour une fois, je crois que j'avais une bonne balle dans mon pistolet.

Quand je sortirai, nous aurons un fils et une fille. Je me demande à quoi mon fils ressemblera. Je suis impatient de le découvrir. Nous avons déjà choisi son nom, un nom à rallonges. Cody Brian Torkleson Sanders Morales McGuane. Comme ses oncles.

Remerciements

L'auteur aimerait remercier tous ceux qui lui ont donné des informations, des suggestions et des idées pour ce livre, et qui lui ont prodigué une lecture attentive, dont Allison Herron Lee, Ann Rittenberg, Laurie, Molly et Becky Box, et la merveilleuse équipe de St. Martin's Minotaur : Matthew Baldacci, Andrew Martin, Hector Dejean et, surtout, l'incomparable Jennifer Enderlin.

Le Seuil s'engage pour la protection de l'environnement

Ce livre a été imprimé chez un imprimeur labellisé Imprim'Vert, marque créée en partenariat avec l'Agence de l'Eau, l'ADEME (Agence de l'Environnement et de la Maîtrise de l'Énergie) et l'UNIC (Union Nationale de l'Imprimerie et de la Communication).

La marque Imprim'Vert apporte trois garanties essentielles :

- la suppression totale de l'utilisation de produits toxiques ;
- la sécurisation des stockages de produits et de déchets dangereux ;
- la collecte et le traitement des produits dangereux.

RÉALISATION : PAO ÉDITIONS DU SEUIL
IMPRESSION : NORMANDIE ROTO IMPRESSION S.A.S. À LONRAI
DÉPÔT LÉGAL : JUIN 2011. N° 99305 (111993)
IMPRIMÉ EN FRANCE

Le Seuil s'engage pour la protection de l'environnement

DANS LA MÊME COLLECTION

DERNIERS TITRES PARUS

Lawrence Block
Mensonges en tout genre
Heureux au jeu
Keller en cavale

C. J. Box
Sanglants Trophées
L'Homme délaissé
Meurtres en bleu marine
Ciels de foudre
Zone de tir libre
Le Prédateur

Gianrico Carofiglio
Les Raisons du doute
Le Silence pour preuve

Lee Child
Sans douceur excessive
La Faute à pas de chance
L'espoir fait vivre

James Church
Un mort à l'hôtel Koryo
Quand la lune disparaît
La Sève et le Sang

Michael Connelly
Deuil interdit
La Défense Lincoln
Chroniques du crime
Echo Park
À genoux
Le Verdict du plomb
L'Épouvantail
Les Neuf Dragons

Thomas H. Cook
Les Leçons du mal

Arne Dahl
Misterioso
Qui sème le sang

Knut Faldbakken
L'Athlète
Frontière mouvante

Sue Grafton
T… comme traîtrise

Veit Heinichen
Les Requins de Trieste
Les Morts du Karst
Mort sur liste d'attente
À l'ombre de la mort
La Danse de la mort

Charlie Huston
Trop de mains dans le sac
Le Vampyre de New York
Pour la place du mort
Le Paradis (ou presque)

Steve Hodel
L'Affaire du Dahlia noir

Thierry Jonquet
Mon vieux

Jonathan Kellerman
Fureur assassine
Comédies en tout genre
Meurtre et Obsession
Habillé pour tuer
Jeux de vilains
Crimes d'amour et de haine

Michael Koryta
La Mort du privé
Et que justice soit faite
Une tombe accueillante
La Nuit de Tomahawk

Volker Kustsher
Le Poisson mouillé
La Mort muette

Laura Lippman
Ce que savent les morts

Henning Mankell
L'Homme qui souriait
Avant le gel
Le Retour du professeur de danse
L'Homme inquiet

Alexandra Marinina
Le Requiem
La 7e Victime

Petros Markaris
Le Che s'est suicidé
Actionnaire principal
L'Empoisonneuse d'Istanbul

Deon Meyer
Jusqu'au dernier
Les Soldats de l'aube
L'Âme du chasseur
Le Pic du diable
Lemmer, l'invisible
13 heures

Håkan Nesser
Le Mur du silence
Funestes Carambolages
Eva Moreno

Elvin Post
Jour de paie
Faux et Usage de faux
Losers-nés

Scott Pratt
Angel est innocente
En tout bien tout honneur

George P. Pelecanos
Hard Revolution
Drama City
Les Jardins de la mort
Un jour en mai
Mauvais Fils

Joseph Wambaugh
Flic à Hollywood
Corbeau à Hollywood
L'Envers du décor